Folgende Titel der Reihe „Heliosphere 2265" sind bisher erschienen:

E-Books:
Band 1: Das dunkle Fragment (Nov. 2012)
Band 2: Zwischen den Welten (Dez. 2012)
Band 3: Enthüllungen (Jan. 2013)
Band 4: Das Gesicht des Verrats (Feb. 2013)

In Vorbereitung:
Band 5: Im Zentrum der Gewalten (Mrz. 2013)
Band 6: Die Bürde des Captains (Apr. 2013)

Taschenbücher:
TB1 - „Das dunkle Fragment" & „Zwischen den Welten (Dez. 2012)
TB2 - „Enthüllungen" & „Das Gesicht des Verrats" (Feb. 2013)

In Vorbereitung:
TB3 - „Im Zentrum der Gewalten" & „Die Bürde des Captains" (Apr. 2013)

Über den Autor:
Andreas Suchanek, geboren am 21.03.1982, schrieb von Oktober 2010 bis zur Einstellung für die Bastei-Heftromanserie „Sternenfaust". Es folgte 2012 der Einstieg bei „Maddrax - Die dunkle Zukunft der Erde" mit Band 335.
Im November 2012 startete der Autor seine erste eigene Science-Fiction-Serie „Heliosphere 2265", die monatlich als E-Book und alle zwei Monate als Taschenbuch erscheint. 2013 erfolgt der Einstieg bei der Mystery-Serie „Professor Zamorra - Der Meister des Übersinnlichen".

Weitere Informationen zum Autor und seinen Projekten unter:
http://www.heliosphere2265.de

Und unter Facebook:
http://www.facebook.com/andreas.suchanek
http://www.facebook.com/heliosphere2265
http://www.andreassuchanek.de

Heliosphere 2265
TB 2

„Enthüllungen"
&
„Das Gesicht des Verrats"

von Andreas Suchanek

1. Auflage Februar 2013

Cover: Arndt Drechsler
Lektorat: Christian Handel, Sandra Wiegratz, Sascha Vennemann
Layout: Andreas Suchanek
Logo-Design: Daniel Szentes
Innenillustrationen: Anja Dreher

Bibliografische Information der Deutschen Nationalbibliothek Die Deutsche Nationalbibliothek verzeichnet diese Publikation in der Deutschen Nationalbibliografie; detaillierte bibliografische Daten sind im Internet über http://dnb.dnb.de abrufbar.

Herausgeber: Andreas Suchanek
Herstellung und Verlag:
Greenlight Press
(Inhaber: Andreas Suchanek)
Leopoldstr. 28
76275 Ettlingen
E-Mail-Kontakt: admin@heliosphere2265.de

Printed in Germany by Amazon Distribution GmbH, Leipzig
ISBN: 978-3-9815649-1-4

Sie finden uns im Internet unter:
http://www.heliosphere2265.de
https://www.facebook.com/Heliosphere2265

I

ENTHÜLLUNGEN

1

Sol-System, Kuipergürtel, Forschungsstation CAVE, 20. Januar 2266, 08:30 Uhr

Admiral Juri Michalew versah den letzten Bericht des heutigen Tages mit seiner Signatur, dann berührte er das „Senden“-Icon. Damit war der „Papierkram“ erledigt. Zeit für einen Drink. Während er seinen Kopf vorsichtig bewegte - selten war er so verspannt gewesen - ging er zu der kleinen Anrichte, auf der gläserne Flaschen verschiedenster Form standen. Er griff nach jener mit der goldgelben Flüssigkeit, kippte sie in ein bereitstehendes Glas und ging zurück zum Schreibtisch. Müde fläzte er sich in seinen Konturensessel und aktivierte die Massage-Funktion, bevor er vorsichtig an dem achtzig Jahre alten weganischen Whiskey nippte. Das torfige Aroma breitete sich in seinem Mund aus und floss feurig seinen Hals hinab.

Als ein abgehackter Signalton erklang, überlegte er ernsthaft, einfach nicht zu reagieren. Er war müde und angespannt, konnte sich kaum noch auf die Arbeit konzentrieren. Wenn sein unfähiger Adjutant schon wieder mit schlechten Nachrichten kam, würde er ihn aus der nächsten Luftschleuse werfen. Vielleicht machte er das so oder so.

Er warf einen Blick auf den Monitor und fuhr elektrisiert in die Höhe. Ein paar Tropfen Whiskey spritzten auf seine Uniformhose. Noch während der selbstreinigende Stoff sich um das Problem kümmerte, sagte Juri: „Herein!“

Die Türhälften fuhren mit einem Zischen in die Wand und gaben den Blick auf Florian von Ardenne frei. Der Wissenschaftler war vor einigen Tagen dem Parlidenprojekt zugeteilt worden, damit dort endlich Fortschritte erzielt wurden.

„Treten Sie ein, Doktor“, sagte Juri und winkte dem gedrungenen Mann mit dem beachtlichen Bauchumfang ungeduldig zu. „Setzen Sie sich.“

„Danke, Sir.“

Wie gefordert nahm von Ardenne Platz und legte seine Hände entspannt ineinander verschränkt auf seinen Bauch. Sein schlohweißer Haarschopf stand wie üblich zerzaust in alle Richtungen ab, was ihm das Aussehen eines verwirrten Genies verlieh.

„Ich hoffe, Sie bringen gute Nachrichten“, sagte Juri. Instinktiv schob er das Whiskeyglas zur Seite. In der Flotte wurde es nicht gerne gesehen, wenn jemand echten Alkohol trank. Nicht umsonst wurde auf Schiffen meist nur dieses widerliche Vitamin-Koffein-Zeug ausgeschenkt. Er wusste, dass Florian von Ardenne kein Kostverächter war und selbst ab und an während der Arbeit etwas Härteres kippte. Solange der Wissenschaftler Ergebnisse lieferte, wurde darüber hinweggesehen. „Auch einen?“ Er deutete auf das Glas.

Der Wissenschaftler zögerte kurz, schüttelte aber den Kopf. „Danke Sir. Auch wenn ich ihn jetzt nötig hätte. Ich fürchte, ich bringe schlechte Neuigkeiten.“ Er rieb sich erschöpft über die geschlossenen Lider. „Wir haben auf der Grundlage von Doktor Petrovas Analysen weitere Scans angefertigt und einen Weg gesucht, die Verbindung zu trennen.“

„Es ist misslungen“, sagte Michalew enttäuscht.

„Ich fürchte, so ist es. Es steht außer Frage, dass wir das Problem grundsätzlich lösen können, doch dafür benötigen wir mehr Zeit."

„Die haben wir nicht, Doktor." Beinahe hätte Juri sein Glas gegen die Wand geworfen. In letzter Sekunde beherrschte er sich und stürzte stattdessen den Rest der bernsteinfarbenen Flüssigkeit in einem Zug hinunter. „Sie sind Geheimnisträger, Sie haben Zugriff auf alle Berichte und Dokumente, die der Admiralität zugehen. Lesen Sie zwischen den Zeilen, Doktor."

„Sie meinen, es wird einen Krieg geben?"

Michalew lachte bellend. „Nein! *Das* ist ja das Problem. Das wird es nicht. Diese Sesselfurzer in der Regierung werden debattieren, Sanktionen beschließen und Reden halten, doch niemals feuern die den ersten Schuss. Nicht unter Präsidentin Ione Kartess. Die Frau weiß, wie das Spiel funktioniert. Glauben Sie ernsthaft, dieses Weib riskiert ihre Wählerstimmen?"

„Sollten wir ihr dann nicht dankbar sein?"

Michalew mochte von Ardenne. Der Mann neigte zwar zur Selbstüberschätzung und Arroganz, doch er ließ sich nicht einschüchtern, sagte offen seine Meinung. „Das dachte ich bisher auch. Doch nun sitzen Sie vor mir und erklären, dass wir noch Monate benötigen, bis ein geeignetes Mittel hergestellt ist. Diese Zeit haben wir nicht."

„Warum nicht?"

Kommentarlos aktivierte Juri den im Schreibtisch integrierten Holo-Projektor. Innerhalb von Sekunden manifestierten sich Lichtpunkte, zerflossen und erschufen eine Szene. „Das sind die Aufnahmen eines Kampfes zwischen dem Interlink-Kreuzer HYPERION und einem Parlidenschiff im Elnath-System. Die Aufzeichnung stammt von einer der Außenkameras." Juri stoppte die Aufzeichnungen, als der feindliche Raumer im Feuer der Torpedos explodierte. „*Deshalb* können wir nicht länger warten. Was denken Sie geschieht, wenn die Wahrheit publik wird?"

„Dann wird die Präsidentin eine Flotte ..."

„... aus Diplomaten losschicken - und das zu Recht. Sobald die Presse sich einschaltet, hat sie keine andere Wahl mehr. Solange diese Informationen aber geheim bleiben, gibt es eine zweite Option: Eine Streitmacht, die gegen die Parliden losschlägt."

„Sie wird nicht in den Kampf ziehen."

„Nein, wird sie nicht." Juri erhob sich. „Aber ich denke, der Zeitpunkt ist gekommen, unseren trägen Politikern einen Schubs zu geben."

„Was ist mit Sjöberg? Sollte er nicht erfahren ... Nun ja ... Sie wissen, was ich meine", sagte von Ardenne.

Dies war einer der wenigen Momente, in denen Juri Mitleid mit seinem Feind hatte. Seitdem er Admiral Björn Sjöberg kannte, standen sie sich als Kontrahenten gegenüber. Ob im Rat der Admiralität oder - durch allerlei Verbindungen und Bestechungen - in der Politik. Doch heute war das anders. Und, wie Juri es Doktor Irina Petrova vor vielen Wochen versprochen hatte, würde er diese eine Waffe nicht gegen Sjöberg einsetzen.

Wenn alles wie erhofft funktionierte, wäre das auch gar nicht nötigt. Und sollte es doch anders kommen, lag sein Ausweichplan bereit. So oder so, der Moment der Entscheidung war gekommen.

Er aktivierte das interne Komm-System und befahl seinem Adjutanten, eine Notfallsitzung des Rates einzuberufen. „Und bitten Sie auch die Präsidentin dazu", schloss er.

Bevor der verblüffte Randall nachhaken konnte, hatte Juri die Verbindung wieder beendet.

Doktor von Ardenne verabschiedete sich mit besorgtem Blick. Er ahnte, was bald auf sie alle zukommen würde.

Juri starrte für einige Sekunden durch das Bullauge, bevor er sich erhob und sein Whiskeyglas erneut füllte. *Rien ne va plus; nichts geht mehr.*

2

Raumstation NOVA, Alzir-System, 21. Januar 2266, 08:30 Uhr

Lieutenant Peter Task in seiner typisch lethargischen Sprechweise von der Navigationskonsole: „Sir, ich beende in zehn Sekunden den Interlink-Flug."

Jayden lehnte sich entspannt in seinem Konturensessel zurück und beobachtete den Holotank im Zentrum der Kommandobrücke. Es dauerte nicht lange und das Status-Symbol auf seiner Konsole wechselte von Interlink- auf Pike-Antrieb. Das Schiff raste mit einer Restgeschwindigkeit von 0,45 LG auf die inneren Planeten zu, während es mit 3700 m/s^2 abbremste.

„Sir, ich etabliere den Kontakt zu den stationierten Überlichtplattformen", meldete Lieutenant Kensington von der Ortungskonsole. „Unser Code wird akzeptiert, Phasenverbindung steht."

Um die Entfernung von etwas mehr als 16 AE ins Innere des Systems zurückzulegen, benötigten die Schiffssensoren normalerweise viele Stunden. Stattdessen behielten die stationären Überlichtplattformen das System mit ihren integrierten Sensoren im Blick und leiteten die Daten über eine Phasenfunkverbindung an einfliegende Schiffe der Space Navy und die Station weiter.

„Ich schalte uns auf den Kamera-Feed eines Überwachungssatelliten von NOVA", sagte Kensington mit einem verschmitzten Grinsen. Sie ahnte wohl, worauf jeder schon sehnsüchtig wartete: den Anblick der Raumstation.

Jayden starrte, wie jeder seiner Offiziere, auf den Holotank, in dem sich NOVA manifestierte. Es war etwas Besonders hier zu sein; jene Raumstation zu besuchen, bei der sich die Flotte im Parlidenkrieg gesammelt hatte, um zur finalen Schlacht aufzubrechen. NOVA war Legende.

Vor neunzig Jahren erbaut, schwebte die Station im Grenzgebiet zwischen dem Raum der Parliden, der Rentalianer und der Menschheit. Aus Angst vor einem weiteren Krieg hatten die Vorgänger von Präsidentin Kartess die Raumstation nach und nach zu einer wahren Festung mit angeschlossener Raumwerft ausgebaut. Als es jedoch zu keinen erneuten Kampfhandlungen gekommen war, hatte sich NOVA zu einem Grenzposten entwikkelt. Auf dem einzigen bewohnbaren Planeten des Systems war eine Kolonie entstanden, die sich hauptsächlich aus den Familien und zivilen Arbeitern der Station zusammensetzte. Mittlerweile lebte dort die dritte Generation.

NOVA glich in ihrer Form einem anthrazitfarbenen Ovoid, der von drei Ringen umhüllt wurde. Jeder Ring war durch mehrere Verstrebungen mit dem Hauptteil verbunden. Überwachungssatelliten, Torpedoforts, Überlichtplattformen und Phasenstörer hüllten NOVA in eine schützende Kugelschale, die vor feindlichen Angriffen warnen und die Station verteidigen konnte. In einer Entfernung von 0,2 AE drehte sich die blau-grüne Kugel von Alzir I, die von ihren Bewohnern Pearl genannt wurde.

„Sir, wir erhalten eine Nachricht von NOVA“, sagte Lieutenant Sarah McCall routiniert, während sie auf ihrer Kommunikationskonsole Eingaben vornahm und parallel in ihr Headset lauschte. Die junge Frau mit dem braungelockten Haar blickte nicht mehr ganz so schüchtern drein wie in den vergangenen Wochen. Ihr Selbstbewusstsein wuchs langsam, aber stetig. Trotzdem wirkte sie noch immer wie ein Küken, das man viel zu früh aus dem Nest seiner Mutter geschubst hatte. „Es ist Commodore Harris.“

Mit einem Nicken gab Jayden ihr zu verstehen, das Gespräch anzunehmen. Im Holotank bildete sich die Silhouette des kommandierenden Offiziers von NOVA-Station.

„Captain Cross“, grüßte Harris mit dröhnender Bassstimme. Sein weißes Haar hatte eine Vielzahl von lichten Stellen, sein Vollbart glänzte seidig. „Wir haben hier selten einen solchen Helden zu Gast.“

Für einige Momente verschlug es Jayden ob dieses Verweises auf seine Heldentat bei Tikara II - wo er eine Kolonie gegen eine angreifende Flotte des Eriin-Bundes verteidigt hatte - die Sprache. Es gelang ihm jedoch, sich zu fassen und die gekräuselten Mundwinkel von Commander Ishida zu ignorieren. „Danke, Sir. Es freut uns auch, dass wir hierher beordert wurden. NOVA ist etwas Besonderes.“

„Das ist sie“, sagte Harris geschmeichelt. „Und Sie kommen, wie mir mitgeteilt wurde, mit wertvoller Fracht. Ich werde Ihre Ankunft direkt an die Admiralität melden. Das rentalianische Schiff PI-RA-Irgendwas - ich kann mir diese verdammten Kettennamen einfach nicht merken - verspätet sich etwas.“

Jayden warf kurz einen Blick auf die Status-Konsole jenes Kreuzers, den sie noch immer im Schlepptau mit sich führten. Sie hatten die SE-RA-TA-LA-MU mit Traktorstrahlen an die HYPERION gekettet, um sie bei NOVA-Station an ein rentalianisches Schiff zu übergeben. An Bord befand sich der zweite Teil jenes geheimnisvollen Artefaktes, auf das sie erstmals im Elnath-System gestoßen waren.

„Ich würde mich freuen, Sie zum Essen an Bord der Station begrüßen zu dürfen“, sagte Harris und riss Jayden damit aus seinen Gedanken. „Ihren Offizieren steht es natürlich frei, die Station oder Pearl zu besuchen. Nach so vielen Monaten an Bord eines Raumschiffes stürzen sich die meisten Crews geradezu durch die Atmosphäre an den nächstbesten Sandstrand.“ Er lachte dröhnend. „Ich kann Ihnen versichern, die goldenen Sandstrände der südlichen Areale sind nicht umsonst für ihre Schönheit bekannt.

„Ich nehme Ihr Angebot gerne an, Commodore“, sagte Jayden dankbar. „Und meine Crew wird die Gelegenheit sicher auch ergreifen, ein wenig planetare Luft zu schnuppern.“

„Also abgemacht. Ich werde Sie abholen lassen, sobald die HYPERION angedockt hat. Harris Ende.“

Das Abbild des Commodore verschwand und machte wieder dem Bild der NOVA-Station Platz.

„Arbeiten Sie einen Rotationsplan aus, der es jedem an Bord gestattet, wenigstens einige Stunden am Boden zu verbringen“, sagte Jayden an Commander Ishida gewandt. „Ich denke es reicht, wenn eine Rumpfmannschaft zurückbleibt.“ Auf das Nicken seiner I.O. fügte er hinzu: „Und achten Sie darauf, dass Sie selbst auch ein wenig Freizeit abbekommen.“ Er zwinkerte ihr zu.

„Natürlich, Sir. Ich denke, in der letzten Schicht werde auch ich mir Pearl genauer ansehen. Es soll dort einige beeindruckende Lagunen in den Küstenregionen geben.“

„Vermutlich ist für jeden etwas dabei.“

Ein Icon auf seiner Konsole machte Jayden auf eine eingehende Nachricht von der Station aufmerksam. Sie stammte vom I.O. der Station und betraf die Ortungsoffizierin der HYPERION. „Lieutenant Kensington“, wandte er sich an diese. „Sie werden ebenfalls auf die Station gebeten, um bei der Anpassung des neuen Ortungsprotokolls behilflich zu sein. Scheinbar gibt es dabei einige technische Schwierigkeiten.“

„Natürlich, Sir.“ Kensington blickte zu ihm auf. „Die Station erhielt erst vor kurzem die verbesserten Sensorlinsen und damit einhergehend einige Updates im Computerkern. Wir hatten vor dem Start der HYPERION ähnliche Probleme.“

Ab und an vergaß Jayden, dass sein Interlink-Kreuzer Vorreiter an vielen Fronten war - genau genommen an allen. Erst nach und nach erhielten die anderen Schiffe ebenfalls die von der HYPERION erprobten technischen Neuerungen, die sie auf ein ähnliches Level wie den Interlink-Kreuzer aufrüsteten. Gerade das Fehlen eines Holotanks machte sich oftmals in der Kommunikation bemerkbar. Einige Raumer arbeiteten teilweise noch immer mit altmodischen 3-D-Monitoren, wodurch der Computer das übertragene Bild in ein holografisches umwandeln musste. Darunter litt die Qualität.

„Sir, ich werde Alpha 365 bitten, sich mit der Stationssicherheit in Verbindung zu setzen", sagte seine I.O. „Wir sollten Lieutenant Bruce Walker so schnell wie möglich überstellen."

Sie ließ sich nichts anmerken, doch die Ereignisse um den Kampf im Kartas-System steckten ihr zweifellos noch in den Knochen. Jayden hatte den Gefangenen zwischenzeitlich in der Arrestzelle besucht. Der Mann war noch immer uneinsichtig und behauptete weiterhin, weder den Kommandoaccount von Ishida gehackt, noch einen Torpedoschuss ausgelöst zu haben. Der Sicherheitschef und die Chefingenieurin hatten Mister Walker die Tat jedoch zweifelsfrei nachgewiesen, weshalb ihm ein Militärgericht bevorstand. Dem wahren Drahtzieher der Geschichte konnten sie einstweilen leider nichts anhaben.

Wenn die HYPERION das nächste Mal die Erde ansteuerte, würde Jayden ein ernstes Gespräch mit Admiral Juri Michalew suchen, der zweifellos hinter der Angelegenheit steckte. Sein Hass auf Ishida schien mittlerweile wahnhafte Züge angenommen zu haben.

„Machen Sie das, Commander", sagte er. „Soll sich das Militärgericht mit ihm herumschlagen. Je eher ich ihn von meinem Schiff habe, desto besser."

Er warf einen Blick auf die Konsole. Bis zum Erreichen der Station würden noch einige Stunden vergehen. „Ich bin in meinem Bereitschaftsraum."

3

Das Schott öffnete sich zischend und Jayden kam es so vor, als betrete er eine andere Welt. Der Verbindungstunnel war in ein angenehmes weiches Licht getaucht und die Wände bestanden rundum aus transparentem Stahl. Mehrere Schiffe hatten an den Landepods der Ringe angedockt, darunter nun auch die HYPERION.

„Eine beeindruckende Station", sagte Jayden.

„Das ist sie." Lieutenant Kensington schritt bedächtig neben ihm her. „Ich habe mir auf unserem Flug hierher die technischen Spezifikationen angesehen. NOVA ist Jahrzehnt für Jahrzehnt gewachsen und hat sich weiterentwickelt - wie ein organisches Lebewesen. Die Waffen entsprechen noch immer dem neuesten Stand, da die Station aufgrund ihrer exponierten Lage stetig gewartet und erweitert wird."

Kensington hatte ihre Hausaufgaben gemacht, doch nichts anderes hatte er erwartet. Seit sie in der Schlacht im Elnath-System im Alleingang zwei Kreuzer der Parliden zerstört hatte, hatte sie seine volle Aufmerksamkeit. Sie erledigte die ihr zugewiesenen Aufgaben mit Elan, hatte stets ein Lächeln auf den Lippen und bewies ein ums andere Mal sowohl Kompetenz als auch Einfallsreichtum.

„Oh!" Die Augen der Offizierin verengten sich zu schmalen Schlitzen.

„Lieutenant?" Jayden folgte ihrem Blick und entdeckte einen braunhaarigen schlanken Mann, der am nächsten Schott Stellung bezogen hatte. Die Rangabzeichen wiesen ihn als Commander aus. „Kennen Sie ihn?"

„Ich fürchte, das tue ich, Sir." Ihre Lippen bildeten einen kerzengeraden Strich und jede Emotion war von ihrem Gesicht gewichen.

Der Unbekannte entdeckte Jayden und trat auf ihn zu. „Mein Name ist Commander Zev Buckshaw, Captain. Commodore Harris schickt mich, damit ich Sie zu seinem Quartier bringe und mich um Ihre Kommunikationsoffizierin kümmere.“ Er nickte Tess knapp zu. „Lieutenant.“

„Sir“, presste sie hervor.

„Sie beide kennen sich?“, hakte Jayden nach.

„Miss Kensington und ich hatten bereits das *Vergnügen*“, erwiderte der Commander.

„Verlieren wir uns doch hier nicht in gekünstelter Etikette. Mister Buckshaw und ich können uns nicht ausstehen. Wir hatten in der Vergangenheit an Bord der SANNING einige Meinungsverschiedenheiten, was sich auf meine Personalakte auswirkte.“

Jayden erinnerte sich an die Personaldatei seiner Ortungsoffizierin. Während all ihre bisherigen Vorgesetzten ein Loblied über sie sangen, gab es eine einzelne Beurteilung, die so unterirdisch schlecht war, dass sie einem Offizier durchaus die Karriere versauen konnte.

„Wir sind jedoch erwachsene Menschen“, fügte Kensington hinzu. „Ich versichere Ihnen, Sir, unsere Arbeit wird nicht darunter leiden.“

„In Ordnung, Lieutenant, ich verlasse mich darauf.“ Er bedachte sie mit einem durchdringenden Blick, bevor er dem Commander bedeutete voranzugehen. „Dann wollen wir den Commodore nicht warten lassen.“

Buckshaw führte sie auf direktem Weg durch die belebte Station, vorbei an einer Gruppe von Offizieren, Werftarbeitern und Zivilisten, die offenbar eine Führung erhielten, zum Quartier des Stationskommandanten. Als Jayden sich verabschiedete und seine Ortungsoffizierin neben dem Commander davongehen sah, war er beunruhigt. Sobald sie wieder an Bord der HYPERION waren, würde er ein Gespräch mit Lieutenant Kensington führen. Bis dahin brachten die beiden sich hoffentlich nicht gegenseitig um.

„Ich hätte nicht gedacht, dass es jemand wie Sie auf die HYPERION schafft", sagte Commander Zev Buckshaw überheblich, als Captain Cross außer Hörweite war. „Das Niveau in der Flotte ist doch weiter gesunken, als ich bisher dachte."

Er machte sich nicht die Mühe, leise zu sprechen, was ihnen neugierige Blicke von vorbeigehenden Offizieren einbrachte.

„Ich frage mich, warum Commodore Harris Sie überhaupt hierher gebeten hat", sagte er. „Ich habe ihm erklärt, dass Sie eher etwas zerstören werden, uns aber sicher keine Hilfe sind."

Tess ballte beide Hände deutlich sichtbar zu Fäusten, schwieg ansonsten jedoch.

„Ich denke, bevor ich Sie zur Kommandozentrale bringe, sollten wir uns unter vier Augen unterhalten, um einige Dinge klarzustellen."

Tess schnaubte. „Da bin ich ganz Ihrer Meinung, *Sir*." Sie hatte die Pläne der Station studiert und längst bemerkt, dass sie sich nicht auf dem Weg zur Zentrale befanden. Gut so!

Buckshaw führte sie zu einem der multidirektionalen Lifte, mit dem sie weiter in die Tiefen von NOVA fuhren. Sie quetschten sich zu einer dichten Menschentraube in die Kabine.

„Ich wäre Ihnen sehr verbunden, wenn Sie unsere Ortungsstation nicht alleine aufsuchen würden", sagte er hämisch - natürlich erneut laut und deutlich. „Die Systeme sind weitreichend vernetzt und äußerst komplex. Wir haben auch ohne Ihre Pfuscherei genug zu tun."

„Da habe ich keinen Zweifel, Sir", presste Tess hervor. „Vor allem, wenn *Sie* für die Personalführung verantwortlich sind."

Buckshaw sog scharf die Luft ein. „Auf der HYPERION können Sie Ihren vorgesetzten Offizier vielleicht beleidigen, hier auf NOVA sollten Sie sich das aber verkneifen!"

Die Lifttüren öffneten sich und der Commander führte Tess durch einen verlassenen Gang. Dicht vor einem Schott blieb er stehen. Ein leises *Ping* signalisierte, dass die K.I. seine persönliche

I.D. akzeptierte. Die Tür rollte zur Seite und schloss sich hinter ihnen wieder.

„Hab ich übertrieben?", fragte Zev zaghaft und lächelte ihr zu.

Tess schüttelte grinsend den Kopf. „Das war perfekt." Sie griff nach seiner Hüfte und zog ihn zu sich heran. „Gott, habe ich dich vermisst."

Sie versanken in einem innigen Kuss.

4

Sol-System, Raumstation Sol-22, Im Orbit um Neptun, 21. Januar 2266, 11:30 Uhr

Sie hatten sich bereits alle versammelt, als Juri eintraf. Präsidentin Ione Kartess' holografisches Abbild saß am Kopfende in einem der Konturensessel, in den Projektoren eingebaut waren. Admiral Zhang als dienstältestes Mitglied des Rates saß direkt neben ihr und war ebenfalls nur als Hologramm erschienen. Die übrigen Anwesenden saßen reihum - darunter Sjöberg, Pendergast und Jansen, die allesamt zur gegnerischen Riege gehörten.

„Admiral Michalew", sagte die Präsidentin kalt, „schön, dass Sie sich auch zu uns gesellen. Ihr Adjutant hat angedeutet, dass es sich um einen Notfall handelt. Da der Außenminister in meinem Büro vermutlich gerade die Wände hochgeht, kommen wir doch am besten gleich zur Sache."

Wie er dieses arrogante Miststück hasste! „Natürlich, Madame Präsident." Er schenkte ihr ein perfekt einstudiertes Lächeln. „Ich fürchte mein Adjutant hat nicht übertrieben."

Juri ließ sich auf dem ihm zugewiesenen Konturensessel nieder und loggte sich mit seinem Account in seinen persönlichen Speicher ein. Hier lagerten jene Dateien, die alles verändern sollten und die er so lange zurückgehalten hatte.

Er erinnerte sich an jenen Moment, als Doktor Irina Petrova ihm die heimlich durchgeführten Scans des Parlidenkörpers überbracht hatte, die sie auf der HYPERION angefertigt hatte. Nur einige auserwählte Persönlichkeiten wussten um die wahre Natur dieser Daten. Das sollte sich heute ändern.

Er gab einen Befehl in die Konsole ein, woraufhin über dem Holo-Desk die schematische Darstellung des Parlidenkörpers erschien. Am Rand waren Skalen und Datenreihen eingeblendet, die jedoch für die meisten Anwesenden keine Aussagekraft besaßen.

Während sich die Mehrheit zurücklehnte und auf seine Ausführungen wartete, beugte sich Admiral Santana Pendergast mit gerunzelter Stirn vor. „Da kann irgendetwas nicht stimmen." Sie schüttelte den Kopf und blickte zu Juri. Als er ihren Blick gelassen erwiderte, riss sie entsetzt die Augen auf. „Nein!"

„Ich fürchte doch."

„Es freut mich, dass Sie beide eine Möglichkeit der telepathischen Kommunikation für sich entdeckt haben", sagte die Präsidentin giftig. „Aber ich denke es ist an der Zeit, dass Sie uns jetzt ebenfalls an Ihren Erkenntnissen teilhaben lassen." Ihr Blick durchbohrte Juri wie ein Pulserschuss.

„Was Sie hier sehen, Madame Präsident, sind die neuesten Aufnahmen des Parlidenkörpers", sagte er dozierend. Dass die Scans bereits auf der HYPERION gemacht worden waren, verschwieg er wohlweislich, da Doktor Irina Petrova ein zu nützliches Werkzeug darstellte, als dass er sie der versammelten Meute zum Fraß vorwerfen konnte. „Unseren Wissenschaftlern ist es gelungen, durch ein verbessertes Verfahren die Hülle zu durchdringen."

„Die Hülle?", echote Präsidentin Kartess.

Juri bejahte. „In der Tat handelt es sich bei der schwarzöligen Oberfläche nicht um einen Körper, sondern um eine Rüstung, in der ein Humanoide steckt."

Admiral Zhang bedachte Juri mit einem scharfen Blick. „Das heißt, die Parliden sehen in Wahrheit ganz anders aus?"

„Die Parliden sehen ganz genau so aus, wie wir immer dachten: Sie sind Humanoide, ihre Haut ist metallisch schwarz und glänzt ölig und ihr Kopf ähnelte einem Stern, dessen Spitzen angeschmolzen wirken. Zumindest trifft das auf die *Hohen* unter den Parliden zu.

Die Niederen unterscheiden sich äußerlich durch einen

leicht rötlichen Schimmer und ein Symbol auf ihrer Stirn. Und damit sind wir auch schon bei unserem Problem. Denn bei den Niederen, jenen Parliden, die als Sklaven für die Höheren tätig sind, handelt es sich in Wahrheit um Menschen."

Für einige Augenblicke herrschte eine fast schmerzhafte Stille im Konferenzraum, bevor alle wie auf Kommando gleichzeitig zu sprechen begannen.

„Ruhe!", brüllte Präsidentin Kartess. „Was zum Teufel soll das, Admiral? Sie wollen allen Ernstes behaupten, dass in dieser Rüstung ein Mensch steckt?" Sie deutete auf den Parlidenkörper.

„Die Scans lügen nicht", sagte er. „Unter dieser schwarzen Oberfläche befindet sich ein Terraner. Und ich fürchte, es ist noch schlimmer.

Sehen Sie, wir konnten bei dem Gefangenen eine neurale Aktivität feststellen; sie sich also ihres Zustandes bewusst sind.

Die Wissenschaftler sind sich darin einig, dass die Parliden Menschen in diese Hüllen stecken und sie als Sklaven für sich arbeiten lassen. Die Rüstung beinhaltet eine sehr ausgereifte K.I., die alles steuert. Der Terraner im Inneren ist bei vollem Bewusstsein - er spürt, riecht und hört ganz normal; liefert die Muskelkraft und die benötigte Energie, während die integrierte künstliche Intelligenz über die Rüstung selbst alle Bewegungen kontrolliert."

Als er geendet hatte, war die Präsidentin kreidebleich und nicht wenige Admiräle starrten ihn entsetzt an.

„Sie haben also im Verlauf des Krieges - vermutlich sogar bereits davor und auch noch danach - Gefangene gemacht, die sie in diese Rüstungen steckten", sprach Admiral Pendergast gnadenlos aus, was alle dachten. „Wir haben bei jedem Abschuss, jedem zerstörten Schiff, unsere eigenen Leute getötet."

„Und das waren die Glücklicheren", sagte Isa Jansen leise.

„Habe ich Sie richtig verstanden?" Admiral Pendergast funkelte ihre Kollegin wütend an.

„Haben Sie nicht zugehört?!" Juri erlebte zum ersten Mal,

dass die sonst so stille Isa Jansen laut wurde. „Diesen Gefangenen ist während der ganzen Zeit völlig bewusst, wo sie sich befinden. Sie sind da drinnen gefangen und können sich nicht eigenständig bewegen, sondern werden ferngesteuert - seit Jahrzehnten!"

„Woher wissen Sie davon, dass die Höheren keine Menschen sind?" Admiral Sjöberg massierte sich die Schläfen und sah sehr müde aus.

„Wir konnten einen Neuralchip auslesen", sagte Juri. „Das meiste ist verschlüsselt, doch es wurde klar, dass die Höheren in der Tat *echte* Aliens sind. Sie sehen so aus, wie wir immer vermuteten.

Wir konnten einige Datentabellen auslesen, die den Status des niederen Parliden als Sklave verdeutlichen, die aufzeigen, wie lange er schon gefangen ist und wie das Zusammenspiel zwischen Rüstung und Wirt funktioniert.

Einige der Auswertungen enthalten Daten, die uns einen tieferen Einblick in die Gesellschaft der Parliden geben."

„Diese verdammten Schweine", fauchte Admiral Zhang. „Entschuldigung, Madame Präsident."

Kartess winkte ab. „Ich kann Sie verstehen, Yoshio. Das ist wirklich unfassbar - eine Katastrophe! Ich werde sofort die Minister zusammentrommeln. Admiral Michalew, was sagen die Wissenschaftler noch? Wie können wir diese Rüstung von dem gefangenen Menschen lösen?"

„Aktuell ist das nicht möglich, Madame Präsident", sagte Juri. „Die Experten beginnen gerade erst damit, das Problem zu durchschauen. Aber diese Sklavenrüstung ist mit zahlreichen Nerven des Wirts verbunden und es bestehen eine direkte Verbindungen mit dem Hirn. Details können Sie dem Bericht entnehmen.

Es werden noch Monate vergehen, bis die Wissenschaftler uns eine Lösung bieten können - wenn überhaupt."

„Dann sollte ich ..."

„Ich fürchte, das war noch immer nicht alles“, sagte Juri mit belegter Stimme. „Uns ist es außerdem gelungen, die Identität der Person festzustellen, die in jener Rüstung, die wir gefunden haben, gefangen ist.“

Nach einem letzten Blick in die Runde, nannte er den Namen.

5

Raumstation NOVA, Alzir-System, 21. Januar 2266, 20:00 Uhr

Tess räkelte sich entspannt auf der Matratze, während Zevs Küsse ihren Nacken bedeckten und kontinuierlich tiefer wanderten. Nach all den Jahren hatte sie sich endlich daran gewöhnt, seinen neuen Namen zu benutzen, den alten nicht einmal mehr zu denken. Niemand durfte je erfahren, dass Zev noch lebte, und es in der Flotte so weit gebracht hatte.

„Du bist ja unersättlich“, sagte sie verschmitzt.

„Ich hab dich ja auch verdammt lange nicht gesehen“, erwiderte er. „Wenn wir wenigstens öfter miteinander sprechen könnten.“

„Und das Risiko eingehen, dass ein übervorsichtiger Sicherheitsoffizier unsere Phasenfunk-Verbindung registriert und hinterfragt?“ Sie drehte sich unter ihm auf den Rücken. „Das ist zu gefährlich.“

„Ich weiß.“ Er hauchte ihr einen weiteren Kuss auf die Lippen. „Glaubst du, ich könnte es jemals vergessen? Aber lass mich doch träumen.“

„Mir geht es doch genauso.“ Tess merkte, wie ihre Stimmung absackte. „Und eines Tages können wir das auch wieder. Bis dahin müssen wir uns gedulden und unsere Arbeit machen - während wir weiterhin recherchieren.“

„Apropos Arbeit“, sagte Zev. „Wir sollten uns langsam zur Kommandobrücke aufmachen. Sonst glaubt noch jemand, ich hätte dich aus der nächsten Luftschleuse geworfen.“

Sie schlüpften beide wieder in ihre Uniformen und zupften ihre Haare zurecht.

„Sieht man es mir an?“, fragte Tess.

„Was, dass du gerade heißen Sex hattest?“ Zev grinste schelmisch. „Also *ich* sehe es dir an.“ Er zwinkerte. „Aber alle anderen glauben vermutlich nur, dass du dir die Haare gerauft hast, weil ich dich so sehr geärgert habe.“

Sie kniff ihn in die Seite, worauf ein kurzes Gerangel ausbrach, das erneut in einem innigen Kuss endete.

„Wirst du Landurlaub bekommen?“, fragte Zev, während er sich ein letztes Mal die Uniform glatt strich.

„Sobald meine dilettantische Arbeit an euren hochkomplexen Sensoren abgeschlossen ist, gehe ich mir eine der berühmten Smaragdwälder auf Pearl ansehen, Sir.“

Zev lachte auf. „Gut, dann werde ich mir wohl, nachdem ich mich lautstark über deine Arbeit geärgert habe, auch einen kleinen Erholungsurlaub gönnen. Vielleicht laufen wir uns ja zufällig über den Weg.“

Gemeinsam verließen sie Zevs Quartier und machten sich auf den Weg zur Kommandobrücke. Als sie in den Lift stiegen, wären sie beinahe mit Alpha 365 zusammengestoßen. Flankiert von zwei Sicherheitsoffizieren, die Lieutenant Bruce Walker in der Mitte führten, stand der genetisch designte Sicherheitschef der HYPERION direkt an der Tür des Lifts. Sein Blick war - wie immer – frei von jeder Emotion, da die Wissenschaftler von Kassiopeia ihren gezüchteten Offizieren der Alpha-Linie keinen emotionalen Ballast mitgaben. Tess verspürte Mitleid mit dem armen Kerl. Ein Leben ohne Gefühle? Undenkbar!

„Ich würde es bevorzugen, wenn Sie den nächsten Lift nähmen, Lieutenant“, sagte der Alpha.

„Selbstverständlich, Sir.“

Die Lifttüren ...

... schlossen sich und Alpha 365 war wieder allein, mit seinen Offizieren und dem Gefangenen.

Walker wirkte bleich, schien seine Wut vollständig aufgebraucht zu haben. Er beteuerte noch immer, dass er den Torpedo nicht abgefeuert hatte, erwartete jedoch scheinbar nicht mehr, dass ihm jemand glaubte.

Alpha 365 hatte im Verlauf seiner Ausbildung zum Sicherheitschef zahlreiche Standardwerke der psychologischen Literatur studiert. Emotionale Reaktionen beruhten in allen Fällen auf anerzogenen Verhaltensmustern und charakteristischen Besonderheiten, die sich mit heuristischen Wahrscheinlichkeiten ableiten ließen. Es verwunderte ihn, dass Lieutenant Walker noch immer leugnete, etwas mit dem abgefeuerten Torpedo zu tun zu haben.

Die Beweise, die Lieutenant Commander Lorencia und er zusammengetragen hatten, waren eindeutig: Bruce Walker hatte sich in Commander Ishidas persönlichen Speicher gehakt und über diesen - unter Umgehung der Sicherheitsprotokolle - einen Torpedo auf einen angeschlagenen Parlidenraumer abgefeuert. Ein dilettantischer Versuch, die I.O. in Misskredit zu bringen.

„Eines Tages werden Sie bereuen, dass Sie mich beschuldigt haben, diese Tat begangen zu haben", sagte Walker. „Vermutlich hat diese Schlampe den Torpedo selbst abgefeuert."

„Ich würde es begrüßen, wenn Sie in meiner Anwesenheit auf derartige obszöne Bezeichnungen verzichten könnten", sagte Alpha 365 gelassen. „Sollte ich mich irren und Sie sind tatsächlich unschuldig, wird ein neutrales Gericht Sie zweifellos rehabilitieren."

Walker lachte auf. „Ach, Sie glauben, ich werde bis zu meinem Gerichtsverfahren überleben? Sie sind doch nicht so gut, wie ich immer dachte."

„Auch ein Admiral Juri Michalew wird Ihnen hier auf der Station nichts anhaben können." Als die Türen des Lifts sich öffneten, setzten sie sich in Bewegung. „NOVA ist eine Festung. Und neben der Stationssicherheit werden auch immer zwei meiner Männer Wache halten."

„Sie sind *tatsächlich* nicht so gut, wie ich dachte." Walker schüttelte den Kopf. „Aber das spielt keine Rolle. Sie müssen mich nicht beschützen - das könnten Sie auch gar nicht."

Alpha 365 runzelte die Stirn, verlegte sich jedoch wieder aufs Schweigen. Irgendetwas entging ihm. Wie so oft wurde sein Unterbewusstsein aktiv, versuchte, ihm etwas mitzuteilen. Er würde warten, bis sich aus dem Instinkt ein logischer Gedanke bildete, und danach handeln - wie er es immer tat.

Schweigend setzten sie den Weg fort.

3 Tage später

Als Lieutenant Commander Akoskin zu Jayden aufblickte, wirkte er munter und ausgeruht. Der Taktikoffizier hatte seinen Aufenthalt auf Pearl sichtlich genossen und seinen Dienst vor einer Stunde, leise vor sich hin summend, wieder angetreten. Es war nicht schwer zu erraten, wie er sich die Zeit vertrieben hatte und Jayden fragte sich einmal mehr, ob es irgendeinen Ort in dieser Galaxis gab, an dem keine Frau auf den Taktikoffizier wartete oder ihn verfluchte.

Die Kommandobrücke machte einen ausgestorbenen Eindruck. Gerade mal zwei der wissenschaftlichen Stationen, die sich wie aufgereihte Perlen an der Wand entlang zogen, waren besetzt. Da sich Tess Kensington auf NOVA befand, hatte ihr Stellvertreter, Lieutenant Nurakow, den Dienst an der Ortungskonsole in der Alpha-Schicht übernommen.

Lieutenant McCall bereitete gerade die Übergabe ihrer Station vor, da sie ihren Landurlaub gleich antreten wollte und sogar Janis Tauser hatte vor einer halben Stunde ihr gemeinsames Training abgesagt, da er ebenfalls nach Pearl geflogen war.

Seine I.O. hatte sich als Letzte in die Liste eingetragen und würde den Planeten erst übermorgen aufsuchen. Momentan befand sie sich im Maschinenraum, um irgendetwas mit Lieutenant Commander Lorencia zu besprechen. Wenn Jayden es richtig deutete, entwickelte sich eine Freundschaft zwischen den beiden Frauen, was er seiner I.O. mehr als gönnte.

Alpha 365 war wohl der geschäftigste seiner Offiziere. Noch immer verhörte er Lieutenant Walker und hatte parallel von

NOVA aus einen Tiefenscann des Computerkerns der HYPERION veranlasst. Das Ergebnis war eindeutig ausgefallen: Es gab keinen bekannten Computervirus oder Trojaner im System.

Der Alpha hatte Jayden zu verstehen gegeben, dass er mittlerweile mehr denn je von einem Verräter ausging, der auf irgendeine Art mit dem ersten und zweiten Fraktal kommuniziert hatte, um die HYPERION vor dessen Einfluss zu schützen; gleichzeitig aber eiskalt dabei vorging, diese Artefakte in seine Gewalt zu bringen. Jayden wollte seinem Sicherheitschef keine Paranoia unterstellen, doch der Gedanke kam ihm einfach ein wenig zu weit hergeholt vor.

„Sir, die SE-RA-TA-LA-MU befindet sich bei Minimalgeschwindigkeit auf dem veranschlagten Vektor", sagte Lieutenant Commander Akoskin. „Die PI-RA-SO-MA-FE aktiviert soeben ihre Traktorstrahlen, um das Schiff zu übernehmen."

Jayden beobachtete im Holotank, wie der rentalianische Raumer das andere Schiff an sich kettete, und fühlte sich unweigerlich von einer Last befreit. Damit war er nicht länger für das zweite Artefakt verantwortlich. Die Rentalianer würden es mit sich nehmen und zusammen mit dem ersten Fraktal, das nicht mehr auf dem Mars bleiben sollte, an einen geheimen Ort bringen.

„Übergabe ist abgeschlossen", sagte Akoskin.

„Sehr gut, Commander." Jayden war zufrieden. „Damit wäre dieses Problem für uns erledigt." Es blieb zu hoffen, dass die Admiralität ihnen noch ein wenig Auszeit gönnte, bevor die nächsten Befehle eingingen. „Ich bin in der Sporthalle, Sie haben die Kommandobrücke."

„Hast du nochmal mit ihm gesprochen?", fragte Giulia und beobachtete ihr Gegenüber dabei genau. Noriko wirkte ein wenig angespannt, das mochte aber durchaus Einbildung sein.

„Nein. Ich wüsste nicht, was es noch zu besprechen gäbe. Er ist jetzt drüben auf NOVA und wird mit dem nächsten Schiff überführt, das zur Erde fliegt."

„Dann ist das Kapitel also wirklich abgeschlossen?"

Noriko lächelte bitter. „Du willst wissen, ob ich innerlich in Ordnung bin? Glaub mir, Doktor Tauser hat mich mittlerweile zu drei Sitzungen antanzen lassen, weil er meine Diensttauglichkeit feststellen wollte. ‚Haben Sie Schuldgefühle, Commander? Immerhin hat Walker einen Torpedo auf ein hilfloses Schiff abgefeuert, um *Ihnen* zu schaden', ‚Können Sie gut schlafen?', ‚Haben Sie Alpträume?', ‚Was fühlen Sie, wenn Sie an den Lieutenant denken?' und so weiter."

„Aber er hat dir deine Diensttauglichkeit bestätigt?"

Noriko bejahte. „Ich bin darüber hinweg und habe nicht einmal Paranoia entwickelt - das wurde mir offiziell attestiert."

Giulia fiel ein Stein vom Herzen. Niemand hatte herausgefunden, dass sie es gewesen war, die den Torpedo manipuliert und abgefeuert hatte, um es in der Folge Lieutenant Walker in die Schuhe zu schieben. Nur so hatte sie Norikos Ansehen wieder herstellten und den verhassten Mann von Michalew loswerden können. Sie spürte kein Mitleid für den Offizier, der mit seinen radikalen Ansichten, seinen Intrigen und seiner Kaltblütigkeit beinahe Norikos Karriere ein weiteres Mal zerstört hatte. „Dann sollten wir diese leidige Angelegenheit vergessen", sagte sie.

Sie kippte den letzten Schluck des Vitamin-Koffein-Drinks hinunter, den Lieutenant Pablo Alcazar zusammengemischt hatte. Der Techniker machte es sich zum Hobby, exotische ViKo-Geschmacksrichtungen zu kreieren. Abgesehen von zwei furchtbaren Fehlschlägen - Giulia versuchte den Gedanken an diese Variationen zu verdrängen - gelang es ihm meist recht gut. „Wann nimmst du deinen Landurlaub?"

„Wenn sich nichts verschiebt oder etwas Wichtiges dazwischenkommt, fliege ich übermorgen auf den Planeten", sagte Noriko. „Wie sieht es bei dir aus? Kannst du deinen Urlaub abstimmen?"

„Das lässt sich machen. Mein Stellvertreter ist flexibel."

Lieutenant Boris Jegorow interessierte sich für nichts anderes als die Optimierung der Gerätschaften im Maschinenraum. Sein Beruf war seine Leidenschaft und er trieb sich sogar in seinen freien Minuten an den Konsolen herum und optimierte Einstellungen. „Ich werde ihn sowieso dazu zwingen müssen, seinen Urlaub anzutreten. Ehrlich gesagt bin ich nicht mal sicher, ob ich ihm damit einen Gefallen tue.“ Sie grinste.

„Also abgemacht“, sagte Noriko. „Du klärst das mit Boris und ich schreibe dich auf die Liste im gleichen Zeitfenster wie mich selbst.“ Die I.O. schob sich ihr letztes Salatblatt in den Mund. „Wir sehen uns später. Ich muss noch zum Sicherheitschef.“

„Zum Alpha?“ Giulia runzelte die Stirn. „Warum das?“

„Ich bin mir nicht sicher“, sagte Noriko zögerlich. „Aber seitdem er Walker zur Station gebracht hat, ist er ... seltsam. Er war noch ein zweites Mal drüben und hat jetzt einen Antrag für eine dritte Vernehmung gestellt.“

Mit einem Mal wurde Giulia mulmig zumute. Ahnte der Alpha etwa die Wahrheit? Immerhin behauptete Walker nach wie vor, dass er nichts mit den Ereignissen um den Torpedo zu tun hatte.

„Also, bis später“, verabschiedete sich Noriko.

Sie warf ihr Besteck samt Teller in den Rückgabeschacht.

„Bis später“, murmelte Giulia.

Tess rieb sich müde die Augen, als sie die Simulation zum tausendsten Mal ablaufen ließ. Die Prozentanzeige kroch förmlich über den Monitor. Vermutlich würde sie zusammenbrechen, bevor sie die Zahl Hundert erreichte.

„Wie sieht es aus, Lieutenant?“, fragte Commodore Harris. „Kommen Sie voran?“

„Ihr L.I. und ich konnten die Sensorlinsen korrekt ausrichten und die Verbindung zum Ortungsnetz der ÜL-Plattformen herstellen“, sagte Tess, während sie bereits ihr weiteres Vorgehen überdachte. „Die Algorithmen der HYPERION sind eingespielt, aber wenn ich diese Anzeige korrekt deute, gibt es ein Problem mit der Bandbreite Ihrer Systeme." Sie überprüfte noch einmal die Werte. „Das Ortungssystem ist nicht dazu ausgelegt, mit einer so alten Hardware zu operieren."

„Ich verstehe." Die Stimme von Commodore Harris klang ein wenig gekränkt.

„Ich wollte Ihr System nicht beleidigen, Sir", stellte Tess klar. „Wir werden zweifellos eine Lösung für das Problem finden."

Harris schwieg, worauf Tess weiterarbeitete. Der Commodore saß auf seinem Konturensessel und starrte auf irgendwelche Anzeigen seiner Konsole. Ihn schien ihre Aussage zu ärgern, obgleich Tess lediglich die Fakten aufgezählt hatte. Sie mochte kommandierende Offiziere nicht, die sich derart mit ihrem Schiff identifizierten, dass sie alles, was kein Lob darstellte, als persönliche Beleidigung betrachteten.

Das Aufleuchten eines Icons erregte ihre Aufmerksamkeit. Sie vergaß Commodore Harris augenblicklich. Die Sensoren, mochten sie auch noch so schlecht arbeiten, meldeten eine Signatur, die sie bereits kannte. Auf dem Weg zur NOVA-Station hatte sie das exakt gleiche Signal aufgefangen. Der interne Algorithmus hatte es - nachträglich - als Asteroid eingestuft. Sie blickte gebannt auf das Sensor-Log, während die Sekunden verstrichen, doch der Filter wurde nicht aktiv. Wie war das möglich? Die HYPERION und die NOVA-Station arbeiteten seit dem Update mit dem gleichen Algorithmus und der gleichen Sensortechnik. Was auf dem Interlink-Kreuzer aussortiert wurde, musste auch hier gefiltert werden. Doch das System verlangte von ihr eindeutig eine manuelle Einschätzung - warum?

Sie wechselte in eine andere Darstellung und veränderte die Granularität der ausgewerteten Daten. Auch auf sie wirkte das Ergebnis, als handle es sich um einen von vielen Asteroiden, die sich auf das Innere des Systems zu bewegten. Irgendetwas hielt die hiesige K.I. jedoch davon ab, die Zuordnung automatisch durchzuführen. Auf die Schnelle konnte sie dieses Rätsel nicht alleine lösen und das Protokoll gab für einen solchen Fall klare Anweisungen.

„Sir“, wandte sie sich an Commodore Harris. „Die Sensoren empfangen eine unbekannte Signatur, die sich auf direktem Kurs in das Systeminnere befindet. Sie wird nicht als Schiff eingestuft.“

„Eine Signatur“, echote Harris. Er warf einen Blick auf seine Kommandokonsole, rief augenscheinlich die Sensordaten ab. Seine Mundwinkel verzogen sich abschätzig. „Da spielt Ihr neues System wohl ein wenig verrückt. Sollten Asteroiden und Weltraummüll nicht gefiltert werden?“

„In der Tat, Sir.“ Tess nickte. „Doch die Automatik erwartet eine manuelle Bestätigung, was sehr ungewöhnlich ist. Irgendetwas an der Zusammensetzung des georteten Objektes scheint von der Norm abzuweichen; vermutlich eine Komponente der Materialzusammensetzung. Aber ohne detailliertere Analyse kann ich diese nicht benennen.“

Harris winkte ab. „Glauben Sie mir, Lieutenant, eine derartige Fehleinschätzung kam auch ab und an mit dem alten System vor. Ich verbuche das unter Kinderkrankheit. Die ÜL-Plattformen hätten uns jedwede Annäherung eines Raumschiffes mitgeteilt.“

„Falls ein solches Schiff sich nicht auf Schleichfahrt befindet und daher alle nicht lebenswichtigen Systeme abgeschaltet hat.“

Der Commodore lachte auf. „Ein derartiger Anflug würde Monate dauern.“ Er winkte ab. „Das halte ich für ausgeschlossen. Und selbst wenn es anders sein sollte: Wir besitzen eines der besten Verteidigungssysteme der Flotte.“

„Aber Sir ...“

„Sie scheinen uns wirklich nicht viel zuzutrauen“, fuhr ihr Harris in die Parade. „Ich denke, Ihre Arbeit hier ist sowieso beendet. Alles Weitere kann Lieutenant Hatzenberg übernehmen. Die Ortungsstation mag mit Ihrem neuen System auf dem Interlink-Kreuzer nicht mithalten können, doch ich versichere Ihnen, wir verstehen unser Handwerk."

„Sir, ich wollte nicht ..."

„Ich habe verstanden, *Lieutenant*!" Die übrigen Offiziere waren mit einem Mal eifrig mit ihren Konsolen beschäftigt und niemand sagte ein Wort. Harris wandte sich an Zev. „Geleiten Sie die Lieutenant bitte von der Station, Commander."

„Mit Vergnügen, Sir." Zev grinste hämisch, was er über die Jahre einstudiert und perfektioniert hatte.

Erneut wünschte sich Tess, dass sie nicht auf dieses leidige Schauspiel angewiesen wären. Wie sehr hätte sie Zevs Fürsprache jetzt benötigt. Sie erhob sich, verabschiedete sich mit einem abgehackten Nicken und verließ die Konsole.

„Er macht einen Fehler."

Zev keuchte auf und sah sich hektisch um. „Willst du uns auffliegen lassen?!"

Tess ignorierte die Panik in seiner Stimme und fuhr fort: „Dieses Signal, ich habe es schon einmal empfangen: auf dem Weg hierher. Unser System hat es aus irgendeinem Grund automatisch im Filter verschwinden lassen, hier ist das jedoch anders. Ich glaube, es ist ein Raumschiff."

„Warum sollte ein Raumer sich auf Schleichfahrt ins Systeminnere befinden?"

„Verdammt, Zev!" Sie versuchte sich zu beruhigen und sprach leise weiter. „Wir besitzen das zweite Fraktal, haben es gerade an einen rentalianischen Raumer übergeben. Vielleicht haben die es darauf abgesehen."

Er schüttelte den Kopf. „Eine derartige Schleichfahrt dauert Monate. Zu diesem Zeitpunkt wusste noch niemand, dass ihr hierher kommen würdet, oder irre ich mich?

Siehst du. Es *kann* nichts mit dem Artefakt zu tun haben!"

„Dann ist es ein vorbereiteter Angriff der Parliden oder einer anderen Macht - Herrgott, ich habe keine Ahnung. Aber meine Instinkte sagen mir, dass etwas auf uns zukommt. Und gerade *du* solltest wissen, dass ich damit meist richtig liege."

Zev atmete schwer aus. „Okay, was willst du tun? Ich glaube kaum, dass Harris dich noch einmal auf die Kommandobrücke lässt. Du hast die Station beleidigt, das ist für ihn ein Sakrileg."

„Schalte mir eine Konsole frei."

Zev fragte nicht weiter nach, trat an die Wand und loggte sich über seinen Kommandoaccount ins System ein.

Tess betätigte einige Icons, worauf das Gesicht einer jungen Frau mit braunen Locken erschien, die mit großen Augen in das Aufnahmefeld starrte. „Was kann ich für Sie tun, Commander? Oh, Tess! Wie kommst du an die Signatur vom I.O. der Station?"

„Hi Sarah. Ich habe eine wichtige Nachricht für Captain Cross." Sie berichtete ihr in Stichworten von der Sensorauswertung und ihrer Vermutung, inklusive ihres Rauswurfs von der Kommandobrücke der NOVA-Station.

„Der Captain ist gerade in der Sporthalle, Commander Ishida im Sicherheitsbüro. Akoskin ist der diensthabende Offizier. Soll ich ihm deine Vermutung weiterleiten?"

„Nein. Der Einzige, der sich mit Harris anlegen kann, ist Cross. Und davor brauchen wir Beweise. Ich überspiele dir die Sensor-Logs der Station. Such bitte die heraus, die ich auf dem Weg zur NOVA gemacht habe. Sobald du sie überprüft hast, geh zum Captain, leg ihm beides vor und berichte ihm, was ich herausgefunden habe."

„In Ordnung", sagte Sarah zögerlich. „Aber warum machst du das nicht selbst?"

„Ich habe hier nur eingeschränkten Zugang zum System. Aber der L.I. der Station hat trotz seiner Sturheit begriffen, dass etwas an meiner Vermutung dran sein könnte. Ich analysiere im Maschinenraum den Algorithmus.

Aus irgendeinem Grund hat der die Signatur anders eingeschätzt als unser System. Ich muss herausfinden, woran das liegt."

„Okay. Ich gebe dir Bescheid, sobald ich mit dem Captain gesprochen habe."

„Danke, Sarah.“

„Kein Ding. Wozu sind Freunde da?“ Sie lächelte und beendete die Verbindung.

„Ich hoffe du weißt, was du tust. Wenn du Schwierigkeiten bekommst, wird auch deine Freundin mit drin hängen“, sagte Zev. „Harris ist ein Commodore. Der kann deinem Captain die Hölle heiß machen. Lieutenant McCall wirkt auf mich nicht so, als würde sie es gut wegstecken, wenn ihr kommandierender Offizier sie daraufhin zusammenfaltet.“

„Sarah passiert nichts“, erwiderte Tess überzeugt. „Sie hat da so eine Art, mit ihren großen Augen zu kommandierenden Offizieren aufzusehen, die sie wie ein Schild vor sich herträgt. Glaub mir, die weckt noch jeden Beschützerinstinkt. Hat uns auf der Akademie oft geholfen, wenn wir in Schwierigkeiten gerieten.“ Auf Zevs fragenden Blick fügte sie hinzu: „Wir waren im gleichen Jahrgang.“

„Weiß Sie ...“

„Natürlich nicht!“

„Gut. Ich gehe zurück zur Kommandobrücke. Verschwinde du in den Maschinenraum, aber mach um Gottes Willen keinen Ärger! Ich sorge dafür, dass der L.I. dir ein Gast-Account frei schaltet. Beschränke dich aber aufs recherchieren.

Harris sollte nicht erfahren, dass ich dich frei auf der Station herumlaufen lasse. Wenn er sich wieder etwas abgekühlt hat, bist du als Besucherin, die ihre Freizeit hier verbringt, wieder willkommen. Er wird schnell sauer, aber das verraucht auch ebenso schnell wieder.“ Mit diesen Worten wandte er sich um und ging davon.

Tess sah ihm nach, bis er um die Gangbiegung verschwunden war. Sie hatte ein ganz mieses Gefühl.

6

IL HYPERION, Alzir-System, 24. Januar 2266, 13:00 Uhr

Jayden erhöhte den Widerstandswert mit seinem mobilen Controller, worauf die Schwerkraft im Bereich des Laufbands auf 1,5 G angehoben wurde. Noch 15 Minuten und er hatte sein heutiges Pensum erfüllt. Dann konnte er der nächsten medizinischen Bewertung durch Doktor Petrova - die in einer Woche anstand - lächelnd entgegenblicken.

Die weitläufige Halle war übersät von Offizieren, die auf Laufbändern unterwegs waren, Elektrosuits zum gezielten Muskelaufbau trugen oder in Zweiergruppen ihre Nahkampftechniken verbesserten.

Jemand direkt neben ihm hustete vernehmlich. „Sir?"

Erst jetzt bemerkte Jayden Sarah McCall, die ein mobiles Pad fest umklammert hielt. „Lieutenant." Er lächelte ihr zu. „Was gibt es? Sollten Sie nicht auf der Kommandobrücke sein, die Übergabe abschließen, und sich ins nächste Shuttle Richtung Pearl setzen?"

Auf den Wangen der Kommunikationsoffizierin bildete sich ein zarter Rotton. „Lieutenant Erin Samura hat kurzfristig für mich übernommen", sagte sie mit einer Spur schlechten Gewissens, die sich in ihrem Gesicht abzeichnete. „Ich wollte das hier nicht über Funk besprechen. Es geht um eine Angelegenheit, die eine Menge Staub aufwirbeln könnte."

„Ich höre." Jayden regelte die Schwerkraft auf Normalniveau herab und stoppte das Band.

Während McCall von dem Sensorecho berichtete, das auf der HYPERION anders als auf NOVA interpretiert worden war, griff Jayden nach einem Handtuch und wischte sich den Schweiß vom Gesicht.

„... und bat mich, Sie zu informieren", schloss McCall.

„Sie wollen mir also sagen, dass Lieutenant Kensington die direkte Order von Commodore Harris ignoriert und obendrein die Sensoraufzeichnung aus einem gesicherten Speicher der Station zu uns überspielt hat?"

„Genau genommen tat sie das mit der Billigung von Commander Buckshaw", sagte McCall. „Der Transfer ging über seinen Account."

Nun war Jayden doch mehr als verblüfft. Ausgerechnet der I.O. von NOVA half Tess Kensington? Mit allem hätte er gerechnet, aber nicht damit.

„Also schön." Er schlang sich das Handtuch um den Hals und griff nach dem Pad. „Zeigen Sie her."

McCall reichte ihm den Bericht und sah ihm schweigend beim Lesen zu.

Sie hatte aus dem Speicher der HYPERION die Sensoraufzeichnung abgerufen, an der Jayden jedoch nichts Auffälliges ausmachen konnte. Es war nur logisch, dass der Algorithmus die Aufnahme als irrelevant eingestuft hatte. Erst als er die Aufzeichnung von NOVA ansah, bemerkte er den Unterschied.

„Desponit", sagte er überrascht.

„Exakt, Sir." Lieutenant McCall nickte eifrig. „Desponit ist ein Mineral, das nur auf wenigen Welten der Solaren Union zu finden ist - daher sein immens hoher finanzieller Wert. Die Wahrscheinlichkeit, es in einem Meteoriten zu entdecken, liegt fast bei null Prozent."

„Das ist mir bekannt, Lieutenant. Aber warum wurde das nicht von unserem Algorithmus entdeckt? Und weshalb hat Harris darauf nicht reagiert?"

„Als die Sensoren der HYPERION die Zusammensetzung analysierten, wurde das Ergebnis irgendwie ... verfälscht. Während in der ersten Analyse das Desponit noch zu finden ist, wurde es kurz darauf aus den Sensor-Logs entfernt und in der Folge hat der Algorithmus das Ergebnis neu bewertet. Ich habe keine Ahnung wie das geschehen konnte oder warum.

Auf der Station hat das System ganz korrekt die Zusammensetzung erfasst und ausgewertet. Daher auch die Information an den Sensoroffizier. Leider hatte Lieutenant Kensington nicht die Zeit, sich die Auswertung genauer anzusehen und wurde direkt von der Kommandobrücke komplimentiert."

„Also gut." Jayden atmete langsam ein und aus, sein Puls raste noch immer aufgrund der körperlichen Anstrengung. „Übergeben Sie die Daten an Lieutenant Nurakow. Er soll mit den Sensoren der ÜL-Plattformen das gesamte System absuchen! Da wir momentan so unterbesetzt sind, helfen Sie ihm dabei. Finden sie mir diese Signatur.

Ich ziehe mich um und komme auf die Kommandobrücke." Er wandte sich zum Gehen. „Und holen Sie mir Commander Ishida."

Jayden ließ sich in seinen Konturensessel sinken, nippte an seinem ViKo und sagte: „Geben Sie mir einen Bericht, Lieutenant Nurakow."

„Ich lasse die Signatur von den ÜL-Plattformen suchen, Sir. Bisher ohne Ergebnis."

Das Schott öffnete sich und seine I.O. trat ein. Mit schwungvollen Schritten kam sie zum Kommandopodest und ließ sich in ihrem Sessel nieder. „Sir, Sie wollten mich sprechen?"

„Bereiten Sie alles für einen Gefechtsalarm vor", sagte er leise in ihre Richtung. Dabei hielt er ihr das Pad mit der Sensorauswertung entgegen. „Alle Landgänge sind gestrichen. Ich will jedes Crewmitglied zurück an Bord haben."

Seine I.O. vertiefte sich in die Anzeige, als Lieutenant Nurakow meldete: „Sir, ich habe etwas." Sein Gesicht wurde kreidebleich. „Es handelt sich eindeutig um ein Raumschiff."

„Legen Sie es auf den Tank."

In einem Wabern manifestierte sich die Aufnahme einer der Außenkameras des Schiffes im Holotank. Lieutenant McCall keuchte erschrocken auf und sogar Commander Ishida entfuhr ein völlig untypisches: „Scheiße“.

„Mein Gott“, sagte Jayden leise.

Was er sah hätte wohl niemand auf der Kommandobrücke für möglich gehalten. Nur wenige tausend Kilometer unter der NOVA-Station schwebte ein unbekanntes Raumschiff.

„Das Ding befindet sich *innerhalb* des Verteidigungsperimeters“, sagte Noriko. „Die können jederzeit die gesamte Station sprengen.“

Jayden nickte fahrig und versuchte seinen erneut rasenden Puls unter Kontrolle zu bringen. „Lieutenant Nurakow, wie ist das möglich? Und warum bemerkt NOVA den Raumer nicht?“

„Sir, ich verstehe es selbst nicht genau. Das Schiff scheint über ein ausgezeichnetes Stealth-System zur verfügen, wodurch die veralteten Sensoren von NOVA es nicht entdecken konnten.

Da die unteren Sektionen aufgrund diverser neuralgischer Systeme speziell ummantelt sind, gibt es dort keinen transparenten Stahl. Es konnte damit auch nicht von einem Beobachter entdeckten werden.

Die Aufnahmefelder der Kameras sind gefächert nach Außen gerichtet, erwartet man doch von dort den Anflug feindlicher Schiffe. Dadurch befindet sich der Raumer im toten Winkel.

Die müssen in Schleichfahrt herangekommen sein - das hat vermutlich Monate gedauert - und haben sich dort unten positioniert. Da sie noch von keinem anderen Schiff entdeckt wurden, können sie vermutlich noch nicht sehr lange dort sein.

Wenn wir nicht die neuen Sensoren hätten, könnten wir sie, solange sie im Ruhezustand verbleiben, ebenfalls nicht orten.“

Aber was wollen sie hier, worauf warten sie?, fragte sich Jayden. *Und warum hat unser Algorithmus das Ding trotz des Desponits nicht erkannt? Und warum, zum Teufel, schaut sich niemand auf NOVA* ... Er verscheuchte die Fragen, jetzt galt es zu handeln.

„Lieutenant McCall“, wandte er sich an seine Kommunikationsoffizierin. „Wenn die innerhalb des Verteidigungsnetzes sind, können die auch den Phasenfunk abhören?“

„Da die Flottenfrequenz permanent wechselt, wäre das unwahrscheinlich, Sir“, sagte sie. „Doch wenn die Unbekannten sich Zugang zum Hauptcomputer von NOVA verschafft haben, könnten sie eingehende Nachrichten quasi aus dem Phasenfunk-Pool direkt abzapfen.

Aber das ist alles Spekulation. Wir wissen nicht, um wen es sich handelt.“

Jayden massierte sich die Schläfen und überdachte sein weiteres Vorgehen. Die Fremden durften auf keinen Fall bemerken, dass sie entdeckt worden waren. Schon die Meldung von Tess Kensington, die die Ortung des Deponits betraf, konnte als Entdeckung gedeutet werden, wenn Jayden jetzt falsch handelte. Sie durften nicht den Anschein erwecken, als hätten sie das Schiff entdeckt.

„Sir“, sagte Lieutenant Commander Akoskin, während seine Finger über die Taktikkonsole glitten. „Das unbekannte Raumschiff ähnelt in seiner materiellen Zusammensetzung den Parlidenschiffen, die wir kennen. Allerdings passt weder die Tonnage, noch die Form. Außerdem haben die Parliden - und ich hoffe sehr, dass sich der Geheimdienst an dieser Stelle nicht irrt - kein derartiges Tarnsystem.“

„Lieutenant McCall, veranlassen Sie, dass ein Shuttle zur Station übersetzt. Harris muss erfahren, was hier vorgeht. Die Nachricht wird nicht per Phasenfunk übermittelt! Danach setzen sie einen Funkspruch an Lieutenant Kensington ab. Sagen Sie ihr, dass ich die Desponit-Sache für ein Hirngespinst halte – falls *die* den Funk abhören sollten, dürfte sie das beruhigen.

Lieutenant Nurakow, Sie scannen weiterhin im Generellen das System. Keine Abweichung von der Norm.“

„Sir, wir sollten uns von der Station lösen. Hier bieten wir ein zu leichtes Ziel und können aus diesem Winkel auch keine Waffen einsetzen“, schlug seine I.O. vor. „Falls die sich entscheiden loszuschlagen, könnten wir mit unseren Torpedos NOVA unterstützen.“

Jayden lachte bitter auf. „Wenn Raketen mit Atomsprengköpfen oder Laserclustern in dieser Nähe detonieren, überlebt auf der Station kein Mensch. Außerdem wissen wir noch nicht einmal, was für Waffen die besitzen. Und wenn sie unsere plötzliche Aktivität bemerken, treten wir möglicherweise den Angriff los." Er dachte kurz nach. „Melden Sie NOVA, dass wir uns der Heimatflotte für deren Übungsmanöver anschließen. So können wir uns vom Landepod lösen und die HYPERION in eine günstigere Position bringen."

„Wird erledigt. Was werden wir sonst unternehmen?"

„Wir informieren die Systemflotte über die Angelegenheit, benutzen aber gerichteten und verschlüsselten Phasenfunk. Selbst wenn die Funksprüche der Station abgehört werden, wird das wohl kaum bei jedem Schiff der Fall sein. Jetzt ist es ein Glücksfall, dass die meisten Einheiten gerade an dem Manöver teilnehmen oder patrouillieren.

Die sollen sich unauffällig zu kleinen Einheiten zusammenfinden und die Station einkreisen. Gleichzeitig schlage ich Harris vor, NOVA langsam zu evakuieren." Er wandte sich an Lieutenant McCall. „Wie viele Raumschiffe sind an den Landepods angedockt?"

„Aktuell zwei Schwere Kreuzer, ein Leichter Kreuzer und zwei Dreadnoughts", sagte sie. „In der angeschlossenen Werft befinden sich drei Schiffe in der Reparatur."

„Sir, das sind Tausende von Menschen." Seine I.O. schüttelte den Kopf. „Die Fremden werden das auf jeden Fall bemerken. Zudem wird es mit Sicherheit eine Panik geben, wenn dort drüben jemand bemerkt, was vor sich geht. Vergessen Sie nicht, da sind auch Zivilisten."

„Wer von unseren Leuten befindet sich gerade auf der Station?"

Ishida rief die notwendigen Daten ab. „Lieutenant Kensington und Alpha 365.

Auf dem Planeten sind Doktor Tauser, Doktor Petrova,

zehn Offiziere der Schadenskontrolle, sieben Techniker, fünf Sicherheitskräfte, acht Marines und diverse Wissenschaftler.“

„Verdammt! Na schön, holen Sie unsere Leute zurück. Aber unverfänglich. Erst einmal Kensington und den Alpha, dann nach und nach alle vom Planeten.“

„Sir“, meldete sich Lieutenant McCall zu Wort. „Commodore Harris für Sie von der Station.“

Auf seiner Konsole sah Jayden, dass der Kurier die Nachricht bereits abgeliefert hatte und sich auf dem Rückweg befand.

„Wieso meldet er sich über Phasenfunk?“, sagte seine I.O. beunruhigt.

„Stellen Sie durch“, wies Jayden McCall an.

„Was soll denn diese lächerliche Verschwörungstheorie?“, polterte der Commodore los, als sein Konterfei im Holotank erschien. „Zuerst kommt Ihre Miss Kensington damit und jetzt auch Sie, Captain.“

„Sir, hatten Sie Gelegenheit auf den Kamera-Feed der nächstgelegenen ÜL-Plattformen zuzugreifen?“

Es gab nur eine Plattform die noch nahe genug an der Station lag, um eine Beobachtung mittels Kamera zu ermöglichen.

„Natürlich! Aber was soll der mir denn sagen?“, fragte der Commodore grimmig und die Anzeige des Kamera-Feeds erschien neben ihm im Holotank, worauf die NOVA-Station zu sehen war - jedoch ohne den fremden Raumer. „Und dann auch noch dieser idiotische Sensorbericht. Mein I.O. und ich werden ein ernstes Gespräch über die Weitergabe von Stationsinterna führen. Wenn Sie mich einfach kontaktiert hätten, bevor Sie die Hunde scheu machen, hätte ich das aufgeklärt. In diesem System wimmelt es nur so von Desponit-Asteroiden. Wir empfangen ständig derartige Signaturen. Die ganzen letzten Monate hat es davon nur so gewimmelt.“

Jayden wurde es bei diesen Worten eiskalt und nahezu jeder auf der Kommandobrücke riss die Augen weit auf. Er wandte sich an McCall. „Lieutenant, wieso sehen wir etwas anderes als der Commodore?“ Für einige hoffnungsvolle Augenblicke wünschte er sich, dass es tatsächlich einen Verräter an Bord gab, der sie zum Narren halten wollte und daher das Schiff nachträglich in ihren Kamera-Feed integriert hatte. Er hätte es sogar gerne gesehen, wenn das Ganze sich als irgendeine abstruse Intrige von Admiral Michalew entpuppt hätte.

„Ich weiß es nicht, Sir, aber ...“

Sie wurde von Lieutenant Nurakow unterbrochen, der mit überschlagender Stimme rief: „Das Schiff fährt den Antrieb hoch! Ebenso seine Waffensysteme!“

„Lieutenant McCall, kappen Sie die Verbindung zur NOVA-Station!“ Das verblüffte Gesicht von Commodore Harris verschwand vom Bildschirm. Seine I.O. handelte blitzschnell und aktivierte den Gefechtsalarm.

„Ich sende eine Warnung an alle Raumschiffe und hänge das Datenpaket mit den Sensorauswertungen und dem Feed an“, sagte McCall, die plötzlich jede Schüchternheit abstreifte. „Die Flotte kann das Schiff dank der hochgefahrenen Systeme ab sofort selbst orten.“

„Taktische Szenarien werden erarbeitet“, warf Akoskin ein.

„Ich bringe die HYPERION in einen ausreichenden Abstand zur Station, damit wir die Schilde aktivieren können“, sagte Lieutenant Task. Erst jetzt realisierte Jayden wieder, dass der Offizier sich auf der Brücke befand.

„Das Schiff aktiviert seine Waffen“, kommentierte Ishida tonlos. „Ich messe starke energetische Strahlung, was auf einen Laser hindeutet.“

„Sir, wir verlieren die Phasenstörer“, sagte Lieutenant Nurakow. Sein braunes Haar hing ihm wirr in die Stirn und einige Schweißtropfen hatten sich gebildet. „Ich lege die Taktik auf den Holotank.“

Jayden fühlte nichts mehr, als er auf der taktischen Anzeige mit ansehen musste, wie die Phasenstörer einer nach dem anderen explodierten. Die kleinen Stationen holten jedes Schiff bereits am Rande des Systems aus dem Phasenraum und verhinderten so einen Einfall fremder Raumer auf diesem Weg.

„Wurden sie abgeschossen?“, fragte Jayden.

„Negativ, Sir“, meldete Nurakow. „Die Stationen haben das Selbstzerstörungssignal von NOVA erhalten; die Raketenforts und Lasercluster deaktivieren sich.“

Der Taktik-Screen verwandelte sich in die reinste Hölle, als allerorts Phasenstörer detonierten und die energetischen Signaturen von Raketenforts und Laserclustern erloschen.

„Die müssen das schon vor Monaten geplant haben“, sagte Ishida tonlos. „Wer immer *die* auch sind.“

„Ich orte fünfunddreißig Raumer, die im System materialisiert sind“, meldete Nurakow kopfschüttelnd.

„Vektor?“, fragte Jayden.

„Kein Vektor“, erwiderte der Ortungsoffizier verblüfft. „Sie sind im Stillstand erschienen. Ich kann einen minimalen Phasendurchbruch anmessen, aber die Raumer nehmen erst jetzt Fahrt auf. Das war kein Phasenflug, eher eine Transition.

Die Raumschiffe teilen sich auf. Ein Teil nimmt Kurs auf NOVA, ein anderer Teil auf die größte Konzentration der Systemflotte.“ Nach kurzem Zögern fügte er hinzu: „Ein dritter Pulk fliegt den Planeten an.“

Jayden schloss für einige Sekunden die Augen.

Wie aus weiter Ferne hörte er Commander Ishida sagen: „Der Raumer unter der Station eröffnet das Feuer.“

7

NOVA-Station, Alzir-System, kurz zuvor

Tess massierte sich die Schläfen, während sie ein letztes Mal ihre Eingaben überprüfte. Wenn dieser dämliche Harris sie auf die Kommandobrücke gelassen hätte, wäre alles viel einfacher gewesen.

„Na, kommen Sie weiter?“ Commander Jeff Prikster - der L.I. von NOVA-Station - klopfte ihr ermunternd auf die Schulter.

„Nicht wirklich“, gab Tess zu. „Ich verstehe das nicht. Diese beiden Logs passen nicht zusammen.“ Wütend schlug sie mit der flachen Hand auf die Konsole.

„Na, na, na!“ Prikster zog den ViKo-Becher weg, den er ihr gerade hingehalten hatte. Ein dichter Vollbart verbarg sein Gesicht, doch um seine Augen bildeten sich Lachfalten. „Vielleicht nehmen Sie sich lieber einige Stunden frei und entspannen. Waren Sie schon auf Pearl?“

„Noch nicht“, sagte Tess müde.

„Na, dann wird es Zeit.“ Er lächelte ihr kurz zu und wandte sich ab.

Tess gab es auf. Vielleicht hatte Prikster recht. Ihr Handkommunikator gab ein leises Summen von sich. Wie jeder Offizier trug sie auf ihrem linken Handrücken eine viereckige Display-Folie. In ihr waren hauchdünne Mikro-Schaltkreise integriert - ein persönlicher Hand-Computer.

Sie berührte das Signal-Icon, worauf die Stimme von Commander Ishida erklang. „Lieutenant Kensington, bitte begeben Sie sich auf dem schnellsten Weg zurück zur HYPERION.“

„Natürlich, Ma‘am“, erwiderte Tess. „Ich gebe dem L.I. nur noch meinen Bericht zu den neuen Kom ...“

„Negativ“, unterbrach die I.O. „Begeben Sie sich direkt zum

Shuttle. Alpha 365 wird sich Ihnen anschließen. Sobald Sie beide an Bord sind, fliegen Sie ab. Ishida, Ende."

Tess wunderte sich über die forsche Art der I.O., was so gar nicht zu ihr passen wollte. Andererseits war es durchaus möglich, dass McCall die Daten mittlerweile weitergeleitet hatte und Cross ihren weiteren Einsatz auf NOVA nur ungern sah.

Sie wandte sich gerade dem L.I. zu, als der Boden unter ihr zu zittern begann. Die Leuchtflächen an der Wand pulsierten blutrot auf - der Gefechtsalarm war aktiviert worden – und die Hölle brach los. Eine Druckwelle erfasste Tess und schleuderte sie quer durch den Raum. Konsolen explodierten, Schreie erklangen und Warnsirenen heulten auf. Noch benommen von dem harten Aufprall registrierte sie das Geräusch berstenden Metalls. Die Luft entwich explosionsartig und riss Männer und Frauen mit sich in die Leere des Alls.

Alpha 365 schritt gedankenverloren um die Gangbiegung. Die Textnachricht des Sicherheitschefs der Station, der ihn darin in sein Büro bat, hatte ihn aus einem Gespräch mit Lieutenant Bruce Walker gerissen. Das war ärgerlich, hatte er doch zunehmend das Gefühl, dass sich der Offizier ihm öffnete. Irgendetwas Wichtiges wollte Walker ihm mitteilen, das sagten ihm seine Instinkte - und die waren immerhin auf äußerste Perfektion designt worden, speisten sich aus den Wahrnehmungen seines Unterbewusstsein -, doch noch schien den Lieutenant etwas zurückzuhalten.

Das Schott zum Sicherheitsbüro öffnete sich.

„Was kann ich für Sie tun?", fragte der Alpha Sicherheitschef Paolino.

„Wie bitte?"

„Sie wollten mich sprechen."

Paolino schüttelte den Kopf. „Nicht, dass ich wüsste. Wie kommen Sie darauf?"

Alpha 365 handelte umgehend. Er warf sich herum und

rannte den Weg zurück, den er gekommen war. Im Lauf zog er seinen Pulser, den er dank eines genehmigten Sonderantrags auch als externer Sicherheitsoffizier auf der Station tragen durfte.

Als er den Trakt mit den Arrestzellen erreichte, lag der Lieutenant, der die Monitore im Auge behalten sollte, tot über seiner Konsole. Alpha 365 hastete in den Gang zu Walkers Korridor, und während er rannte, kamen ihm all die versteckten Andeutungen in den Sinn, die dieser gemacht hatte. Er hatte gewusst, dass jemand versuchen würde, ihn umzubringen, da war sich Alpha 365 sicher.

Endlich erreichte er den Vorraum zur Arrestzelle. Die beiden Wachen lagen tot am Boden, das Schott stand offen. Mit einem Sprung hechtete er in den Raum, rollte sich ab und kam auf die Beine. Zwei energetisch geladene Partikelschüsse trafen auf jene Stelle, an der er in den Raum gesprungen war. Alpha 365 erfasste die Situation noch während er zielte. Walker kniete in seiner Zelle, die Arme erhoben. Vor ihm stand eine hochgewachsene Frau mit schwarzem Haar, die eine Uniform der Space Navy trug. Zielsicher jagte er ihr zwei Betäubungsschüsse in die Brust, worauf sie die Augen verdrehte und zu Boden sank.

„Ich habe Ihre Feinde wohl unterschätzt“, sagte Alpha 365 an Walker gewandt, während er sich aufrichtete und den Pulser wegsteckte.

„Das haben Sie.“

„Dieser Fehler wird sich nicht wiederholen.“

„Wir werden sehen.“ Walker starrte auf die Frau. „Ich denke, ich sollte Ihnen etwas sagen.“ Er lächelte bitter. „Vermutlich macht es keinen Unterschied mehr.“

Alpha 365 schwieg und wartete.

„Sie müssen wissen, dass ich bei meiner Aussage bleibe: Ich habe den Torpedo nicht manipuliert! Aber darum geht es auch nicht. Dieser Kleinkrieg zwischen Ishida und Michalew, ...“ Erneut schüttelte er den Kopf. „Sie haben einen Denkfehler gemacht, genau wie die I.O.“ Walker schwieg und sammelte sich.

Alpha 365 legte seinen Kopf schief. „Sprechen Sie", forderte er sein Gegenüber auf.

Plötzlich bebte der Boden, das Licht fiel aus und eine Hand schloss sich um seinen Fußknöchel.

Endlich sonderten die Bruchstellen ausreichend Siegelschaum ab, der die Risse verschloss. Tess hatte sich an einer der Wissenschaftsstationen festgekrallt, was sie vor einem eisigen Tod im Weltraum gerettet hatte. Anderen war nicht so viel Glück vergönnt gewesen. Commander Prikster schwebte nun irgendwo in der Dunkelheit des Alls, zusammen mit der Mehrheit seiner Techniker. Eine junge Frau mit braunem Haar kauerte wimmernd unter einem umgestürzten Maschinenblock; ein Ingenieur hielt sich die Seite, in der ein gezacktes Schrapnell steckte; ein Antriebstechniker saß am Boden und kicherte.

Während das Lebenserhaltungssystem seine Arbeit fortsetzte und Sauerstoff in den Maschinenraum pumpte, hastete Tess zu einem der Schränke und zog einen Skinsuit hervor, in den sie hastig schlüpfte.

Mit einem unnatürlichen Quietschen fuhr das Schott in die Wand und eine Gruppe Paramedics stürmte herein. Sie trugen ebenfalls allesamt Raumanzüge und kümmerten sich um die Verletzten. Erneut kam es zu einem Beben, doch die Stationsstruktur blieb intakt - einstweilen.

Sie ergriff einen vorbeieilenden Paramedic am Arm. „Was ist passiert? Wer hat uns angegriffen?"

„Keine Ahnung." Mit fliegenden Fingern zog der Schwarzhaarige einen Injektor hervor, dessen Inhalt er dem kichernden Mann am Boden verabreichte. Der Verwundete erschlaffte. „Die Kommunikation zur Kommandobrücke ist unterbrochen, wir haben alle Landepods verloren und das Verteidigungsnetz scheint nicht zu funktionieren."

Tess hatte genug gehört. Sie ließ die Paramedics ihre Arbeit machen und hastete zur Kommandobrücke. Auf dem Weg begegnete sie geschockten wie verwundeten Offizieren und stieß auf drei Tote, die von umher fliegenden Schrapnells durchsiebt worden waren. An einigen Wänden klebte Siegelschaum.

Am Schott zur Kommandobrücke war bereits ein Techniker am Werk. „Es hat sich verkeilt", erklärte er auf ihren fragenden Blick hin. „Ich versuche, es zu öffnen."

Das ständige Aufleuchten der Wandpanels machte Tess wahnsinnig, während sie auf das geschlossene Schott starrte. Zev war dort drinnen und womöglich schon nicht mehr am Leben.

Ein weiblicher Paramedic kam keuchend angelaufen. „Wie sieht es aus?"

„Wir verschaffen uns gerade Zugang", sagte Tess leise.

„Die Zweitbrücke gibt es nicht mehr", bemerkte die Frau mit kreidebleichem Gesicht. „Wir wurden mit Torpedos und Lasern beschossen. Das Ziel waren beide Kommandobrücken, die primären Verteidigungssysteme und die Landepods mit den angedockten Schiffen.

Einer der Laser hat sich wohl zielsicher durch jede Sektion gebrannt und die Zweitbrücke zielsicher ausradiert. Die wussten ganz genau, was sie taten."

„Was ist mit der HYPERION?", fragte Tess.

„Keine Ahnung." Die Frau schüttelte den Kopf und fuhr sich fahrig durch die blonden Locken. „Ich glaube, niemand überblickt wirklich, was da draußen vor sich geht. Ein Großteil der Sensoren ist Schrott und das Phasenfunk-Modul sowie das Backup-System sind zerstört."

„Okay, jetzt müsste es gehen", sagte der Techniker, während er sich das rußverschmierte Gesicht mit seinem Uniformärmel abwischte. „Laut dem Log gab es einen abrupten Druckabfall, der jedoch gestoppt werden konnte."

Sie hatten längst alle ihre Raumanzüge geschlossen, daher spielte das keine Rolle, doch Tess war für die Information dankbar.

Mit einem Rumpeln öffnete sich das Schott und Tess betrat den Vorhof zur Hölle. Von Commodore Harris war nicht mehr viel übrig. Sein Körper glich einem matschigen Etwas. Tess wandte entsetzt den Blick ab. Unter zwei zerstörten Konsolen drang ein Stöhnen hervor, worauf die Paramedic sich sofort an die Arbeit machte.

Tess hatte nur Augen für Zev, der es geschafft hatte, in einen Skinsuit zu schlüpfen.

Er lag unter einer umgestürzten Konsole, deren Ränder sich in den Boden gebohrt hatten. Er atmete noch und sein Raumanzug war unbeschädigt. Erleichtert beugte sich Tess zu ihm hinab.

„Wir müssen hier raus", sagte der Techniker gehetzt. „Ein Torpedo mit radioaktivem Sprengkopf muss in direkter Umgebung explodiert sein. Die Strahlung hat ein kritisches Maß überschritten."

„Ich krieg ihn hier nicht raus."

Der Techniker wandte sich bereits ab und rannte davon. Tess überprüfte die Sensoren ihres Anzugs, und ein eisiger Schreck fuhr ihr in die Eingeweide. Die radioaktiven Strahlenwerte waren so hoch, dass schon wenige Minuten in diesem Raum den Tod bedeuteten.

Die Paramedic trug gerade den einzigen Überlebenden Brückenoffizier hinaus. Sie warf Tess einen Injektor mit einem Strahlenschutzmittel zu. „Mehr kann ich nicht für ihn tun."

„Nein, das können Sie nicht machen! Wir müssen ihm helfen!" Tess injizierte zuerst Zev, dann sich selbst das Medikament.

„Sie kennen das Protokoll, Lieutenant", sagte die Paramedic, was sie sichtlich Überwindung kostete. „Wir befinden uns in einer Schlacht. Ich muss mich um jene kümmern, die noch eine Chance haben. Um jene, denen ich noch helfen *kann*."

Damit wandte sie sich ab und ging.

Zitternd strich Tess über Zevs Brust.

„Geh", sagte er leise.

„Niemals", erwiderte sie. „Ich halte mich an den Schwur. Gemeinsam bis zum Ende. Aber dieses Ende ist noch lange nicht gekommen."

„Einer von uns muss überleben, sonst war alles sinnlos!", sagte Zev.

„Hören Sie auf, derartige Reden zu schwingen, *Commander*! Wir sind noch nicht tot!"

Wütend zerrte sie an der Konsole, während die Anzeige der Strahlenwerte kontinuierlich stieg.

„Wie ist der Status der Station?", fragte das Abbild Captain Ivo Coens, Kommandant des Dreadnoughts TÈQUÁN, aus dem Holotank. Der schwarzhaarige Lockenkopf aus dem israelischen Sektor der Erde war mit seinen neunundvierzig Jahren der Leiter des ersten Kampfverbands vom Alzir-Sytsem.

„Der erste Raumer hat das Feuer auf die neuralgischen Bereiche von NOVA eröffnet", sagte Jayden. „Nach der Zerstörung des Maschinenraums, der beiden Kommandobrücken und der Landepods hat er aus dem Stand eine Transition ausgeführt."

„Sein Ziel war also nicht die vollständige Vernichtung der Station?"

„Zum jetzigen Zeitpunkt scheint das unwahrscheinlich. Vermutlich wollen die Angreifer NOVA in Besitz nehmen."

„Was wir auf keinen Fall zulassen können, Captain." Coen überprüfte einige Daten auf seiner Konsole. „Es ist höchst bedauerlich, dass wir beim Eintreffen des Feindes aufgesplittet waren, um Systemmanöver durchzuführen. Ich fürchte wir haben uns zu sehr auf die Raketenforts verlassen.

Captain Fengs Verband ist den feindlichen Schiffen, die Kurs auf NOVA halten am nächsten. Er wird sie bereits vorher erreichen und hoffentlich aufhalten können. Sein Verband ist den Feinden an Tonnage 2:1 überlegen. Leider können wir bisher noch zu wenig über deren Waffen sagen, um daraus eine gewisse Sicherheit abzuleiten.

Ich selbst kümmere mich um die Schiffe, die direkten Kurs auf meinen Verband gesetzt haben. Da wir den größten Verband im System darstellen, haben die uns wohl als Hauptziel ausgemacht. Das Tonnage-Verhältnis liegt in unserem Fall relativ gleich.

Leider wird Captain Fitzgerald nicht rechtzeitig eintreffen, um Pearl zu verteidigen. Er und seine drei Begleitschiffe waren unterwegs, um die ÜL-Plattformen zu warten. Glücklicherweise halten nur fünf feindliche Raumer auf den Planeten zu. Da es aber keine Abwehrforts mehr gibt, sind die Bewohner auf Ihren Schutz angewiesen, Captain. Beschützen Sie die Kolonie, so gut Sie können. Halten Sie die Raumer auf, bis Fitzgerald eintrifft."

„Das werden wir, Captain. Weiß die Admiralität Bescheid?"

Coen verneinte. „Die Phasenfunk-Relaiskette wurde unterbrochen. Vermutlich haben die Feinde eine der Relais-Stationen vernichtet. Wir sind auf uns gestellt."

„Ich verstehe."

„Viel Glück, Captain."

„Ihnen auch", sagte Jayden.

Die Verbindung wurde unterbrochen und die Taktikanzeige erschien wieder im Holotank.

„Sir, laut Anzeige befinden sich fünf Raumschiffe auf dem Weg in Richtung Pearl", sagte Ishida leise. „Wir haben nicht den Hauch einer Chance sie aufzuhalten."

„Ich weiß." Jayden fuhr sich über den kribbelnden rechten Handrücken. Die Brandnarben, die er sich bei der Schlacht von Tikara II zugezogen hatte, waren noch immer nicht verheilt. Er hatte es versäumt, Doktor Petrova diesbezüglich anzusprechen - hatte einfach nicht mehr daran gedacht. „Aber wir werden unser Bestes geben.

Lieutenant Task, bringen Sie uns zwischen die Angreifer und Pearl."

„Wir sind schon auf dem Weg, Sir", meldete der Navigator gelassen.

„Lieutenant Nurakow", wandte er sich an den Ortungsoffizier, „wie lange noch bis zum Eintreffen des feindlichen Verbands?“

„Bei gleichbleibendem Vektor und konstanter Geschwindigkeit erreichen uns die Schiffe in einer Stunde und vierzig Minuten.“

„Bedenken Sie dabei bitte, dass wir nicht wissen, welche Reichweite die feindlichen Torpedos und Strahlenwaffen besitzen, Sir“, warf Lieutenant Commander Akoskin ein. „Unter Umständen können die schon lange vor uns das Feuer eröffnen.“

„Haben wir noch Kontakt zu den ÜL-Plattformen?“, fragte Jaydens I.O.

„Achtzig Prozent der Plattformen sind ausgefallen“, sagte McCall anstellte von Nurakow, der gerade eifrig Daten in seine Konsole eingab. Die beiden Offiziere erwiesen sich als dynamisches Team, das sich die Arbeit flexibel und schnell, auf die Situation eingestellt, aufteilte. „Einige sind jedoch noch aktiviert. Ich habe die, die uns am nächsten ist, mit den gültigen Codes angesprochen und um 24 Grad gedreht. Die feindliche Flotte befindet sich dadurch im ‚Blickfeld‘ der Plattform und wir erhalten die Daten durch ein gebündeltes Phasenfunk-Signal in Echtzeit.“

„Gute Arbeit“, sagte Jayden beeindruckt. Er vergaß über die Schüchternheit der Ortungsoffizierin viel zu oft deren Kompetenz. „Wie sieht es mit dem Rest der Flotte aus? Gab es bereits Feindkontakte?“

„Captain Coen hat den Aufbau eines Schiffssensornetzes veranlasst“, sagte McCall. „Ein Schiff jeden Pulks übermittelt die Sensorauswertung über Phasenfunk an ein Empfängerschiff der anderen Verbände. Dieses gibt die Daten daraufhin an die eigenen Raumschiffe weiter. Somit sind wir nicht auf die Übertragung der Plattformen angewiesen, wenn sich die feindlichen Raumer in direkter Umgebung der Schiffsverbände aufhalten.

Captain Fitzgerald ist auf dem Weg zu uns. Seine E.T.A. ist zwei Stunden und dreiundvierzig Minuten nach dem Eintreffen des feindlichen Verbandes.

Captain Feng und sein Verband treten soeben in die Schlacht

ein und Captain Coen trifft in geschätzten zwanzig Minuten auf seine Feindflotte."

„Also gut." Jayden atmete zitternd ein und wieder aus, straffte die Schultern und setzte sich kerzengerade auf. „Lieutenant Commander Akoskin, wie steht es um unsere Spezial-Shuttles."

Commander Ishida runzelte die Stirn, dann erhellte ein Lächeln ihre Miene. „Sie wollen einen Kensington abziehen."

„Nennt man das jetzt so?" Jayden schmunzelte.

In der ersten Schlacht der HYPERION gegen die Parliden hatte Lieutenant Kensington Shuttles, die mit Torpedos gefüllt waren, gegen den herannahenden Feind eingesetzt. Als die HYPERION ein rentalianisches Schiff, das das zweite Artefakt geladen hatte, in Parlidenraum gefolgt war, hatte Commander Ishida einige Shuttles ebenso präpariert. Bisher war dies nicht rückgängig gemacht worden.

„Damit liegen Sie goldrichtig. Ich habe zwar keine Ahnung, ob es uns etwas nutzt, aber verzweifelte Situationen ..."

„... erfordern verzweifelte Maßnahmen. Da haben Sie recht, Sir. Ich würde zudem vorschlagen, dass wir die Kiesel einsetzen."

Jayden überdachte die Idee. Normalerweise wurden die kleinen Aufklärer-Drohnen direkt nach dem Eintritt in ein System ausgeschleust. Unter Ausnutzung der Restgeschwindigkeit beschleunigten sie kurz, wechselten in den Phasenraum und verteilten sich über das gesamte Sonnensystem. Die Aufklärungsdaten wurden mittels gerichtetem Phasenfunk an das Schiff gesendet. Im Gegensatz zu den stationären ÜL-Plattformen lieferten die Sonden eine einmalige Aufklärung für die Stellarkartographie, brannten dann aus und zerstörten sich selbst.

Sie hier einzusetzen war eine gute Idee. Zwar würden die Sonden nicht in den Phasenraum eintreten, doch sie lieferten im Vorbeiflug Aufklärungsdaten in Quasi-Echtzeit, selbst wenn die feindlichen Raumer die verbliebenen Sensorplattformen ausschalteten. „Tun Sie es."

Seine I.O. gab Nurakow den entsprechenden Befehl, worauf

dessen Finger flink über die Konsole glitten. „Kiesel sind abgesetzt", meldete sie kurz darauf.

„Die Shuttles sind soweit", sagte Akoskin. „Sie werden soeben in unserem Ortungsschatten ausgeschleust. Wir richten sie per Fernsteuerung auf den Anflugvektor der feindlichen Schiffe aus und deaktivieren dann all ihre Systeme. Mit etwas Glück werden die unbekannten Raumer sie nicht orten können. Die Torpedos sind an einen Annäherungsalarm gekoppelt."

„Sir, wenn ich ebenfalls etwas vorschlagen dürfte", sagte Lieutenant Nurakow. Auf ein Nicken von Jayden fuhr er fort: „Es gibt noch zwei Shuttles, die am Orbitaldock I von Pearl angedockt sind. Wenn wir diese mit einem unserer Täuschkörper bestücken, die wir andernfalls als Teil der Raketenabwehr einsetzen, können wir einen Kurs in die Shuttles programmieren und dadurch ..."

„... zwei weitere HYPERIONS auf deren Sensoren erschaffen", vollendete Jayden den Satz.

Ishida zog eine Braue in die Höhe. „Ob das so einfach funktioniert ist fraglich, aber darauf kommt es wohl auch nicht mehr an.

Die feindlichen Offiziere hinter den Konsolen, werden sofort erkennen, dass da zwei Schiffe aus dem Nichts auftauchen, aber mit etwas Glück, täuscht es die Suchköpfe der Torpedos."

„Veranlassen Sie das, Lieutenant", sagte er. „Commander Akoskin, ich will Ihre taktische Einschätzung und das geplante Vorgehen auf meiner Konsole."

Mit grimmiger Miene blickte er den fünf Schiffen entgegen, die als winzige Icons im Holotank auf die Position der HYPERION zuflogen.

8

Forschungsstation CAVE, Kuiper-Gürtel, Sol-System, 24. Januar 2266, 17:00 Uhr

Admiral Juri Michalew beobachtete interessiert die Reaktion von Sjöberg. Über einen Kamera-Feed sah er seinem Erzfeind zum unzähligsten Mal dabei zu, wie der seine Frau - die Parlidin - besuchte. Das Entsetzen war groß gewesen, als Juri die Wahrheit enthüllt hatte. Sjöberg hatte lange geschwiegen und dann verlangt, dass er zu seiner Frau gebracht wurde. Die übrigen Offiziere waren nicht weniger entsetzt gewesen.

In den vergangenen Tagen hatte es vier Treffen des Rates der Admiralität gegeben, bei denen die Präsidentin jedes Mal zugegen gewesen war. Kartess hatte außerdem mehrere Sondersitzungen ihres Kabinetts einberufen und konferierte dauernd mit dem Verteidigungs- und dem Innenminister. Nicht einmal Juris Informanten konnten ihm erzählen, was dort besprochen wurde.

Natürlich war das auch nicht notwendig. Es war klar, worauf die Sache hinauslief. Die Präsidentin hatte keine Wahl, musste einfach aktiv gegen die Parliden vorgehen. Wie sollte sie es der Öffentlichkeit verkaufen, dass sie nichts unternahm und ihre eigenen Bürger den verdammten Sternenköpfen überließ?

Nur noch wenige Admiräle sprachen sich gegen einen Krieg aus. Sogar Sjöberg war überraschend still geworden, wenn es um dieses Thema ging. Das Argument, dass der Angriff auf Schiffe der Parliden schließlich die Leben von Menschen kosten würde, hatte Juri recht schnell ausgehebelt. Genau genommen waren die versklavten Offiziere Geiseln. Und eine Regierung durfte sich von Geiselnehmern nicht erpressen lassen. Eine andere Möglichkeit als einen direkten Angriff gab es schlicht und einfach nicht. Die Zweifler waren endlich in der Minderheit.

Und dabei hatte Juri noch nicht einmal seine schärfste Waffe gezückt. Er warf einen Blick auf das mobile Pad, das vor ihm auf der Konsole lag. Er hatte den Bericht erneut gelesen, den Randall ihm über einen Mittelsmann beim Geheimdienst besorgt hatte. Darin wurde die ganze Wahrheit offenbar, die die Präsidentin noch immer unter Verschluss hielt.

In den vergangenen vier Jahren waren drei Kolonien in den Randgebieten der Solaren Union quasi entvölkert worden. Die Bewohner: spurlos verschwunden. Eine geheime Ermittlungseinheit versuchte - bisher vergeblich - die Sache aufzuklären. Um die Angelegenheit offiziell zu erklären, hatte man den Erios-Virus zu Hilfe genommen. Dieser sich durch die Luft verbreitende Erreger war absolut tödlich und es gab bisher kein Gegenmittel. Erstmals auf der Kolonie Erios aufgetreten, hielt er nun als Ausrede her und erklärte offiziell das Verschwinden der Kolonisten.

Juri wusste es besser. Die Parliden waren dafür verantwortlich, es gab keine andere Erklärung. Dass die Regierung nicht längst gehandelt hatte, war ein Armutszeugnis. Doch jetzt, mit dem Wissen um die Versklavung und der psychischen Folter von unzähligen Terranern, *musste* Kartess aktiv werden.

Er wandte seine Aufmerksamkeit wieder Sjöberg zu, der gerade einen Monitor nahm und gegen die Wand warf. Juri schüttelte den Kopf. Beim ersten Besuch hatte der Admiral fast das gesamte Labor demoliert. Sein Feind verlor nicht oft die Fassung, doch in dieser Situation konnte Juri es nachvollziehen.

Er selbst hatte seine Großeltern im Parlidenkrieg verloren, seine Eltern im Kampf gegen den Eriin-Bund und seine Frau sowie seinen einzigen Sohn - Ironie des Schicksals - an das echte Erios-Virus. Der Inkompetenz der bisherigen Regierungen war es zu verdanken, dass noch keines der drei Probleme gelöst war.

Gerade brach Sjöberg schluchzend über dem Stasetank, in dem seine Frau lag, zusammen. Juri schaltete ab, wollte dieses erbärmliche Schauspiel nicht länger mit ansehen müssen.

Zugegeben, allein der Gedanke, dass Offiziere der Space

Navy - bei vollem Bewusstsein! - als Sklaven dienten, auf ihre eigenen Schiffe schossen und zu was auch immer noch missbraucht wurden, machte ihn krank. Gedanklich hatte er bereits die Flotte zusammengestellt, die dem Hauptsystem der Sternköpfe einen Besuch abstatten sollte. Die HYPERION konnte mit ihrem Interlink-Antrieb in das System fliegen und die Phasenstörer beseitigen, die Hauptflotte folgte und legte die Hauptwelt der Parliden in Schutt und Asche.

Er lächelte bei dem Gedanken.

Büro der Präsidentin, London

Ione Kartess hatte längst aufgehört, ihre ViKo-Drinks zu zählen. Seit mittlerweile achtundvierzig Stunden war sie auf den Beinen und traf sich abwechselnd mit Spezialisten des Geheimdienstes, dem Verteidigungsminister und Yoshio Zhang von der Admiralität der Space Navy. Dazwischen wurden immer wieder Sitzungen des Admiralitätsrates anberaumt, der die verschiedenen Szenarien einer militärischen Intervention durchspielte.

„Also gut. Was können Sie mir berichten, Collin", wandte sie sich an ihren Verteidigungsminister.

Collin O'Sullivan gehörte zur eher gemäßigten Fraktion des Kabinetts, und genau deshalb hatte sie ihn auf diesen Posten gesetzt. Der untersetzte Rotschopf, dessen Gesicht von Sommersprossen übersät war, dachte zuerst nach, bevor er handelte. Gleichzeitig behielt er die Space Navy eisern im Griff.

„Überraschenderweise ist bisher noch kein Gerücht nach außen gedrungen - und mit ‚außen' meine ich die Presse", sagte O'Sullivan bedächtig. „Zhang hat seine Leute unter Kontrolle, die Mehrheit des Kabinetts ist ebenfalls noch ahnungslos und die Presseheinis haben noch nichts bemerkt.

Das gab uns die Möglichkeit, diverse Szenarien durchzuspielen und angepasste Lösungen auszuarbeiten. Ich habe alle Dokumente in Ihren persönlichen Speicher übertragen."

„Geben Sie mir eine Zusammenfassung."

„In einem Satz ausgedrückt: Wir können es mit der Parlidenflotte nicht aufnehmen.

Der Geheimdienst hat unter Hochdruck die neuesten Schätzungen abgeliefert. Ich muss leider sagen, dass wir die Aliens bisher nicht ausreichend im Blickfeld hatten. Nachdem die Rentalianer uns jedoch ihre Daten aus dem Kartas-System geliefert haben, sind wohl ein paar Bürohengste erschrocken aufgewacht und haben sich mit ihren Kollegen bei den Rentalianern in Verbindung gesetzt." O'Sullivan verzog abschätzig die Mundwinkel. „Unsere eigenen Bemühungen, eine solide Überwachung des Parlidenraums zu etablieren, waren bisher ja relativ erfolglos. Laut den ersten Schätzungen sind wir, was die Gesamtsumme der Schiffstonnage angeht, 2:1 unterlegen."

Ione fuhr ein eisiger Schreck in den Magen. „So übel sieht es aus?!"

„Ich fürchte ja, Madame Präsident", sagte O'Sullivan. „Selbst mit der Unterstützung der Rentalianer sitzen wir verdammt tief in der Scheiße. Eine Gesamtflotte hätte eine annähernd ausgeglichene Schlagkraft, jedoch nur, wenn wir den Eriin-Bund auf unsere Seite ziehen könnten."

Ione schüttelte entschieden den Kopf. Dieses Szenario gefiel ihr gar nicht.

Nach dem ersten Parlidenkrieg hatten sich einige Welten von der Solaren Union abgespalten und ihre Unabhängigkeit erklärt. Daraufhin hatte der Präsident jener Zeit diese Kolonien von jedwedem Handel abgeschnitten - mit katastrophalen Folgen. Die reichen und stolzen Kolonien verwandelten sich innerhalb kürzester Zeit aufgrund einer zusammenbrechenden Wirtschaft und Staatstreichen zu Hochburgen der Piraterie. Handelsfrachter wurden aufgebracht, geplündert und keine Gefangenen gemacht. Kinder wurden entführt und von ihnen aufgezogen, alle anderen umgebracht.

Nach einem Regierungswechsel in den Solaren Welten hatte die nachfolgende Präsidentin sofort reagiert. Sie schickte Diplomaten, sicherte Hilfen zu und löste das Embargo auf. Doch es war längst zu spät. Die entfremdeten Welten schlossen einen Handelspakt.

Die Navy hatte reagiert und eine Streitmacht entsandt. Doch nachdem die ersten Kolonien besiegt worden waren, hatten sich die übrigen Welten zu einem Verteidigungsbündnis zusammengeschlossen. Die Flotte der Solaren Welten war, zu dem Zeitpunkt noch vom Krieg gegen die Parliden geschwächt und der neuen Einheit unterlegen. Über die Jahrzehnte entwickelte sich dieses Bündnis zum Eriin-Bund.

„Ich werde keinen Pakt mit Piraten eingehen, die Handelsschiffe aufbringen und Offiziere der Solaren Union meucheln", stellte Ione klar. „Es muss eine andere Möglichkeit geben."

„Das hängt vom Zeitrahmen ab", sagte O'Sullivan. „Wenn wir den Flottenetat um die Hälfte aufstocken ...", er bedeutete dem Finanzminister, der bisher schweigend gelauscht hatte und nun entsetzt den Mund aufriss, sich noch zurückzuhalten, „... könnten wir die Rüstungsindustrie ausbauen, könnten wir die notwendigen Schiffe innerhalb von drei Jahren in Betrieb nehmen. Wir müssten weitere Schiffswerften bauen, den Nachwuchs schneller ausbilden und gleichzeitig unsere Systeme stärker bewaffnen. Besonders Kreuzer der Interlink-Klasse könnten das Rückgrat einer Invasionsflotte bilden."

„Das mag ja schön und gut sein", warf Trevor Holden aufgebracht ein. Der glatzköpfige Finanzminister stand augenscheinlich kurz davor, O'Sullivan an die Gurgel zu gehen. „Aber wir haben das Geld einfach nicht. Woher wollen Sie all die Unions-Dollar nehmen? Das geht nur durch Kürzungen in anderen Bereichen. Und wir sprechen hier von Kürzungen im Milliarden-Bereich. Soll ich die Subventionen für die Randsysteme streichen? Es von der Bildung abziehen? Oder der Rente? Was, glauben Sie, geschieht dann?

Außerdem würde die Presse es bemerken, wenn so viel Geld in den Verteidigungsetat fließt!"

„Immer mit der Ruhe“, sagte Ione. „Ein Problem nach dem anderen.

Wir könnten also innerhalb von drei Jahren kriegsbereit sein?“

O'Sullivan nickte zögerlich. „Wenn wir den Etat aufstocken, ja. Mir wäre wohler, wenn wir vier Jahre veranschlagen, aber ich denke drei könnten ausreichen.“

Sie nippte nachdenklich an ihrem ViKo. Innerhalb von drei Jahren konnte viel geschehen. Möglicherweise fanden die Wissenschaftler bis dahin eine Möglichkeit, diese Sklavenrüstungen von den Opfern zu lösen, was die Sache noch einmal vereinfachen würde.

„Was geschieht, wenn es zuvor zu einem Krieg kommt?“, fragte Svea Christensen, die Ministerin für Öffentliche Information. Mit ihren langen blonden Haaren und dem Bambi-Blick wurde sie oft unterschätzt, obwohl sie ihr Ministerium fest im Griff hatte.

„Den ersten Parlidenkrieg konnten wir durch die Zerstörung ihrer zentralen K.I. für uns entscheiden“, sagte O'Sullivan. „Hätten wir diese Möglichkeit erneut, wäre die Sache, dank der HYPERION, schnell erledigt. Wir gehen jedoch davon aus, dass es mittlerweile entweder mehrere Backup-Systeme gibt oder die K.I. dezentral verteilt wurde.

In diesem Fall stünde uns ein Kampf bevor, den wir innerhalb von ein bis zwei Jahren verlieren würden.“

Ione massierte sich ihre Schläfen, da sich die zunehmende Müdigkeit in einen stetig anwachsenden Kopfschmerz verwandelte.

„Einstweilen kann ich noch einen Deckel auf der Sache halten“, sagte Christensen. „Aber machen wir uns nichts vor: Das Ganze fliegt uns um die Ohren, sobald wir den Etat verändern. Die Opposition wird Antworten wollen und uns mit Freuden der Presse zum Fraß vorwerfen.“

„Wie sieht es in Ihrer Ecke aus, Michael?“, fragte Ione den

Innenminister.

Der breitschultrige Mann Mitte vierzig, auf dessen Gesicht keine Falte zu sehen war, schüttelte den Kopf. „Bisher ist alles ruhig. Ein paar Republikaner kochen wie immer ihr Verschwörungssüppchen, aber ansonsten gibt es noch keine ernstzunehmenden Probleme. Wie sich die Bekanntgabe dieser Sklavengeschichte auswirkt, lässt sich aber schwer sagen. Ich halte den Verfassungsschutz auf Trab, aber ein solcher Skandal wird sicher ein paar radikale Kräfte hervorrufen."

Iones Gedanken richteten sich einem Fadenkreuz gleich auf Admiral Juri Michalew. „Behalten Sie unseren speziellen Freund im Auge, Michael. Wenn er auch nur mit einer Wimper zuckt, will ich das wissen."

Der Admiral mochte die Situation durchaus für sich ausnutzen. Andererseits bekam er genau das, was er schon so lange wollte: einen Krieg - wenn auch mit ein wenig Verzögerung.

„Also gut." Kartess blickte die Anwesenden der Reihe nach an. „Collin, Sie bekommen Ihren Verteidigungsetat aufgestockt und leiten alle Vorbereitungen für einen *möglichen* Krieg ein.

Trevor, schichten Sie um, streichen Sie Ausgaben, von mir aus plündern Sie die Staatskasse bis auf den letzten Unions-Dollar, aber machen Sie es möglich, dass wir im Falle eines zweiten Parlidenkriegs nicht die Tontauben sind, die niedergeschossen werden.

Svea, konstruieren Sie langsam und stetig einen Informationsfluss, der das Parlidenproblem aufbauscht - noch kein Wort von der Versklavung. Erwähnen Sie die Schlacht im Elnath-System. Nutzen Sie diesen Captain aus, dem wir einen Orden verliehen haben - wie hieß er noch?"

„Jayden Cross", warf die Ministerin für Öffentliche Information ein.

„Genau! Er hat dort gekämpft und sein Name hat in der öffentlichen Meinung noch immer einiges an Gewicht. Machen Sie ihn zu einer Ikone, einem leuchtenden Vorbild. Wenn das Schiff wieder im System ist, zerren Sie ihn vor die Kameras.

Und graben Sie ein paar Leute aus, die bei Tikara ihre Familien verloren haben. Ich will, dass die Menschen langsam aber stetig einen Hass gegen die Parliden entwickeln.

Michael, Sie behalten alle Bewegungen der rechten und linken Szene im Auge. Wenn da jemand einen Pulser zieht, will ich vorbereitet sein.“

Holdens Gesicht färbte sich rot, während er im Kopf vermutlich schon die Finanzen durchrechnete, Zahlen verschob und Ausgaben umschichtete. Er hatte wirklich die undankbarste Aufgabe. Kurz sah es so aus, als würde er noch einmal widersprechen wollen, doch er besann sich eines Besseren.

„Dann ist unsere Sitzung hiermit beendet.“

9

IL HYPERION, Alzir-System, 24. Januar 2266, 20:25 Uhr

Mittlerweile war jedes Crewmitglied in einen Skinsuit geschlüpft und saß, mit aktiviertem Prallfeld und aus dem Sitz ausgefahrenen Gurten, in seinem Kontursessel. Jayden starrte auf den Holotank, während sich die übrigen Offiziere auf der Kommandobrücke leise unterhielten oder emsig beschäftigt waren.

Die feindlichen Raumer flogen in aufgefächerter Formation heran, bildeten eine breite Sichel. Tatsächlich kollidierte der erste der Fünf mit einem der Bomben-Shuttles, was in Jayden die wahnwitzige Hoffnung aufflammen ließ, dass sie eine Chance besaßen. Doch die übrigen Raumschiffe flogen, von der Explosion unbeeindruckt, weiter auf sie zu und wichen den anderen Bombenshuttles aus.

„Sir, die Kiesel haben die feindlichen Einheiten soeben passiert, die Daten gehen ein“, sagte Lieutenant McCall. Ihr niedergeschlagener Blick sprach Bände. „Ich fürchte, die Sensoren konnten die Hülle des Feindes nicht durchdringen. Das verbaute Material ist - abgesehen von dem Desponit-Anteil - unbekannt. Die Tonnage der Raumer entspricht drei Leichten Kreuzern und zwei Dreadnoughts, eine Aussage über die tatsächliche Bewaffnung, Schildstärke, Zusammensetzung oder Personenzahl an Bord ist nicht möglich.“

„Das wäre auch zu schön gewesen“, murmelte seine I.O. neben ihm.

„Sir, die Schiffe ignorieren die ausgesandten Shuttle-Doubles“, sagte Akoskin von der Taktikkonsole. „Ich fürchte, ihre Sensoren sind den unseren ebenbürtig oder überlegen. Täuschkörper können sie scheinbar problemlos erkennen.“

„Passen Sie unsere Nahbereichsabwehr an", befahl Jayden.

Neben den Offensivwaffen, die bei der Nahbereichsverteidigung eingesetzt wurden - also Lasercluster, Röntgenstrahlen und Flechette-Partikel - kamen auch Täuschkörper-Torpedos zum Einsatz. Deren Anteil betrug etwa zwanzig Prozent der in einer Minute abgesetzten Sprengköpfe. Wenn die Fremden aber derart einfach auf eine solche Entfernung Täuschkörper erkennen konnten, hielt er es für sinnvoll, bei der Abwehr eher auf Offensivmittel zu setzen.

„Habe ich bereits veranlasst, Sir", sagte Akoskin lächelnd. Jayden vergaß ab und an, dass der Offizier aus dem spanischen Sektor nicht nur jedes Detail des Waffensystems in- und auswendig kannte, sondern auch ein Taktik-Ass war.

„Zeit bis zum Kontakt?"

„Zwanzig Minuten", sagte Akoskin.

„I.O., veranlassen Sie den Start des Kurierbootes." Ishida bestätigte. Ihre Finger glitten über die Oberfläche der Kommandokonsole.

Jayden selbst überprüfte noch einmal die Klar-Meldungen der einzelnen Abteilungen, insbesondere der Krankenstation, der Schadenskontrolle, des Maschinenraums und der zweiten Kommandobrücke. Letztere würde im Falle einer Zerstörung der Primärbrücke die Kontrolle über das Schiff übernehmen.

Viel zu schnell näherte sich der Countdown der Null.

Bereits eine Minute, bevor sie die maximale Gefechtsdistanz erreichten, meldete Lieutenant Commander Akoskin: „Sir, einer der feindlichen Raumer eröffnet das Feuer."

Damit wurde klar, dass die Raketenreichweite des Feindes über der der HYPERION lag. „Nur einer?", hakte Jayden nach.

Akoskin bejahte. „580 Torpedos befinden sich im Anflug."

Der Interlink-Kreuzer besaß auf beiden Seiten fünf Bug- und fünf Heck-Torpedowerfer. Pro Minute konnten damit sechzig Torpedos in eine Richtung gefeuert werden. Schossen alle zehn Bug- oder Heck-Werfer parallel, waren dies 600 Sprengköpfe pro Minute.

„Commander Akoskin, feuern Sie nach eigenem Ermessen", sagte Jayden und übergab damit seinem Taktik- und Waffenoffizier die Totalkontrolle über Angriff und Abwehr des Feindes.

„Zwei der Schiffe scheren aus und gehen auf einen neuen Vektor", meldete Lieutenant Nurakow. „Hochrechnung läuft."

Auf dem Holotank erreichten die feindlichen Torpedos die HYPERION. Die Nahbereichsabwehr wurde aktiv und spie gerichtete Mikrowellenstrahlung, Flechette-Partikel, Röntgen- und Gammastrahlen aus. Lasercluster aktivierten sich und ein paar Täuschkörper leuchteten auf.

Innerhalb von Sekunden begriff Jayden, dass ihre Abwehr den Feinden hoffnungslos unterlegen war. Denn während diese die simulierten Signaturen scheinbar problemlos erkennen konnten, versagten die Systeme der HYPERION dabei katastrophal. Die Abweichungen in der Energiesignatur oder im Wärmebild des Antriebs der feindlichen Sprengkörper waren nur so minimal, dass es Lieutenant Commander Akoskin und seiner neuen Sekundäroffizierin - Lieutenant Rena Grady – kaum gelang, manuelle Korrekturen vorzunehmen. Rasend schnell flogen ihre Finger über die Konsolen und Jayden bewunderte beide für diese überragenden Reflexe.

Doch sie konnten dieses Mal nicht viel ausrichten. Von den 580 feindlichen Torpedos kamen fünf durch den Abwehrschirm und begannen zu wüten. Laserfinger brannten sich in meterdikken Stahl, Gammastrahlen verdampften jedes Hindernis.

Wenige Sekunden später - Jayden wunderte sich, dass sie noch immer existierten - erreichten die ersten Meldungen der Schadenskontrolle seinen Monitor. Commander Devgans Trupp handelte effektiv und schnell.

Zahlreiche Hüllenbrüche wurden durch automatischen Siegelschaum abgedichtet, ausgefallene Leitungen manuell umgangen, Paramedics zu den Sektionen der Einschläge gerufen.

Sie hatten bei dieser ersten Welle auf einen Schlag zwei Bug-

und einen Hecktorpedowerfer verloren. Der Helix-Konverter war schwer beschädigt, konnte jedoch nach der Einschätzung von Commander Lorencia aus Bordmitteln repariert werden. Neben diesen neuralgischen Systemen war auch das Erholungsdeck vollständig zerstört worden; natürlich hatte sich dort, da sie sich in einer Kampfsituation befanden, niemand aufgehalten.

Akoskin richtete das Gegenfeuer auf jenen Raumer, der sie angegriffen hatte, und feuerte ab, was die Bordmittel hergaben. Die 540 Torpedos der Bug-Werfer schossen dem feindlichen Schiff entgegen, flankiert von einem Blitzlichtgewitter aus Laserstrahlen, die den Schutzschild des gegnerischen Raumschiffs in die Knie zwingen sollten.

„Sir, es feuert nach wie vor nur einer der beiden Raumer“, sagte Nurakow und markierte dabei jenes Schiff als Bandit I im Taktik-Holo. „Der zweite macht keinerlei Anstalten in den Kampf einzugreifen.“ Nach einem kurzen Zögern fügte er hinzu: „Ich konnte den Kurs der anderen beiden Raumer berechnen. Sie befinden sich auf einem Vektor zur PI-RA-SO-MA-FE.“

„Was?!“, entfuhr es Ishida überrascht. Sie sah so aus, als wollte sie am liebsten aus ihrem Konturensessel springen. „Sollten die nicht längst weg sein?“

„Die haben mitten im Flug ihren Vektor geändert, ich kann nicht sagen, warum“, erklärte Nurakow. „Der vorherige Vektor hätte wäre der vernünftige gewesen. Ich hatte das Schiff allerdings auch nicht ständig im Blick. Und ein check der Sensor-Logs sollten wir uns für später aufheben.

Die PI-RA-SO-MA-FE hat einen Vorsprung, doch die beiden Verfolger sind ihr dicht auf den Fersen. Laut meinen Berechnungen wird das rentalianische Schiff es noch rechtzeitig schaffen, aber es wird verdammt eng und es darf nichts mehr schief gehen.“

Im Holotank trafen die blauen Lichtpunkte der Torpedos auf den feindlichen Raumer. Jayden starrte gebannt auf die Anzeige.

„Multiple Treffer“, meldete Akoskin. „Ihre Schilde sind durch den Laserbeschuss auf zweiundfünfzig Prozent gefallen. Zur Kühlung werden die Laser jetzt abgeschaltet.

Von den Torpedos konnten zwei die Abwehr durchdringen.“ Er schluckte. „Keinerlei Beschädigung feststellbar.“

„Das darf doch nicht wahr sein!“, fauchte Ishida.

Ein Icon auf Jaydens Konsole kündete von eingehenden Laserstrahlen, die die Bug-Schilde innerhalb weniger Augenblikke auf dreißig Prozent fallen ließen. Gleichzeitig war die nächste Salve der feindlichen Torpedos heran.

„Sir, die Flotte von Captain Feng existiert nicht mehr“, meldete Ivos Ortungsoffizierin. „Sein Verbund konnte den Feind auf zwei Schiffe dezimieren, die nun Kurs auf uns setzen.“

Captain Ivo Coen versuchte, nicht an Feng zu denken, den er bei einem Landgang auf Pearl einmal getroffen hatte. Der Mann war ihm, als er ihm bei einem feuchtfröhlichen Abend in einem der Lokale von Nova Landing begegnet war, äußerst sympathisch gewesen.

„Wie viel Feinde halten auf uns zu?“

„Insgesamt sieben Raumer“, kam es von seinem Taktikoffizier. „Sie sind uns zahlenmäßig um zwei Schiffe unterlegen, die Tonnage ist jedoch relativ gleich.“

„Ich fürchte, das hat sowieso nicht viel zu sagen.“ Ivo überdachte verzweifelt seine Optionen. Das NOVA-System durfte auf keinen Fall in die Hände der Unbekannten geraten - wer auch immer sie waren.

Sein Taktikoffizier ließ die kleine Flotte in einer Zangenbewegung auf den Feind zufliegen, der seine Schiffe in einer Kugelschalenformation herannahen ließ. Die letzten Sensorübermittlungen vom Kampf zwischen Feng und dem Feind hatten zumindest ein wenig Aufschluss über die Art und Stärke der Bewaffnung geliefert.

Täuschkörper waren nutzlos, die Laser der Feinde überlegen und ihre Hüllenpanzerung zu solide, als dass ein paar wenige Torpedos sie durchdringen konnten. Welche Möglichkeit blieb ihnen also noch?

Sein Taktikoffizier schlug einen Punktbeschuss vor. Dabei bildeten die Schweren Kreuzer ihres Verbandes einen Schutzwall gegen die ankommenden Torpedos, während die Dreadnoughts ihre überragende Offensivkraft auf jeweils einen Raumer konzentrierten und die Leichten Kreuzer ihre Wendigkeit einsetzten, um sich dem Feind auf anderen Vektoren zu nähern.

„Sir, die HYPERION meldet Feindkontakt“, sagte sein Ortungsoffizier mit belegter Stimme.

Ivo schloss für einige Sekunden die Augen. Er hatte gewusst, dass ein Mann wie Jayden Cross dem Gefecht nicht aus dem Weg ging, obwohl er damit sein Schicksal besiegelte. Sie konnten der Kolonie vielleicht einige Minuten erkaufen, hatten jedoch keine Chance gegen eine solche Übermacht. Ohne die Verteidigungsplattformen oder Entsatz war der Interlink-Kreuzer dem Untergang geweiht. Sollten sie das hier überleben, würde die Admiralität Ivo dafür mit einem gewaltigen Tritt in den Arsch rauswerfen, so viel war sicher. Die HYPERION war zu wertvoll, als dass man sie in eine ausweglose Situation schicken durfte, würden sie sagen. Ivo allerdings sah die zahlreichen Menschenleben auf Pearl. Die waren wichtiger!

Die ersten Raketen starteten auf beiden Seiten, worauf Ivos Aufmerksamkeit sich wieder auf den Taktik-Screen richtete. Der Kampf begann.

10

NOVA-Station, Alzir-System, 24. Januar 2266, 21:30 Uhr

Er atmete, seine Finger fühlten den harten Boden, sein Körper bestand aus pochendem Schmerz. Alpha 365 war zweifellos noch am Leben. Mit äußerster Kraftanstrengung richtete er sich auf und wuchtete einen Teil der Deckenverkleidung zur Seite, das ihn unter sich begraben hatte.

Wieder auf den Beinen bewegte er testweise all seine Glieder. Sie gehorchten, wenn auch unter Schmerzen. Er war glimpflich davongekommen.

Als die Attentäterin, die sich nur bewusstlos gestellt hatte, ihn mit verschiedenen Kampftechniken attackierte und obendrein eine Laserklinge zog, hatte es nicht so gut ausgesehen. Nach den ersten Schlägen und Tritten hatte er begriffen, dass ihm die Frau überlegen war.

Doch der Einschlag eines Torpedos hatte alles verändert. Die Raumstation war offensichtlich angegriffen worden. Die Attentäterin lag tot am Boden. Aus ihrer Brust ragte ein gezacktes Schrapnell der Deckenverkleidung.

Ein Stöhnen erklang. Alpha 365 wandte sich um. Lieutenant Walker lag in einer Lache seines eigenen Blutes. Alpha 365 ging zur Konsole und griff nach einem medizinischen Notfallkoffer, der dort angebracht war und das Chaos überstanden hatte. Mit wenigen Schritten war er in der Zelle und beugte sich über den Lieutenant. Ein Blutfaden rann aus dessen Mundwinkel und augenscheinlich war eine Arterie verletzt.

Mit ein paar gezielten Handgriffen versiegelte Alpha 365 die Wunden und überprüfte die Verletzungen des Lieutenants mit einem Handscanner.

„Sie sind schwer verletzt, ich kann Sie jedoch stabilisieren", sagte er. „Ich verschließe Ihre Wunden und versetze Sie in einen Heilschlaf. Mehr kann ich nicht tun. Wenn die Paramedics rechtzeitig erscheinen, werden Sie überleben. Andernfalls erwachen Sie nicht mehr."

Walker schnitt eine Grimasse, die ursprünglich wohl ein Grinsen hätte werden sollen. „Ich habe Ihre ehrliche Art schon immer bewundert. Ebenso wie Ihren Intellekt. Es hat mich gewundert, dass Sie es nicht bemerkt haben."

„Wovon sprechen Sie?"

„Von allem", Walkers Lider flatterten. Kurz sah es so aus, als würde er in die Bewusstlosigkeit abdriften, dann fing er sich wieder. „Dem Netz, den Zusammenhängen."

Es schien als wollte der Lieutenant ihm endlich die Antworten liefern, auf die Alpha 365 schon so lange wartete. Er musste sich entscheiden, ob er den Offizier in den Heilschlaf versetzte und damit sein Leben rettete oder ihn weiter sprechen ließ. Er legte den Kopf schief, überdachte die Situation und sagte: „Ich werde Sie jetzt betäuben."

Walkers Hände fuhren in die Höhe, ergriffen Alpha 365 an der Uniform und zerrten ihn mit überraschender Kraft zu sich hinunter. Der Alpha ließ es geschehen, während er die Injektion an den Hals des Lieutenants heranführte.

Mit brechender Stimme flüsterte der Lieutenant etwas. Alpha 365 hielt kurz inne, lauschte denn Worten, und injizierte schließlich das Serum. Der Körper von Walker erschlaffte.

Alpha 365 erhob sich. Über das Gehörte konnte er später nachdenken, jetzt waren andere Dinge wichtiger. Mit zügigen Schritten verließ er die Arrestzelle.

„Verdammt noch mal, hau endlich ab!", schrie Zev.

Tess ignorierte ihn. Sie hatte sich noch nie von ihm herumkommandieren lassen, wenn sie alleine waren, warum jetzt damit anfangen?

Sie zog und zerrte an dem verkanteten Metall, das sich jedoch einfach nicht bewegen wollte. Zwischenzeitlich war der gemessene Wert an Gamma-Strahlung zuerst gesunken - irgendjemand hatte wohl ein strahlungsabweisendes Kraftfeld aktiviert - dann wieder gestiegen. Irgendwo gab es noch ein zweites Leck, durch das die harte Strahlung hereinschwappte.

„Wenn du nicht abhaust, werde ich dich degradieren", drohte Zev.

Tess kicherte. „Mach das. Sobald wir dich hier heraushaben, darfst du mich quer durch die Galaxis versetzen und degradieren - ach halt, du bist ja kein Admiral. Naja, versuchen kannst du es trotzdem."

„Einer von uns muss überleben", sagte Zev jetzt mit flehender Stimme. „Wenn wir beide sterben, kann sie niemand rächen. Dann wird der Mörder, der deine und meine Familie ausgelöscht hat, niemals seine gerechte Strafe erhalten. Wir haben es geschworen, also beweg deinen Arsch verdammt noch mal hier raus!"

„Spar dir die Tiraden", sagte Tess. „Wir rächen sie gemeinsam. Und das ist mein letztes Wort. Ist die K.I. deines Skinsuits noch intakt?"

„Ja, ist sie."

„Gut, dann solltest du dich jetzt betäuben lassen."

„Warum?"

„Weil", Tess zog eine Laserklinge aus dem Reparaturset unter einer Konsole, „ich dir dein rechtes Bein amputieren werde."

Für einige Augenblicke herrschte Stille, dann sagte Zev: „In Ordnung." Manchmal machte sein Pragmatismus ihr Angst.

„Sag Bescheid, wenn du bewusstlos bist."

„Es ist schön, dass du deinen Humor noch nicht verloren hast", kommentierte er trocken. „Ich fürchte, das Ding ist defekt."

Tess' Hände waren schweißnass und ihr war übel, doch sie ließ sich nichts anmerken. „Ich kann dich nicht bewusstlos schlagen, ohne deinen Anzug zu beschädigen."

„Klar, das hätte dir gefallen."

Tess richtete sich auf und lief zum Sitz des Kommandanten, in dem der tote Körper von Commodore Harris mehr lag als saß. Mit der Laserklinge öffnete sie das Waffenfach, das dort angebracht war, und zog einen Pulser hervor.

Als sie neben Zev in die Hocke ging, lachte dieser auf.

„Du willst mich bewusstlos schlagen, mein Bein amputieren und schießt mit einem Pulser auf mich. Soll mir das was sagen?"

Tess kicherte nervös. Sie atmete tief ein und aus, dann beugte sie sich ganz nah zu ihm herab. Ihre Helme berührten sich. „Ich liebe dich."

Bevor Zev etwas erwidern konnte, erhob sie sich in einer fließenden Bewegung, legte an und schoss. Sie warf den Pulser zur Seite und aktivierte die Laserklinge, als eine Stimme ertönte: „Ich hoffe es gibt einen Grund, weshalb Sie auf den Commander der Station geschossen haben."

Tess fuhr herum und erblickte Alpha 365, der nur wenige Meter entfernt stand. Unweigerlich fragte sie sich, wie lange der Sicherheitschef der HYPERION dort schon gestanden und was er gehört hatte.

„Nun?" Er deutete auf die Laserklinge.

„Ich muss sein Bein amputieren und ihn hier herausschaffen, sonst überlebt er die Gamma-Strahlung nicht."

Alpha 365 nickte, trat neben Tess und besah sich die verkantete Konsole, unter der Zev eingeklemmt war. „Versuchen wir es noch einmal gemeinsam."

Tess' aufwallende Hoffnung wurde zerstört, als es ihnen auch zusammen nicht gelang, das Stück herauszuzerren.

„Ich denke, Ihre Idee ist die einzige Aussicht auf Erfolg", sagte Alpha 365. Erst jetzt bemerkte Tess, dass er ein medizinisches Set in Händen hielt. „Ich werde Ihnen assistieren."

Tess aktivierte die Laserklinge.

Als sie Zev zehn Minuten später von der Kommandobrücke

trugen, waren Tess‘ Handschuhe blutverschmiert. Sie trug ihn, während Alpha 365 in der einen Hand das medizinische Set hielt und in der anderen Zevs Bein.

Beinahe hätte Tess sich in ihren Anzug übergeben. Sie war keine Medizinerin und ihr war im Verlauf der Amputation auch wieder bewusst geworden, weshalb. Wenn sie zurück auf der HYPERION war, würde sie erstmals freiwillig Doktor Tauser aufsuchen, um diese Bilder loszuwerden.

Hinter dem Kommandobrückenschott warteten bereits zwei Paramedics, die Alpha 365 über seinen Anzugkommunikator herbeigerufen hatte. Wenigstens die interne Kommunikation funktionierte noch.

Die Paramedics nahmen ihr Zev aus den Händen und hievten ihn auf eine Gravtrage. Einer der beiden nahm das Bein entgegen, bevor sie davon hasteten.

„Wie ist der Status?“, wollte Tess von dem Ingenieur wissen, der vor dem Schott auf sie wartete.

„Dort draußen tobt ein Kampf“, erklärte der. „Die Raumstation wurde bisher nur einmal angegriffen, doch es kann jederzeit weitergehen. Wir wissen einfach nichts über die Situation im System.“

„Was ist mit der PI-RA-SO-MA-FE?“ Alpha 365 legte den Kopf schief und Tess empfand Hochachtung für den logischen und schnell arbeitenden Verstand des Sicherheitschefs. Sie selbst hatte gar nicht mehr an das Artefakt gedacht.

„Das rentalianische Schiff sollte längst weg sein“, sagte der Techniker. „Vermutlich befinden sie sich längst im Phasenraum.“

„Wir müssen ...“

„Da sind Sie ja“, erklang eine Stimme. Lieutenant Fowler, ein Techniker aus dem Maschinenraum, kam um die Ecke gerannt und blieb vor Tess stehen. „Ist die Kommandobrücke wieder zugänglich?“

Sie verneinte. „Warum?“

„Kurz vor dem Angriff deaktivierten sich die Abwehrforts

des Systems“, sagte der Lieutenant. „Das Schiff zerstörte die Sektion der Station, in der sich die sicheren Phasenfunk-Emitter zur Steuerung der Forts befanden.“

„Das heißt, die Forts können wieder reaktiviert werden“, warf Alpha 365 ein. „Vorausgesetzt, wir können eine Datenverbindung zu ihnen etablieren.“

„Korrekt“, bestätigte der Techniker. „Und es gibt noch ein zweites System, das darauf ausgelegt ist, derartige Daten mittels gerichtetem Phasenfunk zu übertragen.“

„Das neue Sensorsystem“, fiel Tess ein. „Natürlich! Aufgrund der variierenden Bandbreite konnten wir die Phasenleitung noch nicht fest mit den Sensoren koppeln. Wenn wir sie also an das Defensivsystem anschließen, könnten wir sie für die Übertragung verwenden.“

„Das ist schon geschehen.“ Fowler wirkte sichtlich stolz. „Aber die Algorithmen sind dazu ausgelegt, nur spezifische Steuersignale zu senden, dafür aber eine hohe Bandbreite zu empfangen. Wir müssen das umkehren. Um die Forts zu steuern, muss die K.I. riesige Datenmengen übertragen. Wir brauchen eine unidirektionale Verbindung.“

„Ich verstehe“, sagte Tess. „Und die einzige Person, die momentan dazu in der Lage ist, das System umzuprogrammieren, bin ich.“

„Und der einzige Zugang, der durch Kommandocodes freigegeben ist, befindet sich auf der Kommandobrücke“, sagte Fowler.

„Ich werde gehen“, entschied Alpha 365. „Mein Körper ist robuster als der Ihre, Lieutenant, und kann der Gammastrahlung länger standhalten. Sie können mich über Funk anweisen.“

Tess schüttelte den Kopf. „Sie wissen so gut wie ich, dass das unter den gegebenen Umständen keinen Sinn macht. Wir müssen schnell handeln. Die interne Kommunikation fällt immer wieder aus. Wenn das während ihrer Umprogrammierung geschieht, kann das unabsehbare Folgen haben.“

„Ihr Körper wird einer weiteren Strahlenbelastung nicht standhalten."

„Ich weiß." Sie wandte sich dem Schott zu. „Aber ich habe in meinem Leben mehr als einmal gelernt, dass sich das Schicksal nicht um einzelne Personen schert. Wenn die Verteidigungsforts wieder funktionieren, können wir die Raumer besiegen. Das rettet die Leben der Menschen auf Pearl, der Besatzung der Schiffe dort draußen und von allen hier an Bord von NOVA. Es gibt keine andere Möglichkeit."

„Sie haben recht", sagte Alpha 365 abrupt. Für einige Sekunden glaubte Tess, so etwas wie eine Emotion auf dem Gesicht des genetisch gezüchteten Menschen zu erkennen. Doch die Regung verschwand so schnell wie sie gekommen war. „Viel Glück."

„Danke", sagte Tess.

Sie wandte sich um und betrat die Kommandobrücke.

11

Lieutenant Commander Akoskin meldete: „Schilde sind bei vier Prozent."

„Ich rotiere das Schiff", sagte Lieutenant Task. Seine Finger glitten über die Navigationskonsole, worauf die HYPERION sich langsam drehte.

Eine Minute später wandte der Interlink-Kreuzer den anfliegenden Schiffen die Heck-Sektion entgegen und die rückwärtig ausgerichteten Torpedowerfer begannen zu feuern. Da die Torpedorohre sich nur jeweils um neunzig Grad drehen konnten, war es nicht möglich, alle Rohre auf einen Vektor auszurichten.

„Heckschilde bei fünfundneunzig Prozent", sagte Lieutenant Commander Akoskin. „Beschuss wird fortgesetzt."

Mittlerweile hatte die HYPERION schwere Schäden davongetragen. Der Interlink-Antrieb war ausgefallen, sie hatten die Hälfte der Torpedowerfer verloren und insgesamt zwölf Hüllenbrüche in diversen Sektionen. Zudem war der Phasenfunk ausgefallen.

Die aktuelle Verlustliste war auf fünfzehn Personen angewachsen. Acht davon gehörten dem Schadenskontrollteam an und hatten sich zum Zeitpunkt neuer Einschläge in bereits beschädigten Bereichen aufgehalten.

„Sir!" Das Gesicht von Lieutenant Nurakow war bleich. „Der zweite Kreuzer ..."

„Greift er ebenfalls an?"

„Negativ, Sir." Sein Ortungsoffizier blickte noch einmal auf seine Konsole, bevor er sich Jayden zuwandte. „Das Schiff hat den Vektor geändert und dringt soeben in die planetare Ionosphäre ein."

„Diese Dreckskerle wollen den Planeten aus der Atmosphäre beschießen!", rief Ishida.

„Aber das hätten sie mit kinetischen Geschossen aus dem Orbit leichter haben können.“ Jayden überlegte fieberhaft, was sie tun konnten, um den Raumer aufzuhalten. Das Verhalten der Fremden ergab überhaupt keinen Sinn.

„Sir.“ Nurakow schüttelte den Kopf. „Die Geschwindigkeit des Raumschiffs ist für einen Atmosphärenflug viel zu hoch.“

„Aber was ...?“ Jayden überlief es eiskalt, als er begriff. „Die rammen Pearl!“

„Das Schiff emittiert mittlerweile ein Vielfaches der zuvor angemessenen Gammastrahlung“, sagte Nurakow leise.

Obwohl die HYPERION noch immer unter Dauerbeschuss lag, starrte Jayden mit aufgerissenen Augen auf die Taktikanzeige. Irgendjemand schaltete die Aufnahme eines Satelliten zu, worauf jedes Gefühl aus seinen Gliedern wich. Der feindliche Raumer flog in einem so steilen Vektor durch die Atmosphäre, das es jedes Schiff der Space Navy längst auseinandergerissen hätte. Auf seinem Flug feuerte er mit Laserstrahlen auf die Oberfläche und ließ Torpedos herabregnen, deren Explosionen bis in den Orbit zu sehen waren. Die Satellitenaufnahmen zeigten tiefe Krater und glutflüssige Lavafontänen, die aus klaffenden Wunden im Boden an die Oberfläche drängten.

Ein Lichtblitz leuchtete auf. Die Taktikanzeige blinkte grellrot, als die Strahlenwerte in die Höhe schnellten. Gleichzeitig stieg ein gewaltiger Wolkenpilz bis hinauf in die Atmosphäre und ein elektromagnetischer Impuls breitete sich aus.

Jayden kam die Meldung seiner I.O. in den Sinn. Dort unten befanden sich Doktor Tauser, Doktor Petrova, zehn Offiziere der Schadenskontrolle, sieben Techniker, fünf Sicherheitskräfte, acht Marines und neun Wissenschaftler. Er hatte keinen Überblick darüber, wer sich wo aufhielt, doch allein der Beschuss und der nachfolgende Absturz des Schiffes mussten tausende Leben gekostet haben. Die Radioaktivität würde sich nun durch die Atmosphäre ausbreiten; es folgte ein nuklearer Winter, es entstanden Stürme, die den Planeten in eine Todeszone verwandelten.

Sie mussten die Überlebenden evakuieren.

„Der feindliche Raumer hat uns passiert und fliegt in einer elliptischen Kurve wieder auf uns zu“, sagte Nurakow.

„Ich rotiere das Schiff erneut.“ Lieutenant Task handelte, noch während er sprach.

Als Jayden auf den Chronometer blickte verließ ihn der Mut. Bis zum Eintreffen von Fitzgeralds Entsatz-Flotte verging noch fast eine Stunde. Das konnten sie nicht durchhalten.

„Wir befinden uns in fünfzehn Minuten wieder in Raketenreichweite des Feindes“, sagte Akoskin. Er blickte mit gerunzelter Stirn auf seine Konsole.

Bevor Jayden nachhacken konnte, meldete sich Lieutenant McCall. „Sir, ich orte einen Phasenfunk-Port.“

„Ich bestätige das Auftauchen einer weiteren Signatur“, sagte Nurakow, dessen vollständige Ortung wohl etwas länger gedauert hatte. „Es handelt sich um ein orbitales Verteidigungsfort.“ Mit einem Mal klang seine Stimme wieder energiegeladen und euphorisch. „Es hat sich - wie alle anderen auch - durch das Signal des Feindes deaktiviert!“

„Zugriff über den Port wäre theoretisch möglich“, sagte McCall. „Die Fremden haben die Sicherheitssperren aufgehoben, um die Forts zu deaktivieren. Das könnten wir normalerweise ausnutzen.“

Jayden atmete erleichtert auf. „Reaktivieren Sie das Ding und richten Sie es auf den Raumer aus.“

„Das geht nicht, Sir.“ Die Kommunikationsoffizierin sackte förmlich über ihrer Konsole zusammen. „Der letzte Torpedo hat unser Phasenfunk-Modul beschädigt, ebenso das Backup-System. Wir können keine Verbindung etablieren.“

Neben ihm schlug Ishida wütend mit den geballten Fäusten auf die Armlehnen ihres Konturensessels. „Was ist mit Unterlichtfunk? Gerichtete Laser?“

„Die stehen *uns* noch zur Verfügung, das Fort besitzt jedoch keinen Port. Man ging wohl davon aus, dass eine Phasenverbindung ausreichend ist."

„Das darf doch nicht wahr sein!", fluchte Jayden.

Dort, in direkter Reichweite, schwebte die geballte Feuerkraft von sechshundert Torpedos in der Minute; doch sie war unerreichbar.

„Gefechtsdistanz in fünf Minuten erreicht", meldete Akoskin.

„Ich bin zu alt für diesen Scheiß", murmelte Jayden.

Auf dem Taktik-Screen näherte sich der Raumer.

Captain Ivo Coen musste hilflos mit ansehen, wie seine Schiffe den feindlichen Torpedos zum Opfer fielen. Dieser Kampf war verloren, das hatte sicher selbst der letzte Offizier begriffen. Sie hatten tapfer gekämpft, doch während von den gegnerischen Schiffen noch zwei von der Tonnage eines Dreadnoughts übrig waren, gab es auf seiner Seite nur noch zwei Leichte Kreuzer und die TÈQUÁN als einzigen Dreadnought.

„Sir, die Sensoren melden, dass einer der Raumer, gegen den die HYPERION kämpfte, auf Pearl abgestürzt ist."

Von einer Sekunde zur anderen begann die Kommandobrücke damit, sich um ihn herum zu drehen. Seine Frau! Seine beiden Kinder! Sie alle lebten auf Pearl. Was waren das für Wahnsinnige, die ein Raumschiff auf einem bevölkerten Planeten explodieren ließen. Warum taten sie so etwas?!

Unter dem Feuer der feindlichen Raumer verging ein weiteres seiner Schiffe.

„Sir, die CHEN-FUNG nimmt Kurs auf einen der Gegner", sagte sein Taktikoffizier.

Für einige Sekunden fiel es Ivo schwer, einen klaren Gedanken zu fassen. Sie flogen doch alle auf den Feind zu!

Erst ein Blick auf seine Konsole zeigte ihm, was Captain Tom Vogel beabsichtigte. Der braunhaarige Mann aus dem deutschen Sektor der Erde, der so oft lachte, dass seine Augen von Lachfalten nur so umzingelt waren, ging auf Kollisionskurs.

Ivo verfolgte auf dem Taktik-Display, wie sich die beiden Schiffe ineinanderschoben und in einer Explosion vergingen. Damit gab es nur noch einen feindlichen Raumer.

Ivo wusste, dass ihnen ebenfalls nur eine Möglichkeit blieb, wollten sie das Alienschiff mit sich in den Untergang reißen.

„Lieutenant“, wandte er sich an seinen Navigationsoffizier. „Setzen Sie Kurs auf den letzten Feind. Nehmen wir ihn mit.“

Auf den Gesichtern einiger Offiziere sah er Tränen, was er ihnen im Angesicht des Todes nicht verdenken konnte. Er selbst bedauerte nur, dass er niemals erfahren würde, was aus seiner Familie geworden war - oder werden würde.

„Sir!“ Lieutenant McCall setzte sich abrupt in ihrem Kontursessel auf. „Wir *haben* noch ein Phasenfunk-Modul! Nachdem wir eines unserer Kurierboote im Kartas-System verloren haben und eines im vorherigen Kampf beschädigt wurde, habe ich von NOVA neue Kurierboote angefordert - die gestern eingetroffen sind. Wir können das Signal über das Phasenfunk-Modul der Boote leiten.“

Jayden hieb mit der Faust auf seine Armlehne. „Etablieren Sie eine Verbindung!“

„Ich bin bereits dabei, Sir.“

„Feindlicher Raumer erreicht in drei Minuten Gefechtsdistanz“, meldete Akoskin.

„*Lieutenant*!“

„Ist erledigt, Sir“, erwiderte McCall angespannt. „Phasenfunkverbindung ist stabil, ich übertrage die feindliche Signatur als Ziel … Signal ist drüben. Ich reaktiviere das Fort.“

Auf seiner Konsole sah Jayden, wie sich der Port wieder schloss, als die Sicherheitsalgorithmen beim Neustart reaktiviert wurden.

„Multiple Raketenstarts geortet“, sagte Akoskin. Als er die schreckgeweiteten Blicke um sich herum bemerkte, fügte er hinzu: „Das Fort hat seine Arbeit aufgenommen und beschießt den

Raumer.“

Aufatmend lehnte sich Jayden in seinem Konturensessel zurück. Nur Sekunden später explodierte das feindliche Raumschiff.

12

Du darfst leben, hatte er gesagt. *Denn du bist bedeutungslos.*

Tess würde jene Worte nie vergessen, die der Unbekannte ihr zugeflüstert hatte, bevor er sie inmitten der Leichen ihrer Eltern zurückließ. Jetzt, so kurz vor ihrem eigenen Ende, tauchten die Erinnerungen plötzlich wieder auf. Es gelang ihr nur mit Mühe, die notwendige Konzentration zum Umschreiben der Algorithmen aufzubringen.

Ihre Glieder schmerzten und jeder Atemzug brannte in ihrer Lunge. Diese verdammten Code-Fragmente mussten nur umgeschrieben werden, eine Arbeit, die sie unter normalen Umständen innerhalb weniger Minuten erledigt hätte, doch jetzt verschwamm jede neue Zeile vor ihren Augen. Warum hatte sie sich nur darauf eingelassen? Hatte sie nicht vorhin noch groß getönt, dass Zev und sie den Mörder ihrer Familien gemeinsam finden sollten, sich gemeinsam rächen würden?

Das Kühlsystem ihres Anzugs lief auf Hochtouren, doch auf ihrer Stirn hatte sich trotzdem ein dünner Schweißfilm gebildet. Was hatte sie gleich tippen wollen? Ach ja, richtig. Sie machte eine weitere Eingabe, speicherte ab und ließ das System einen automatisierten Check ausführen. Es gab noch einen Fehler - eine Konfiguration, die sie nicht bedacht hatte.

Es sind die kleinen Dinge, die einem zum Verhängnis werden, hatte ihre Mutter immer gesagt.

Tess musste bei dem Gedanken an jene Zeit auflachen. Ihre Familie hatte zu den Reichsten der Reichen gehört, war ein Teil der adligen Kreise von Terra gewesen. Sie besaß nur wenig Erinnerung an diese Zeit, war noch zu klein gewesen. Doch dann hatte ein Feind aus dem Dunkeln zugeschlagen, der ihnen alles genommen hatte.

Sie schloss die Augen.

Ihre Erinnerungen schweiften ab zu jenem Tag vor 22 Jahren, als ein Unbekannter ihr ihre Eltern genommen hatte. In einer regnerischen Nacht hatten *sie* zugeschlagen - die Killer.

Als Tess, die vom Donnergrollen geweckt worden war, in den Salon kam, lagen die leblosen Körper ihrer Eltern bereits am Boden. Ihr Vater hatte noch den Pulser in der Hand, mit dem er angeblich seine Frau und dann sich selbst erschossen haben sollte.

Der Unbekannte, dessen Anzug mit den Schatten verschmolz, dessen Gesicht hinter einer Maske aus hauchdünnem Grafit verborgen war, blickte ihr lange in die Augen. Ein so reines Blau hatte Tess noch nie gesehen. Die Stimme, von einem Vocoder verzerrt, sagte: *Du darfst leben, denn du bist bedeutungslos.*

Am darauffolgenden Morgen hatte eines der Dienstmädchen sie gefunden. Tess erinnerte sich kaum noch an die Ordnungskräfte, die Befragungen durch den Psychologen, oder die Hilfsangebote von Bekannten.

Sie wusste, dass der Aufsichtsrat der Firma ihres Vaters, sehr schnell reagiert und eine Frau zur Vorsitzenden gemacht hatte, die ihr Vater lange protegiert hatte. Plötzlich wurden Vorwürfe gegen ihre Eltern laut, das Finanzministerium sprach von Steuerhinterziehung. Innerhalb weniger Monate schwand das Vermögen der Familie dahin, ebenso wie die zahlreichen Hilfsangebote. Tess landete im Waisenhaus, wo Zevs Vater sie schließlich fand. Er holte sie dort raus, verfrachtete sie nach Tikara II, und übergab sie an Zieheltern bei denen sie aufwuchs. Noch nie zuvor in ihrem Leben hatte jemand Tess derartig viel Liebe und Wärme spüren lassen – nicht einmal ihre wahren Eltern. Doch das Leben in der Kolonie war hart.

Diese Welt, die von allen nur als Absteige der Gesellschaft angesehen wurde, war für Tess zwar dank ihrer Zieheltern zur Heimat geworden, doch sie verlangte ihr alles ab. Sie lernte sich durchzuschlagen, in einem von Banden dominierten Ghetto zu überleben, sich hochzuarbeiten.

Schließlich war *er* gekommen: Zev Buckshaw. Tess hatte sich längst angewöhnt, den echten Namen von ihm und seiner Familie nicht einmal zu denken.

Zev war der einzige Überlebende seiner Familie, der das Gleiche widerfahren war, wie ihrer eigenen. Sein Vater, der Tess Jahre zuvor aus dem Waisenhaus geholt hatte, war gestorben und posthum als Terrorist gebrandmarkt worden.

Gemeinsam hatten sie damit begonnen, die Puzzleteile zusammenzusetzen und einen Zipfel des Geheimnisses freigelegt, das ihre beiden Eltern das Leben gekostet hatte. Seit jenem Tag suchten sie nach den Drahtziehern und waren ihnen mittlerweile ganz nah. Die Spur hatte sie beide in die Space Navy geführt und Tess wusste: eines Tages würde sie der Person gegenüberstehen, die ihre Eltern getötet hatte.

Tess war sich bis heute nicht sicher, ob der Drahtzieher der ganzen Aktion sie nicht noch immer beobachtete, immerhin war sie eine Zeugin. Daher spielten sie und Zev in der Öffentlichkeit verhasste Feinde. So wurde, falls man auf einen von ihnen aufmerksam wurde, der andere nicht ebenfalls enttarnt.

Ein blinkendes Icon zog ihre Aufmerksamkeit auf sich. Wie in Trance hatte sie den Code geändert und der Check war positiv verlaufen. Sie aktivierte den Übertragungsvorgang, worauf die Statussymbole wechselten. Auf den wenigen Monitoren, die den Angriff überlebt hatten, erwachten Warnsymbole zum Leben. Feindliche Signaturen leuchteten auf und die Abwehrforts richteten sich neu aus.

Sie hatte es geschafft.

Schlagartig wich jede Kraft aus ihrem Körper und sie sackte zusammen. Das rot pulsierende Warn-Icon auf der Innenseite ihres Helmdisplays, das seit einigen Minuten auf lebensgefährliche Strahlenverhältnisse hindeutete, nahm sie längst nicht mehr wahr.

„Sir!“ Lieutenant McCalls Stimme überschlug sich fast. „Die Abwehrforts von NOVA-Station erwachen zum Leben. Sie beschießen die Angreifer.“

„Mister Akoskin?“ Jayden beobachtete noch immer die Trümmerstücke, die durchs All davontrieben.

„Ich kann das bestätigen, Sir. Lieutenant McCall hat über das Phasenfunkmodul des Abwehrforts Kontakt zu Captain Fitzgeralds Sensornetz hergestellt. Gute Arbeit, Lieutenant! Wir müssen nicht länger blind auf Informationen warten.“

Jayden schenkte seiner Kommunikationsoffizierin ein anerkennendes Nicken.

„Zusammenfassend kann man sagen, dass die feindlichen Raumer gerade mit Torpedos eingedeckt werden.

Von Captain Coens Flotte hat nur die TÈQUÁN überlebt.

Fitzgeralds Einheiten erreichen uns in wenigen Minuten.“

Er schwieg für einige Sekunden. „Und die PI-RA-SO-MA-FE konnte in den Phasenraum entkommen. Die verfolgenden Schiffe drosseln ihre Geschwindigkeit; die Vermutung, dass sie ihre Transition nur im Quasi-Stillstand ausführen können, scheint sich zu bewahrheiten, denn ihr Vektor deutet noch immer systemauswärts.“

„Was ist mit NOVA?“

„Ein Funkkontakt ist nicht möglich“, sagte Akoskin. „Die Station ist zu schwer beschädigt. Die Reststrahlung der detonierten Raketen macht eine exakte Sensorerfassung fast unmöglich.“

Jayden versuchte, nicht darüber nachzudenken, wie viele Menschenleben die zurückliegende Schlacht gekostet hatte. Und wofür? Sie wussten nicht einmal, wer der neue Feind war.

„Sir, wir müssen umgehend mit der Evakuierung von Pearl beginnen“, zog ihn seine I.O. aus dem aufkommenden Gefühlstief.

Er nickte. „Lieutenant McCall, deaktivieren Sie die Annäherungszünder der Raketen und holen Sie unsere Shuttles zurück. Ich will ein Team aus Marines und Paramedics im Hangar haben. Wir werden so viele Personen wie möglich von der Oberfläche retten. Senden Sie außerdem einen Statusbericht an die Flotte von Captain Fitzgerald - wir benötigen jedes Schiff."

Die HYPERION selbst glich mehr einem Trümmerhaufen als einem funktionstüchtigen Raumschiff, doch sie war besser davongekommen als die meisten anderen Schiffe. Und solange die Lebenserhaltungssysteme noch funktionierten, war jeder, der von der Oberfläche geholt werden konnte, sicher aufgehoben.

„Commander", wandte er sich an Ishida, „arbeiten Sie einen Plan aus, der uns die Unterbringung einer maximalen Anzahl an Personen ermöglicht. Ich will jeden verfügbaren Platz! Und setzen Sie sich mit Devgan in Verbindung. Ich will wissen, welche Schäden aus Bordmitteln reparabel sind."

Ishida bestätigte den Befehl und begann damit, entsprechende Daten in ihre Konsole einzugeben. „Lieutenant McCall, können wir die subkutanen Sender unserer Offiziere auf Pearl orten?"

Die Ortungsoffizierin verneinte. „Der elektromagnetische Strahlenschauer verhindert das, Sir."

Jayden lehnte sich zurück und besah sich die eingehenden Nachrichten. Der Kampf war furchtbar gewesen, doch erst jetzt wurde ihm das ganze Ausmaß der Katastrophe bewusst: in den Trümmern beschädigter Schiffe eingeklemmte Offiziere; Rettungskapseln, die im All umhertrieben; in den Bunkern von Pearl ausharrende Überlebende, die sie keinesfalls alle retten konnten.

Der Gefechtsalarm wurde deaktiviert, worauf sich die Gurte in das Schulterpolster der Konturensessel zurückzogen und die Prallfelder deaktivierten.

„Dann wollen wir mal", sagte Ishida mit unbewegter Miene.

Jayden schwieg.

13

IL HYPERION, Alzir-System, 28. Januar 2266, 15:30 Uhr

Es war die wütende Stimme von Doktor Irina Petrova, die Tess aufschrecken ließ.

„Nehmen Sie verdammt noch mal Ihre Finger weg!"

Verwirrt sah sie sich um. Sie weilte eindeutig noch unter den Lebenden, aber wie zur Hölle war sie auf der Krankenstation der HYPERION gelandet?

„Bleiben Sie liegen, Lieutenant, Ihr Körper hat viel mitgemacht und muss wieder zu Kräften kommen", sagte Alpha 365.

„Aber wie ...?"

„Sie fragen sich, wie Sie hierher gelangt sind und warum Sie noch leben?"

„Wie immer liegen Sie goldrichtig."

„Während Sie auf der Kommandobrücke tätig waren, gelang es Lieutenant Fowler, ein Shuttle auf der Außenseite der Station an Ihre Position heranzufliegen. Die Quelle der radioaktiven Strahlung war ein Trümmerstück, das er mittels Traktorstrahlen fortzog, um dann durch eine Siegelschaum-Kapsel eine weitere Schicht abschirmenden Materials auf die Hülle aufzutragen. Das hat Ihnen die notwendigen Minuten ohne weitere Strahlenbelastung verschafft.

Als die Forts wieder aktiv wurden, brachen Sie zusammen. Ich habe Sie von der Kommandobrücke zur Krankenstation getragen. Da Ihr Zustand kritisch war, brachte ich Sie nach der rudimentären Erstversorgung hierher."

„Ich danke Ihnen."

„Ich versichere Ihnen, Lieutenant, dazu besteht kein Anlass. Jeder Offizier in diesem System verdankt sein Überleben Ihrer beherzten Tat."

Tess wollte abwinken, konnte ihre Arme jedoch nicht bewegen. Ihr gesamter Körper fühlte sich bleischwer an. „Was ist mit Zev?"

„Sein Zustand ist mittlerweile stabil", sagte Alpha 365. „Er wurde von einem medizinischen Notfallkreuzer abtransportiert und befindet sich auf dem Weg nach Kassiopeia. Dort wird ihm ein neues Bein gezüchtet, das alte war zu sehr geschädigt. Die Ärzte werden Ihnen das zweifellos genauer erklären können."

Um sie herum wimmelte es von Verwundeten, Paramedics und umher rennenden Ärzten; es stank nach Blut und Schweiß. „Was ist hier los?" Es fiel ihr schwer, einen klaren Gedanken zu fassen. Sie war so müde.

„Eines der fremden Schiffe hat absichtlich die Oberfläche von Pearl gerammt. Ich fürchte man wird dem Planeten einen neuen Namen geben müssen, denn von seiner Schönheit ist nicht viel geblieben.

Ein nuklearer Winter ist über die Welt hereingebrochen."

„All die Menschen ..."

„Die Todeszahlen gehen in die Millionen." Alpha 365 schluckte sichtbar, zeigte ansonsten aber keine Regung. „Jedes verbliebene Schiff hilft bei der Evakuierung. Mittlerweile sind zwei medizinische Notfallkreuzer eingetroffen und die Admiralität hat eine Flotte aus Hilfsschiffen entsandt, die in der Nähe des Systems im Einsatz waren."

„Jetzt lassen Sie mich verdammt noch mal helfen!" Doktor Petrovas Stimme hallte erneut an Tess' Ohr. „Sie brauchen jeden Arzt, und mir geht es gut. Das bisschen Strahlung steckt mein Körper weg. Ich hab schon ganz andere Dinge hinter mir!"

„War Doktor Petrova nicht auf Pearl?"

„Ja", bestätigte Alpha 365. „Sie und Doktor Tauser erreichten rechtzeitig einen Bunker. Bis auf zwei Offiziere aus der Schadenskontrolle haben all unsere Crewmitglieder am Boden überlebt.

Hier an Bord sieht es da ganz anders aus. Die Admiralität

wird Ersatz hierher beordern müssen."

„Weiß man mittlerweile, wer uns angegriffen hat?"

Alpha 365 verneinte kopfschüttelnd. „Allerdings hält das die Presse nicht davon ab, mit dem Finger auf jemanden zu zeigen. Aus irgendeinem Grund sind sich alle einig, dass die Parliden dahinterstecken. Eine Theorie, die meiner Meinung nach auf keinerlei logischer Annahme begründet liegt."

„Ich glaube nicht, dass die Menschen momentan für Logik empfänglich sind."

„In der Tat sieht es nicht so aus. Die ersten Bilder der Oberfläche von Pearl haben irgendwie den Weg ins Galaktische Netz gefunden und sogar Aufnahmen von Verwundeten kursieren."

„Die Menge schreit nach Blut."

Alpha 365 hob eine Augenbraue. „Das ist richtig, Lieutenant. Wer zwischen den Zeilen lesen kann, vermag daraus interessante Informationen zu extrahieren." Der Sicherheitschef bedachte sie mit einem durchdringenden Blick und Tess war, als könne er bis auf den Grund ihrer Seele sehen. „Ich habe noch eine Nachricht von Commander Buckshaw für Sie."

„So?"

„Ich soll Ihnen folgende Worte ausrichten: Ich dich auch."

„Hören Sie ..."

„Der Commander sah mich wohl bereits, als Sie ihn gerade betäubten, und wusste daher, dass ich alles mit angehört habe." Alpha 365 erhob sich. „Machen Sie sich keine Sorgen. Wir haben alle unsere kleinen Geheimnisse. Eine Beziehung zwischen einem Commander und einem Lieutenant, die nicht an Bord des gleichen Schiffes dienen, stellt kein Sicherheitsrisiko dar. Ich werde schweigen."

„Danke."

„Ruhen Sie sich aus." Er verabschiedete sich und ging hinaus.

Tess ließ ihren Geist treiben, entspannte sich. Sie fühlte keine Schmerzen. Kurz bevor sie in die Bewusstlosigkeit abglitt, ließ sie ihren Blick durch die Krankenstation schweifen. Sie hätte den Alpha gerne noch gefragt, warum Lieutenant Bruce Walker auf einem der Krankenbetten lag, doch der Gedanke entglitt ihr. Die Müdigkeit umfing sie wie eine wärmende Decke, die alles andere verdrängte.

5 Tage später

„Ich wünsche Ihnen einen guten Flug, Captain", sagte Ivo Coen. „Und grüßen Sie die Admiralität von mir."

Jayden erwiderte den Gruß, bevor er die Verbindung beendete. Er beneidete den Kommandanten nicht, der den weiteren Verlauf der Evakuierung überwachen musste. Mittlerweile waren Schiffe eingetroffen, die die Verwundeten von der HYPERION übernommen hatten und tatkräftig mithalfen, die letzten Menschen von Pearl zu evakuieren. Ivo Coen hatte seine Frau und beide Söhne verloren, was den jungen Captain um Jahre hatte altern lassen.

Die Schlacht um NOVA-Station würde zweifellos ihren Platz in den Geschichtsbüchern finden. Zu seinem Entsetzen hatte Jayden festgestellt, dass die Nachrichten ihn zur Ikone dieses Kampfes hochstilisierten und das völlig zu unrecht. *Der Held von Tikara II hatte erneut bewiesen, dass Mut und Ehre in der Flotte noch etwas gelten, als er die mutmaßlichen Parlidenschiffe zerstörte, die das Leben so vieler bedroht hatten.* Ihm wurde ganz schlecht, als er an diese Aussage eines Reporters dachte. Dass er eines der Schiffe nicht hatte aufhalten können, wurde nicht ihm zur Last gelegt, sondern der schlampig aufgebauten Flotte von Systemkommandant Harris, der in der Schlacht gefallen war und sich daher auch nicht verteidigen konnte. Und Ivo Coen, der das System heldenhaft verteidigt hatte, wurde mit keiner Silbe erwähnt; genauso wenig, wie all die anderen. Wenn das so weiterging, würde jeder Captain in der Flotte Jayden bald hassen.

„Wie ist unser Status?", fragte Jayden seine I.O. Es gefiel ihm nicht, dass die HYPERION abberufen wurde. Er hätte Captain

Coen gerne dabei geholfen, die Evakuierung abzuschließen und die Infrastruktur des Systems wieder aufzubauen. Doch die Admiralität hatte andere Pläne.

„Das Schaden am Phasenfunk-Modul konnte durch den Materialnachschub der Hilfsschiffe behoben werden“, sagte Ishida, nachdem sie ihre Konsole zu Rate gezogen hatte. „Das Erholungsdeck ist vollständig zerstört, die Hälfte unserer Torpedoschächte ist nicht mehr zu gebrauchen und die Laserkristalle sind allesamt ausgebrannt. Zudem sind mehrere Stationen unterbesetzt. Wir sollten uns keinen weiteren Kampf mehr erlauben, bis wir die heimatliche Werft besucht haben.“

Ein übermüdet wirkender Admiral Sjöberg hatte sich vor wenigen Stunden gemeldet und die HYPERION ins Sol-System zurückbeordert. Dort sollte das Schiff in den kommenden Monaten wieder vollständig instand gesetzt werden. Der Admiral hatte zudem angedeutet, dass es beunruhigende Neuigkeiten gab, die die Admiralität und die Regierung zur Zeit beschäftigten. Diesbezüglich wollte er persönlich mit Jayden sprechen, sobald der Interlink-Kreuzer das Sol-System erreichte.

Irgendwie habe ich kein gutes Gefühl dabei, dachte er. „Lieutenant McCall, senden Sie der Systemüberwachung unseren Abflugvektor. Lieutenant Task, berechnen Sie einen Kurs und bringen Sie uns auf Interlink.“ Beide Offiziere bestätigten den Befehl. „Ich bin in meinem Bereitschaftsraum.“

Alpha 365 sank in den Konturensessel. „Sir, ich muss Ihnen leider mitteilen, dass sich mein Verdacht bestätigt hat.“

Für einige Augenblicke hatte Jayden keine Ahnung, wovon der Sicherheitschef des Schiffes eigentlich sprach, dann erinnerte er sich. „Sie sprechen von Ihrer Theorie, dass es einen Verräter an Bord gibt?“

Alpha 365 bejahte. „Nachdem wir die Schlacht überstanden hatten, wollte ich mir die Sensorlogbücher noch einmal anschauen. Im Verlauf unseres Fluges nach NOVA erfassten die Sensoren eines der fremden Schiffe, um genau zu sein: den Desponit-Anteil der Hülle. Entgegen der Vorgabe durch die implementierten Algorithmen verlangte das System jedoch keine Bestätigung von Lieutenant Kensington, sondern stufte die Signatur - fehlerhaft - als Asteroiden ein."

„Was haben Sie entdeckt?"

„An den Sensoraufzeichnungen nichts, denn die wurden gelöscht. Jemand gab sich große Mühe, dies als Ergebnis der Beschädigungen hinzustellen, die wir im Verlauf der Schlacht davontrugen. Dem ist jedoch nicht so. Ich kann noch nicht sagen, wer sich an den Aufzeichnungen zu schaffen gemacht hat, doch es ist ihm gelungen sogar die Backups aus dem gesicherten Speicher zu löschen. Mein Verdacht richtet sich aktuell auf ein Mitglied der Kommandobrückencrew."

„Ich weiß, dass ich mich wiederhole, aber das ergibt einfach keinen Sinn." Jayden rieb sich müde die Augen.

„Sie irren sich, Sir. Es macht durchaus Sinn.

Die angreifenden Raumer wollten zweifellos das zweite Fraktal, das wir beim Einflug noch bei uns führten."

„Wie kommen Sie darauf? Vielleicht wollten die einfach nur, dass es keine Zeugen gibt und haben der PI-RA daher nachgesetzt."

„Ich fürchte, dem ist nicht so. Kurz bevor zwei der Angreifer das rentalianische Schiff verfolgten, ging ein Phasenfunksignal von der HYPERION aus. Ziel war eines der feindlichen Raumschiffe.

Zumindest *diese* Informationen konnte ich rekonstruieren."

„Das ergibt trotzdem keinen Sinn!" Jayden schlug mit der flachen Hand auf seinen Schreibtisch. „Wenn Ihre Theorie zutrifft, müssten diese Schiffe uns irgendwie bis zur NOVA-Station verfolgt haben.

Der Raumer, der den Angriff ausgelöst hat, muss jedoch schon vor Monaten auf Unterlicht zu NOVA geflogen sein. Eine Transition hätte man geortet und auch ein Schiff unter Vollschub wäre den Plattformen nicht entgangen.

Wir wussten aber selbst bis vor wenigen Tagen nicht, dass wir hierher beordert werden würden. Das hat die Admiralität erst nachträglich entschieden."

Alpha 365 neigte den Kopf zur Seite. „Es macht keinen Sinn, weil wir bisher nicht über genügend Informationen verfügen. Ich habe auf Ihre Fragen also auch keine Antwort.

Doch ich bin überzeugt davon, dass wir diese durchaus erhalten können. Meiner Meinung nach haben die ‚Artefaktjäger' jemanden in unsere Crew eingeschleust. Wenn wir diese Person enttarnen, werden wir Antworten bekommen." Er unterbreitete Jayden einen Plan, mit dem er den Verräter aus dem Schatten zerren wollte.

„Ich lasse Ihnen dabei freie Hand", sagte Jayden, nachdem er in Ruhe darüber nachgedacht hatte. „Aber wenn Sie recht haben, will ich diesen Schweinehund, bevor wir die Erde erreichen. Egal wie, machen Sie es möglich. Der oder die Unbekannte hat die HYPERION ebenso verraten wie die gesamte Erde. Ich habe von Sabotage, versteckten Signalen und ausfallenden Systemen die Nase voll!"

Alpha 365 erhob sich. „Ich werde tun, was ich kann, Sir."

Damit verließ der Sicherheitschef den Bereitschaftsraum. Jayden nippte an seinem Vitamincocktail, bei dem er dieses Mal den Koffein-Zusatz weggelassen hatte. Er würde noch einige Dinge erledigen und sich danach in sein Quartier begeben, um eine Menge Schlaf nachzuholen.

Es gab also tatsächlich einen Verräter an Bord. Jemanden, der gegen die Interessen der Menschheit arbeitete, der die HYPERION auf der einen Seite beschützte, wie es im Elnath-System und bei der Verfolgung des rentalianischen Schiffs im Parlidenraum geschehen war, auf der anderen Seite aber kalt lächelnd den Tod unzähliger Leben in Kauf nahm.

Jayden schüttelte den Kopf und vertrieb die Gedanken. Momentan konnte er nichts tun, musste abwarten, wie der Sicherheitschef weiter vorging.

Er aktivierte das interne Komm-System. „Cross an Kommandobrücke."

„Ishida hier, was kann ich für Sie tun, Captain?"

„Schicken Sie bitte Lieutenant Kensington in meinen Raum."

„Aye, Sir."

Er beendete die Verbindung.

Nur Sekunden später ertönte ein weicher Dreiklang, der einen Besucher ankündigte. Jayden gab den Zugang frei, worauf Lieutenant Tess Kensington seinen Raum betrat.

„Sie wollten mich sprechen, Sir?"

Die Ortungsoffizierin mit den langen blonden Haaren wirkte müde und angeschlagen, hielt sich jedoch kerzengerade und hatte vor einigen Stunden darauf bestanden, wieder ihren Dienst aufzunehmen.

Er bedeutete ihr, Platz zu nehmen. „Lieutenant, es scheint so, als hätten Sie uns erneut alle gerettet."

„Bitte fangen Sie nicht auch noch an, Sir." Kensington verzog abschätzig die Mundwinkel. „Ich habe einfach reagiert. Wenn mich noch jemand auf dem Gang stoppt, um mir zu gratulieren und sich zu bedanken, beantrage ich eine Versetzung."

„Willkommen im Club, Lieutenant", sagte Jayden grinsend. „So erging es mir ebenfalls, als ich Tikara II verteidigt hatte. Waren Sie nicht eine der Personen, die mir persönlich gratuliert hatten?"

Kensington wurde rot. „Das war etwas ganz anderes, Sir."

„Nein, das war es nicht", sagte Jayden sanft. „Sie haben Großartiges geleistet und zahlreiche Menschenleben gerettet - Offiziere wie Zivilisten. Es wird Sie niemand bestrafen, wenn Sie dieses Gefühl genießen. Und lassen Sie den Leuten ihre Dankbarkeit, sie brauchen das."

„Ich hätte nicht gedacht, Derartiges aus Ihrem Mund zu hören, Sir. Das klingt eher nach den Worten eines Psychologen."

„Also, nun ja." Für einige Sekunden wusste Jayden nicht,

was er darauf erwidern sollte. Er beschloss, es mit der Wahrheit zu versuchen. „Bedanken Sie sich bei Doktor Tauser. Der musste mir damals den Kopf waschen. Ich habe mir seine kleine Ansprache gemerkt und hielt sie hier für angebracht."

Kensington grinste über das ganze Gesicht. „Wenn das so ist, werde ich den Rat des guten Doktors beherzigen."

„Ausgezeichnet. Womit wir nur noch eine Sache zu erledigen hätten, bevor Sie Ihren Dienst wieder antreten können, *Commander.*"

Kensington blickte fragend zu ihm auf und begriff erst einige Sekunden später, was er soeben gesagt hatte. „Das ist nicht Ihr Ernst." Sie vergaß sogar das ‚Sir', was Jayden jedoch eher genoss als kritisierte. Innerlich musste er grinsen. Hatte er auch so ausgesehen, als Admiral Sjöberg ihm von seiner Beförderung berichtet hatte?

„Bei einer solchen Sache würde ich niemals scherzen." Er holte ein kleines Kästchen aus der Schublade, in dem sich die zusätzlichen Rangabzeichen befanden, und schob es ihr zu. „Ich gratuliere, Lieutenant Commander Kensington. Sie haben es sich verdient."

Einige Sekunden saß die junge Offizierin einfach nur da und starrte auf das Behältnis. „Sir, ich glaube wirklich nicht ..."

„Lassen Sie es gut sein, *Commander.* Ich habe sorgfältig darüber nachgedacht, bevor ich der Admiralität diese Beförderung vorschlug. Admiral Sjöberg hat durchblicken lassen, dass es keine Gegenstimme im Kontrollgremium gab. Das sollte Ihnen eine Menge sagen." Sie klappte den Mund wieder zu. „Und jetzt nehmen Sie Ihre neuen Rangabzeichen und gönnen Sie mir etwas Ruhe."

„Natürlich." Kensington sprang auf. „Also ... ich ... Danke, Sir."

Ein wenig verdattert wandte sie sich um und stürmte förmlich aus dem Raum. Es war ein Wunder, dass sie dabei nicht gegen eine der Wände lief. Jayden grinste vergnügt, nachdem sie seinen Raum verlassen hatte. Wenigstens ein freudiges Ereignis, nach all diesem Chaos, dem Tod und der Zerstörung.

Jetzt würde er Janis noch einen kleinen Besuch abstatten und danach wollte er nur noch eines: Schlafen.

Als sich das Schott zu seinem persönlichen Quartier hinter ihm schloss, hielt Alpha 365 inne und ließ die vergangenen Ereignisse vor seinem geistigen Auge erneut ablaufen. Sein eidetisches Gedächtnis und der detektivische Spürsinn, beides Teil der psychischen Konditionierung von genetischen Offizieren der Alpha-Klasse, vereinfachten dies ungemein.

Bevor er sich um den Verräter kümmerte, galt es noch, etwas anderes zu erledigen. Er rief die Erinnerung an Lieutenant Bruce Walker ab, der aktuell auf der Krankenstation der HYPERION im künstlichen Koma lag. Alpha 365 hatte seine ganze Autorität in die Waagschale geworfen und es schließlich geschafft, dass sie den Offizier mit zur Erde nehmen durften.

Er erinnerte sich an das bleiche Gesicht, die Blutlache unter dem Körper, das Zittern in der Stimme. Aus der Vergangenheit seiner Erinnerung drangen die Worte an sein Ohr: „Sie schauen in die falsche Richtung."

Alpha 365 ließ sein Unterbewusstsein arbeiten, während er an sein digitales Dashboard trat. Verknüpfungen entstanden in seinem Geist, Informationen fügten sich zusammen, die Knoten eines Netzes verwoben sich. Er begann damit, sie aufzuzeichnen.

Da war die HYPERION mitsamt ihrer Crew. Er betrachtete dieses Element von allen Seiten. Nein, es reichte nicht aus. Er begann damit, die Offiziere aufzuschlüsseln. Sein Instinkt sprach an, wollte ihn auf etwas aufmerksam machen. Warum genau diese Crew?

Cross, ein Held, Mittelpunkt des medialen Interesses. Ishida, Erzfeindin von Admiral Michalew. Kensington, die mit ihren Eltern von der Erde vertrieben worden war, und den Großteil ihres Lebens auf Tikara II verbracht hatte. Akoskin, in dessen

Vergangenheit es nahezu nichts Auffälliges gab. McCall, die mit Bestnoten die Akademie abgeschlossen hatte, aber so schüchtern und introvertiert war, dass ihr niemand eine große Karriere voraussagte. Task, der die Aufnahmeprüfung in die Akademie erst beim dritten Anlauf geschafft und den Abschluss nur mit Mühe und Not hinter sich gebracht hatte, der nahezu unsichtbar war. Was machte ein Offizier wie er auf der HYPERION?

Alpha 365 trat einen Schritt zurück und besah sich das winzige Netz, das er aufgezeichnet hatte. Von der ersten Mission der HYPERION an hatte ihm sein Unterbewusstsein etwas zu sagen versucht. Etwas stimmte nicht.

Er begann damit, ein leeres Feld anzulegen, das den Verräter darstellen sollte. Wie war er mit alldem verbunden?

Als Nächstes zeichnete er jene Admiräle ein, die in direkter Verbindung zur Crew standen. Da war Michalew, der Hardliner. Sjöberg und Jansen, die Unterstützer. Pendergast, die bei der Ernennung einiger Offiziere ihre Hand im Spiel gehabt hatte.

Er verband die Linien, verstand jedoch noch immer nicht. Was hatte Walker ihm zu sagen versucht?

Sie schauen in die falsche Richtung.

Alpha 365 zeichnete die beiden Artefakte ein und zog eine Linie zu dem Verräter. Dann fügte er die Parliden hinzu, die irgendwie mit den Fraktalen verbunden waren. Das Netz wurde dichter, doch noch immer konnte er den Hinweis von Walker nicht deuten.

Worauf habe ich bisher geschaut?, fragte er sich und analysierte das Bild.

Er verwendete die Löschfunktion und entfernte den Verräter und die Artefakte sowie die Parliden wieder aus dem Bild. Walker hatte ihm keinen Hinweis *darauf* geben wollen, es war um etwas anderes gegangen: seine Verwicklung in die Manipulation des Torpedos und den Mordversuch an ihm. Jemand hatte einen Killer geschickt. Die Frau in der Arrestzelle, die Frau mit den tiefblauen Augen, hatte versucht, Walker umzubringen. Natürlich hatte er sie an ihren tiefblauen Augen erkannt. Sie war eine Auftragskillerin, des Ketaria-Bundes. Er hatte im Chaos nach dem Kampf nur schwer Ermittlungen anstellen können, wusste nicht, wann und wie sie auf die Station gelangt war.

Doch viel wichtiger erschien ihm momentan die Frage, auf wessen Befehl hin sie das Attentat durchgeführt hatte? Wie hing alles zusammen? Die Crew, die Manipulationen, die Aktionen und Reaktionen?

Michalew hatte den Auftrag für die Tötung gegeben, davon zumindest ging Alpha 365 aus. Doch warum? - Weil er keine andere Wahl gehabt hatte, musste er doch das Versagen seines Manns an Bord vertuschen. Andernfalls kam heraus, dass er versucht hatte, Ishida zu diskreditieren.

Erstmals zog Alpha 365 in Betracht, dass es nicht Walker gewesen war. In diesem Fall hätte Michalew trotzdem keine Wahl gehabt, nachdem man es seinem Mann in die Schuhe geschoben hatte. Dann wäre ein anderer verantwortlich, der eine Reaktion provozieren wollte. Oder der- oder diejenige hatte Ishida schützen wollen. Beides war möglich. Und in beiden Fällen hatte es erneut nur aus einem Grund zu dieser Situation kommen können. Sein Blick fiel auf das kleine Netz, das die Kommandobrückenoffiziere der HYPERION darstellte.

Und dann begriff er. Mit schmerzhafter Klarheit besah er sich das Bild, dessen Fragmente sich wie von Geisterhand in seinem Geist zusammenfügten. Jetzt sah er das Gesamtbild, verstand die Zusammenhänge.

Ich habe in die falsche Richtung geschaut, das haben wir alle.

Die Tragweite seiner Entdeckung ließ ihn innehalten - seine Gedanken rasten.

Nach einigen Sekunden verwendete er die Löschfunktion und entfernte die Elemente von der elektronischen Tafel. Da die Verbindung zum Galaktischen Netz wieder bestand, aktivierte er einen Nachrichtenkanal. Noch immer war die Schlacht um NOVA-Station Gesprächsthema Nummer eins. Als hätte ihm jemand eine Binde vor den Augen fortgezogen, las er zwischen den Zeilen. Das Ergebnis war ernüchternd: Er kam zu spät. Ein Eingreifen seinerseits kam nicht mehr infrage. Also blieb nur die zweite Option: Er musste Vorbereitungen treffen.

Alpha 365 deaktivierte den Nachrichten-Feed und machte sich ans Werk.

Legat 2 saß in seinem persönlichen Quartier und zappte durch die Nachrichtenkanäle. Der letzte Dominostein fiel. Die Reporter stilisierten Cross zum Helden und verdammten die Parliden, die mit dem Angriff auf NOVA doch gar nichts zu tun gehabt hatten; das waren seine Leute gewesen.

Vor wenigen Minuten war die Bestätigung eingegangen. Die Computerviren, die die Verfolgerschiffe im letzten Moment in den Kern des rentalianischen Schiffes PI-RA-SO-MA-FE hatten überspielen können, hatten dem Navigator einen falschen Kurs vorgegaukelt, während die Rentalianer in Wahrheit mitten in einen Hinterhalt geflogen waren. Gleiches galt für das menschliche Schiff, das das erste Fraktal zu einer geheimen Station hatte bringen wollen. Damit befanden sich alle Teile des Artefaktes endlich in ihrem Besitz - auch wenn noch keiner etwas davon ahnte.

Die nächste Phase konnte beginnen - und das musste sie auch. Jener Mensch, der alles verändern würde, leitete die letzten Schritte ein. Mit anderen Worten: Die Lawine rollte. Legat 2 seufzte. Damit war seine Zeit an Bord der HYPERION vorbei. Alpha 365 war wie ein Karg - wenn er eine Fährte witterte, wurde man ihn nicht mehr los. Natürlich hatte Legat 2 ein paar falsche Spuren gelegt, doch die konnten dem gezüchteten Soldaten nicht lange standhalten.

Das Artefakt war also in seiner Hand, alle Spuren auf seine wahre Identität beseitigt und seiner Flucht stand nichts im Wege. Zugegeben, es fiel ihm schwer zu gehen. Gerade fühlte er sich heimisch an Bord des Interlink-Kreuzers. Der Chip von Captain Cross war erfolgreich manipuliert worden, die Fraktale konnten geborgen werden, NOVA-Station war fast vollständig zerstört - aber wie geplant nicht ganz - und Pearl würde so schnell niemand mehr besiedeln. Was blieb also noch zu tun? Sollte er es wagen und den Flug zur Erde mitmachen oder vorher verschwinden?

Legat 2 aktivierte seinen Monitor und betrachtete die Kamera-Feeds der persönlichen Quartiere eines jeden Kommandobrückenoffiziers. Er wusste alles über sie, kannte all ihre kleinen Geheimnisse und jeder besaß eines. Für einige Sekunden bekam er Mitleid. Sollte er sie warnen? Sollte er ihnen mitteilen, was sie erwartete? Dass sie auf keinen Fall zurück zur Erde fliegen durften? Er zögerte, schüttelte dann jedoch den Kopf und deaktivierte den Kamera-Feed. Er musste seine Flucht planen.

14

Forschungsstation CAVE, Kuiper-Gürtel, Sol-System, 02. Februar 2266, 19:45 Uhr

Admiral Juri Michalew starrte auf seine Konsole. Die Nachricht war bereit, versendet zu werden. Sie enthielt nur einen Satz, der niemandem, der sie abfangen würde, von Nutzen sein konnte. Doch jene Männer und Frauen, die seit Jahren auf diesen Moment warteten, wussten was zu tun war. „Ich hätte drauf verzichtet, weißt du. Alles, was ich immer wollte, war eine sichere Solare Union, die nach außen hin geschlossen auftritt und im Inneren Stärke beweist."

„Ich weiß", sagte sein Besucher. „Aber jetzt ist der Punkt gekommen, auf den du gewartet hast, Juri. Meine Leute sind auf deiner Seite, es ist deine Entscheidung."

Juri Michalew wandte sich um. Michael Furlan saß in einem der Konturensessel und blickte ihm gelassen entgegen.

„Das musst du mir nicht sagen", entgegnete Juri. „Ich habe dich rekrutiert."

„Und du hast gut daran getan", sagte der Innenminister. „Wenn ich damals nicht gehandelt hätte, als diese Ishida deine Klüngelei hat auffliegen lassen, wärst du längst Geschichte."

Juri winkte ab. „Ich weiß, ich weiß. Und meine Dankbarkeit hat dir so manche Tür geöffnet. Immerhin bist du heute Innenminister. Wer kann das in diesem Alter schon von sich sagen?"

„Wenn du diese Taste betätigst, ist mein jetziger Job nichts mehr wert." Bei diesen Worten deutete Michael Furlan auf die Konsole. „Es ist deine Entscheidung, war es immer. Ich hoffe du hast wirklich alles genau durchdacht."

Juri schlug mit der flachen Hand auf die Lehne seines Konturensessels. „Das habe ich seit Jahren." Er wurde wieder ruhig.

„Und doch hätte ich darauf verzichtet. In einer Situation wie dieser benötigen wir Stabilität. Aber die Regierung erweist sich erneut als unfähig und verlogen. Ich weiß von den geheimen Flottenbasen und Militärstützpunkten. Wir könnten die Parliden in einem Handstreich vernichten. Stattdessen zieht Kartess es in die Länge, schlägt sich mit dem Finanzminister herum und will ‚auf Nummer sicher' gehen. Wenn ich das weiter zulasse, stecken wir in wenigen Monaten selbst in diesen Rüstungen und dienen den Parliden als Sklaven!"

Michael zuckte mit den Schultern. „Die Bomben sind platziert und die Attentäter stehen bereit."

„Ich hoffe, sie sind fähiger als der, der Walker ausschalten sollte. Ich konnte diese blauäugigen Killer noch nie leiden." Alle Auftragsmörder, die Teil des Ketaria-Bundes waren, besaßen das gleiche Merkmal: stahlblaue Augen. Bisher war es noch niemandem gelungen, die Basis dieser Assassinen zu finden; viele vermuteten, dass sie sich im Eriin-Bund versteckten. Andere sprachen von einer Mini-Gesellschaft aus genmodifizierten Killern, die auf einer Raumstation hausten. Das meiste waren Gerüchte.

„Ich gebe zu, sie sind mir auch unheimlich. Aber in der Regel arbeiten sie effektiv. Es konnte ja kein Mensch ahnen, dass dieser Alpha 365 dazwischenkommt."

„Aber der Lieutenant stellt ja glücklicherweise keine Gefahr mehr da. Er liegt im künstlichen Koma, während die HYPERION ihn in meine Arme trägt."

„Also, wie entscheidest du dich?" Michael nippte an einem altmodischen Kaffee.

Juri drehte sich wieder zu seiner Konsole. Mit einem grimmigen Lächeln berührte er den Touch-Screen. Innerhalb von Sekunden jagte die Nachricht über den Phasenfunk davon und leitete unaufhaltbar das Chaos ein.

EPILOG

02. Februar 2266
Tag 1

Lächelnd lehnte er sich zurück und genoss den Moment des Triumphs. Was gab es Schöneres als die Früchte jahrelanger Arbeit zu ernten?

Michalew handelte endlich! Damit hatten sich all die Mühen gelohnt. Der kleine Hardliner, der an seinen Fäden hing und wie eine Marionette alles tat, was er tun sollte, verhalf ihm also tatsächlich zum Sieg.

Ein Signalton erklang.

Er warf einen Blick auf den Monitor und erkannte Doktor Florian von Ardenne.

„Treten Sie ein, Doktor", begrüßte er den Verbündeten. „Etwas zu trinken?"

Der Wissenschaftler verneinte. „Ich muss gleich wieder zurück, bevor Michalew mich vermisst."

„Ach was." Er winkte ab. „Setzen Sie sich. Der gute Admiral wird in den nächsten Tagen nicht einen Gedanken an Sie verschwenden."

Von Ardenne ließ sich, wenn auch etwas widerwillig, in den Konturensessel sinken. Mit zittrigen Fingern legte er eine kleine Ampulle auf den Schreibtisch.

„Das ist es also?"

Der Wissenschaftler bejahte. „Wie abgesprochen habe ich es zurückgehalten."

Er nahm die Ampulle auf, in der eine schwarze Flüssigkeit schwappte. „Damit kann man also die Parlidenrüstung auflösen und den darin gefangenen Menschen befreien? Sie sind ein Genie, daran besteht kein Zweifel."

In untypisch zurückhaltender Weise wehrte von Ardenne

das Kompliment ab. „Genau genommen befand sich das Mittel die gesamte Zeit vor unserer Nase.

Es hat sich herausgestellt, dass diese Naniten auf der Parlidenrüstung klebten, die Captain Cross aus dem Elnath-System mitbrachte. Scheinbar hat dieses ominöse Artefakt versucht, die gefangenen Menschen von der Sklavenrüstung zu befreien. Wir glauben, dass die Rüstungen an Bord jenes Schiffes, auf das die HYPERION im Orbit traf, ihre Träger töteten, als dieses Lösungsmittel aktiv wurde."

„Würde man den Stasetank, der sich auf der CAVE-Forschungsstation befindet also abschalten, würde sich die Rüstung auflösen?"

Von Ardenne bejahte. „Wenn wir den neuralen Interface-Chip mit einem gerichteten EMP deaktivieren, kann die Rüstung ihren Träger nicht mehr töten.

Normalerweise würde er dann ersticken. Doch wenn gleichzeitig die Naniten aktiv werden, wird die Sklavenrüstung zersetzt."

„Und der gefangene Mensch ist befreit. Das sind ausgezeichnete Neuigkeiten, die zum jetzigen Zeitpunkt aber noch nicht bekannt werden dürfen."

„Das ist mir klar. Es würde Ihre Pläne zerstören."

„Mitnichten", entgegnete er dem Wissenschaftler. „Michalew kann nicht mehr zurück. Er hat sein Schicksal besiegelt."

Von Ardenne wurde bleich. „Es beginnt? Wann?"

„Oh, mein lieber Doktor, der Admiral hat vor wenigen Minuten den großen roten Knopf gedrückt."

Der Wissenschaftler schwieg. Als er die Tragweite dieses Satzes begriff, sprang er auf. „Dann sollte ich schnellstmöglich zurückkehren. Das Reisen ist bald nicht mehr sicher."

„Tun Sie das."

Von Ardenne schaute ihn noch kurz an, nickte abgehackt und verließ den Raum.

Bereits zwanzig Minuten später unterbrachen die Nachrichtenkanäle ihr Programm für eine Sondersendung. Eine Bombe hatte den Flugwagen von Trevor Holden, dem Finanzminister, zerfetzt. Die Überreste des Ministers, seines Sekretärs und der Leibwache verteilten sich innerhalb von Sekunden in einer dunklen Wolke über Paris.

Admiral Björn Sjöberg erhob sich und lachte schallend, während er den Ton des Nachrichten-Feeds deaktivierte. Ein klassisches Musikstück war der Würde des Moments eher angemessen. Zu den Klängen von Beethovens 9. Symphonie griff er nach einer Flasche achtzig Jahre alten Whiskeys, brach das Etikett und goss sich zwei Fingerbreit der bernsteinfarbenen Flüssigkeit in ein Whiskeyglas.

All die Jahre hatten also tatsächlich etwas gebracht. Es hatte Zeiten gegeben, in denen er an sich selbst gezweifelt hatte - nicht viele natürlich. Es hatte ihn viel Mühe gekostet, die Maske des aufrechten Admirals zu tragen. Gerade gegenüber Santana Pendergast hätte er sich ein ums andere Mal beinahe verraten. Doch sein kontinuierliches Vorgehen gegen Vetternwirtschaft und Klüngelei, gegen die Hardliner von Michalew, hatte sich ausgezahlt.

Während er auf der einen Seite geheimes Material an einen Erzfeind, den er selbst erschaffen hatte, weiterleitete, hatte er auf der anderen gegen ihn gekämpft. Die Öffentlichkeit sah in ihm den pflichtbewussten Admiral, den loyalen Offizier, den Verfechter der Demokratie. Wenn die Sache mit den Parliden, und im speziellen seiner Frau, bekannt wurde, würde er noch einmal Sympathie hinzugewinnen.

Juri Michalew hatte nie begriffen, dass man nur gewinnen konnte, wenn man aus dem Hintergrund agierte. Die Galionsfiguren trugen das Fadenkreuz auf der Stirn, die Puppenspieler strichen den Gewinn ein. Alles, was man tun musste, war dem Feind etwas zu geben, worauf er sein Augenmerk richten konnte. *Und schon blicken sie alle in die falsche Richtung.*

In Gedanken überflog er die vielen Stationen, an denen er den Weg Michalews beeinflusst hatte, um ihn zu dem zu machen, was er heute war. Und natürlich das HYPERION-Projekt, sein Meisterstück. Er würde seinen Leuten noch einmal einschärfen müssen, den guten Juri nicht zu liquidieren. Dieses Vergnügen wollte er selbst genießen. Er wollte in die Augen von Juri Michalew blicken, wenn dieser begriff, dass er nicht mehr war als ein minderwertiger Bauer im Schachspiel eines wahren Meisters. Am Ende würde er ihm natürlich einen Pulserschuss in die Stirn jagen, genau wie der lieben Präsidentin, Ione Kartess. Doch sie benötigte er vorher noch.

Einstweilen konnte er sich zurücklehnen und Michalew das Morden überlassen. Sollte der Admiral so viel Chaos verbreiten, wie es nur möglich war. Umso aufgeschlossener würde Kartess für Björns Vorschlag sein.

Er nahm einen Schluck Whiskey, ließ die Flüssigkeit einige Sekunden auf der Zunge gehen, damit das Aroma sich ausbreiten konnte, bevor sie feurig seine Kehle hinabrann.

In Gedanken kehrte er zu seinen größten Momenten zurück. Wie Perlen an einer Schnur materialisierten sie in seinem Geist.

Das Erios-Virus 2238. Die konstruierten Angriffe des Eriin-Bundes auf die Tenkos-Kolonie 2244. Ishidas Aufdeckung von Michalews Flottennetzwerk 2259. Der Angriff des Eriin-Bundes auf die Kolonie Tikara II – der ihn eine ganze Stange Geld gekostet hatte -, wodurch der Kriegsheld Jayden Cross geboren wurde. Und schließlich die Auswahl der Besatzung des HYPERION-Projektes 2265, deren gemeinsamer Nenner noch von niemandem entdeckt worden war.

Ein Signal machte ihn auf eine Prioritätsnachricht von Admiral Yoshio Zhang aufmerksam. Zweifellos wollte die Admiralität eine Sondersitzung abhalten - wo Michalews Attentäter zuschlagen würden. Björn fletschte die Zähne und lehnte sich zurück. Er war für niemanden zu sprechen.

Lassen wir die Pulserschüsse fliegen. Er genoss den Moment der stillen Macht. *Wenn das Chaos am größten ist, kommt der* Retter, *komme ich - und bringe das Ende.*

ENDE

II

DAS GESICHT DES VERRATS

1

Sol-System, Sol-22 im Orbit um Neptun, 2. Februar 2266, 21:30 Uhr

Tag 1

Admiral Yoshio Zhang stürmte wütend in den Konferenzraum. „Wie zur Hölle konnte das passieren?!" Ein Blick in die Runde machte deutlich, dass einige seiner Kollegen noch nicht eingetroffen waren. Die unbesetzten Plätze gehörten Michalew und Sjöberg, während Pendergast und Jansen sich lediglich per Holo-Chair zugeschaltet hatten. „Sagen Sie mir bitte, dass die Presse hier einem Irrtum erlegen ist!"

Mit wenigen Schritten erreichte er seinen Platz am Kopfende des Tisches.

„Die uns vorliegenden Informationen sind widersprüchlich", sagte Admiral Isa Jansen. Sie befand sich zurzeit auf der Erde, um als Schnittstelle zur Präsidentin zu dienen. Sie wirkte müde und angeschlagen, der Stress machte vor niemandem halt. „Aber es steht zweifelsfrei fest, dass eine ferngezündete Bombe den Flugwagen des Finanzministers zerfetzte. Der Minister, sein

Assistent und die Leibwächter sind tot. Das Signal konnte zu einer Sensoreinheit aus den Beständen der Space Navy zurückverfolgt werden."

„So eine verdammte Scheiße!" Yoshio schmetterte seine geballte Rechte auf die Tischplatte. Er versuchte, sich zu beruhigen. „Wie geht die Präsidentin damit um?"

„Sie hat ihr eisernes Lächeln aufgesetzt und verteilt Befehle. Ihre Leibwache wurde aufgestockt, der Palast gleicht einer Festung." Isa Jansen wandte sich um, richtete ihr Augenmerk auf jemanden außerhalb des Erfassungsbereichs und nickte. „Ich muss zurück, die Sitzung geht weiter. Ich halte Sie auf dem Laufenden, Sir."

„Gehen Sie nur." Die Verbindung erlosch. „Wir müssen umgehend eine interne Ermittlungskommission einsetzen. Der Militärische Abschirmdienst soll sich darum kümmern." Admiral Prince nickte abgehackt und gab parallel entsprechende Anweisungen in seine Konsole ein. „Ich fürchte, uns stehen spannende Zeiten bevor." Yoshio wandte sich Santana Pendergast zu. „Wie reagiert die Heimatflotte?"

Die dunkelhaarige Admiralin erwiderte seinen Blick gelassen. „Gerüchte machen die Runde, bisher ist die Moral jedoch ungebrochen. Trevor Holden war ein Minister unter vielen und als Finanzminister obendrein nicht unbedingt beliebt. Die meisten gehen von einem Attentat rechtsgerichteter Kräfte aus, die versuchen, es der Space Navy in die Schuhe zu schieben."

„Hoffen wir, dass sie damit Recht haben." Yoshio rief ein paar Daten ab. „Bereiten Sie die Heimatflotte auf eine Verlegung vor."

„Sir?"

„Es würde mich nicht wundern, wenn Ione Kartess die Flotte ein wenig ... abseits positioniert. Vergessen Sie nicht: Innerhalb des Sol-Systems sind wir für die Außenverteidigung zuständig. Wenn jemand die momentane Schwäche der Regierung ausnutzt, müssen wir gewappnet und gut aufgestellt sein."

„Verstanden, Sir." Pendergast unterbrach die Verbindung, ihr Abbild erlosch.

„Als Nächstes ..." Das Schott glitt zur Seite. „Ich habe doch Anweisung gegeben, dass wir nicht gestört werden wollen!"

Eine Gruppe aus zwei Frauen und einem Mann trat ein. Sie alle trugen Uniformen der Space Navy, obwohl Yoshio ihre Gesichter nicht zuordnen konnte.

„Was gibt es denn?" Er warf den Dreien nacheinander durchdringende Blicke zu, die er sich normalerweise für Untergebene aufsparte, die seine Zeit sinnlos vergeudeten.

Keiner der drei Offiziere antwortete. Stattdessen sagte der Mann zu seinen beiden Begleiterinnen: „Sjöberg, Pendergast und Jansen fehlen."

„Ich leite die Information weiter." Eine der Frauen begann damit, bedächtig in ihren Hand-Com zu sprechen.

„Was, verdammt noch mal, soll das?!" Yoshio sprang auf.

Die Drei betätigten synchron ein Symbol auf ihrem Hand-Com, worauf sich die Farbe ihrer Augen änderte. Noch während er sich fragte, warum sie altmodische Kontaktlinsen trugen und diese nun deaktivierten, begann er zu begreifen.

Alle drei besaßen eine tiefblaue Iris.

„Oh Gott", sagte irgendjemand.

Die drei Eindringlinge in Uniform zogen ihre Pulser, die sie laut Vorschrift auf der Station gar nicht tragen durften, legten an und betätigten die Auslöser.

Energetisch geladene Partikelpulse schossen durch den Raum und löschten zielsicher jedes Leben aus. Als die übrigen Admiräle tot in ihren Sitzen hingen, und Yoshio als Einziger noch stand, begriff er, dass es sich bei dem Tod des Finanzministers keinesfalls um ein Einzelattentat handelte. Seine Gedanken fokussierten sich zielsicher auf einen Mann: Admiral Juri Michalew.

Verdammter Dreckskerl.

Alle drei Assassinen, die er aufgrund ihrer blauen Augen dem Ketaria-Bund zuordnete, legten auf ihn an. Sie schenkten ihm ein Nicken zum Abschied, dann betätigten sie den Auslöser. Drei Energiesalven schlugen in seinen Oberkörper ein und löschten sein Denken für immer aus.

Admiral Juri Michalew nahm die Meldung seiner Assassinen wütend entgegen. Sie hatten zwar wie erwartet gute Arbeit geleistet, doch eigentlich sollten Pendergast und Jansen auch an Bord von SOL-22 sein. Sjöberg war die Schnittstelle zur Regierung, doch der war unauffindbar, weshalb Jansen seinen Platz eingenommen hatte.

Juri lehnte sich in seinem Konturensessel zurück und atmete langsam ein und aus. Er konnte es selbst kaum fassen, dass er den großen roten Knopf tatsächlich betätigt hatte. Seine Leute, die er über die vergangenen Jahrzehnte positioniert hatte, wurden allesamt aktiv. Sie schalteten die Regierung und die Spitze der Space Navy aus. Die wichtigsten Posten fielen damit automatisch an seine Getreuen und so auch die damit einhergehende Macht. Zuerst kam das Chaos, aus dem er dann eine neue Ordnung schuf.

Michael Furlan, der Innenminister, versorgte ihn mit denjenigen Informationen aus dem inneren Kreis der Präsidentin, die Juri dringend benötigte. Bisher lief - sah man von Pendergast und Jansen ab - alles nach Plan. Er beugte sich nach vorne, betätigte einige Icons auf seiner Konsole und sagte: „Gehen Sie über zu Phase 2.“

Präsidentin Ione Kartess starrte entgeistert auf ihren Adjutanten, der ihr die Neuigkeiten ins Ohr geflüstert hatte. „Ist das bestätigt?“

Er nickte.

„Meine Damen, meine Herren“, sagte die Präsidentin. „Es scheint, als habe es soeben ein weiteres Attentat gegeben. Der Rat der Admiralität wurde angegriffen.“ Bei ihren Worten riss Isa Jansen, die zierliche blonde Offizierin, entsetzt die Augen auf. „Laut den mir vorliegenden Informationen kamen dabei alle Admiräle, die sich auf SOL-22 befanden ums Leben - die Stationssicherheit fand sie tot im Konferenzraum.

Gleichzeitig kam es zu Attentaten auf anderen Welten der Solaren Union. Wir haben es hier mit etwas weitaus Größerem zu tun als bisher angenommen."

Jansen starrte sie mit offenem Mund an, sichtlich nicht in der Lage zu begreifen, was gerade geschehen war.

Und wer kann es ihr verdenken? Ich hätte das ja selbst nicht für möglich gehalten. Sie schüttelte fassungslos den Kopf. *Dafür ist Michalew verantwortlich, eine andere Erklärung gibt es nicht. Das muss von langer Hand vorbereitet worden sein.*

„Wer hat überlebt?", fragte Verteidigungsminister Collin O'Sullivan kreidebleich. „Yoshio?"

Ione schüttelte den Kopf. „Admiral Jansen befand sich ja glücklicherweise in unserer Runde." Dabei deutete sie auf die Blonde. „Santana Pendergast befehligt die Heimatflotte und war nur als Hologramm zugeschaltet, bevor das Attentat stattfand. Die Admiräle Sjöberg und Michalew sind unauffindbar."

„Michalew", echote O'Sullivan. „Das trägt seine Handschrift."

„Halten wir uns mit vorschnellen Verdächtigungen zurück", warf Innenminister Michael Furlan ein. „Bisher gibt es keine Beweise für eine Beteiligung des Admirals. Wir benötigen Fakten, um dieses Problem in den Griff zu bekommen."

„Und dafür müssen wir das Chaos erst einmal beseitigen", sagte Ione entschieden. Alle Augen richteten sich auf sie. Sie lehnte sich kurz zurück und überdachte die Optionen. „Collin, verlegen Sie die Flotte an den Rand des Systems."

„Aber Madame Präsident ..."

Sie ließ ihn nicht aussprechen. „Der Verantwortliche für diese Geschichte benötigt nur *einen* Vertrauten auf *einem* Schiff hinter der Waffenkonsole, um uns alle ins Nirwana zu blasen. Das ist kein Risiko, dass ich eingehen werde. Die Space Navy verteidigt uns nach außen, die Polizeikräfte im Inneren. Und einstweilen will ich jedes Raumschiff außerhalb der Waffenreichweite eines Planeten wissen."

„Verstanden."

„Michael", sie wandte sich an den Innenminister. „Ab sofort steht die Solare Union unter Kriegsrecht. Kommunizieren Sie das an die Kolonien."

Die Ministerin für Öffentliche Information war die Letzte im Bunde. „Svea, erklären Sie der Presse, dass radikale Kräfte versuchen, die Regierung zu destabilisieren. Wir benötigen die Unterstützung der Medien in dieser Sache, die dürfen die Panik nicht noch weiter schüren."

Ein Blick auf ihren Sicherheitsberater ließ sie hinzufügen: „Das war bis zur Lösung dieses Problems unsere letzte persönliche Zusammenkunft. Sie werden alle mit ihren Familien an sichere Orte gebracht, damit wir kein gemeinsames Ziel mehr abgeben. Wir bleiben per Holo-Verbindung in Kontakt."

Sie beendete die Sitzung. Nach und nach verließen alle den Raum, bis Ione allein zurückblieb. Während sie schwer einatmete, blickte sie durch das Panoramafenster auf die Stadt. Sie hatte Michalew unterschätzt und musste nun den Preis dafür zahlen. Es blieb zu hoffen, dass nicht die gesamte Solare Union wegen ihres Fehlers zur Hölle ging.

2

IL HYPERION, Im Interlink-Flug, 3. Februar 2266, 07:55 Uhr

Tag 2

Lieutenant Commander Tess Kensington rieb sich müde die Augen. Sie bereute längst, dass sie es gestern so spät hatte werden lassen. Nach den Ereignissen auf der NOVA-Station hatte sie die Ablenkung einfach benötigt, was sich nun rächte. Akoskin hatte irgendwo eine Flasche Wodka aufgetrieben und so feierten sie ihre Beförderung im kleinen Kreis. Eine Feier, die sie im Nachhinein gerne weniger feuchtfröhlich und kürzer gehalten hätte.

Drei Stunden Schlaf waren nicht genug und sie spürte schon jetzt den missbilligenden Blick von Commander Ishida auf sich, wenn sie im Stundentakt gähnen musste. Und das so kurz nach der Beförderung.

Sie betrachtete sich ein letztes Mal im Spiegel. Die Uniform saß perfekt, die neuen Rangabzeichen standen ihr gut. Tess grinste. Der Rang des Lieutenant Commanders fühlte sich noch immer seltsam an – und unverdient. Ihre Kollegen nahmen es ihr scheinbar nicht übel, hatten sich im Gegenteil sogar für sie gefreut. Nach der Schlacht um NOVA war sie zu so etwas wie einer Heldin geworden, zumindest an Bord der HYPERION und der Schiffe im Pearl-System. Die Presse richtete ihr Augenmerk Gott sei Dank auf Captain Cross, worum sie ihn nicht im Geringsten beneidete. Sobald sie das Heimatsystem erreichten, würde sich die Pressemeute auf ihn stürzen, während der Rest der Crew seinen Landurlaub genießen würde.

Tess hatte einen Blick in den Plan geworfen. Die HYPERION war im Kampf so stark beschädigt worden, dass sie förmlich in Richtung Erde *humpelte.* Erst dort würde das Schiff wieder instand gesetzt werden, wofür mehrere Wochen veranschlagt waren. In dieser Zeit blieb nur eine Rumpf-Crew an Bord. Sie hatte beschlossen, gemeinsam mit Sarah einen Ausflug in den australischen Sektor zu unternehmen. Nach dem ganzen Horror brauchte sie dringend Erholung; Sonne, Strand und Meer waren genau das Richtige.

Sie schob ihre Vorfreude beiseite. Erst einmal stand ein stressiger Tag an. Wie alle anderen Offiziere ging auch sie der Reparaturcrew zur Hand, wo sie nur konnte. Es gab niemanden an Bord, der sich nicht die Hände schmutzig machte.

Gerade als sie sich umwandte, um ihr Quartier zu verlassen, glitt das Schott zur Seite. Ein Kordon aus fünf Sicherheitskräften stürmte herein und umzingelte sie.

„Was soll das?!"

Hinter seinen Leuten betrat Alpha 365 den Raum. Den Kopf leicht schief gelegt blickte der Sicherheitschef sie an. „Commander Tess Kensington, ich verhafte Sie wegen Konspiration gegen die Solare Union."

Tess erwiderte den Blick des Alphas mit gerunzelter Stirn. „Sie machen Scherze." *Er hat es herausgefunden,* begriff Tess. *Er hat mich nur in Sicherheit wiegen wollen.*

„Führt sie ab."

Tess realisierte, dass sie verloren hatte.

„Was soll das heißen: Tess Kensington wurde verhaftet?" Commander Noriko Ishida runzelte die Stirn. „Und wieso weiß ich nichts davon?"

„Es geschah vor wenigen Minuten."

„Aber *warum*?" Noriko entsperrte ihren Hand-Com. Wie alle Offiziere trug sie die hauchdünne Klebefolie auf ihrem Handrücken. Über das Touch-Display konnte sie auf verschiedene Funktionen zugreifen, die Elektronik war in der dünnen Schicht untergebracht. „Ich habe keine Informationen darüber in meinem persönlichen Speicher!“

„Frag mich nicht.“ Lieutenant Commander Giulia Lorencia, die L.I. des Schiffes, zuckte mit den Schultern. „Ich weiß nur, *dass* sie verhaftet wurde, nicht warum. Die Erklärung wollte ich eigentlich von dir.“

Sie saßen in der Kantine, um, wie jeden Morgen, ein gemeinsames Frühstück einzunehmen. Mitten im Gespräch hatte sich Giulias Hand-Com mit einem Signal gemeldet. Eine ihrer gut unterrichteten Quellen hatte über die Verhaftung von Tess Kensington geplaudert.

„Tut mir leid, aber wir müssen unser Essen verschieben.“ Noriko schob den Teller zur Seite, auf dem sich ein angebissenes Sandwich befand. „Ich muss mit dem Captain über diese Sache sprechen.“

„Natürlich. Halte mich bitte auf dem Laufenden.“

„Mach ich.“ Noriko erhob sich und verließ die Kantine. Ihr Tablett ließ sie stehen.

Der multidirektionale Lift brachte sie zur Kommandobrücke, wo Lieutenant Commander Akoskin gerade das Kommando innehatte.

„Ist der Captain in seinem Bereitschaftsraum?“

„Das ist er, Ma‘am“, bestätigte der Taktik- und Waffenoffizier. „Er und Alpha 365.“

Perfekt. „Danke.“

Sie trat auf das Schott zu und betätigte den Signalgeber. Eine Stimme erklang aus dem Lautsprecher. „Herein.“

Die Durchgangstür glitt zur Seite.

„Ah, Commander“, sagte Captain Cross. „Sie haben eine Minute und zweiundzwanzig Sekunden länger gebraucht, als von unserem Sicherheitschef vermutet.“

„Das ist bedauerlich, Sir.“ Noriko gesellte sich zu den beiden Offizieren. „Aber ich nehme an, dass Sie meine nächste Frage ebenfalls vorausahnen können.“

Der Captain bejahte. „Wir *mussten* Commander Kensington

verhaften. Setzen Sie sich. Die Erklärung wird etwas Zeit in Anspruch nehmen. Und ich fürchte, sie wird Ihnen nicht gefallen.“

3

Dreadnought TORCH, SOL-System, 8. Februar 2266, 15:00 Uhr

Tag 7

Admiral Santana Pendergast musste sich zusammenreißen, so schwer es ihr auch fiel. Nachdem die Präsidentin alle Schiffe ins Äußere des Systems verlegt hatte, flogen sie dort dauerhaft Patrouille. Noch immer konnte sie es kaum fassen, dass fast all ihre Admiral-Kollegen tot waren. Einfach so, ausgelöscht von einer Sekunde zur nächsten. Und warum? Weil dieser dämliche Hund von Michalew - wie zahlreiche Beweise, die der Geheimdienst mittlerweile zusammengetragen hatte, belegten - einen Coup d ‚Etat durchziehen wollte.

Isa Jansen dürfte relativ sicher sein, immerhin befindet sie sich im Dunstkreis der Präsidentin, überlegte sie. *Aber was ist mit Björn Sjöberg? Dass es keine Spur von ihm gibt, lässt Schlimmes vermuten.*

Während das Innenministerium Schritte eingeleitet hatte, um Michalew in die Finger zu bekommen und Jansen direkt am Geschehen beteiligt war, konnte Santana nichts tun außer warten.

Sie sah zur Seite, wo der Captain ihres Flagschiffes gebannt einen Nachrichtenkanal auf seiner Konsole verfolgte. „Gibt es etwas Neues?"

Er schüttelte den Kopf. Auf seiner Glatze spiegelten sich die Deckenleuchten. „Neu kann man das nicht nennen. Seit dem dieser ferngesteuerte Flugwagen in den Senat gesaust ist, gibt es ja kaum noch Anschlagsziele." Er deaktivierte den Kanal. „Wer tut so etwas?"

„Wie wir mittlerweile wissen, ist Michalew verantwortlich." Santana fiel es trotz allem schwer zu glauben, dass Juri tatsächlich so weit gegangen war, doch die Fakten ließen keinen anderen Schluss zu. „Gott sei Dank konnte er außer Trevor Holden niemanden von der Regierung erwischen. Und solange ich auf diesem Flagschiff sitze, wird er auch die Heimatflotte nicht kriegen.“

„Der militärische Geheimdienst veranlasst gerade einen Background-Check aller Offiziere.“

„Ich weiß. Die Herren haben mir zuallererst einen Besuch abgestattet. Es wäre ja auch übel, wenn die Heimatflotte gegen die Erde losschlägt.“ Sie gab ein wütendes Knurren von sich. „Ich hab‘ denen klar gemacht, dass ich jedes Schiff abschießen werde, das sich auf einen Vektor ins Innere des Systems aufmacht.“

„Und augenscheinlich haben die Ihnen geglaubt“, sagte er. „Bei mir waren sie auch bereits.“

Das wunderte Santana nicht. Captain Holden war ein herausragender Offizier und sie hätte jederzeit ihre Hand für ihn ins Feuer gelegt. Andererseits machte sich aufgrund der Ermittlungen und Anschläge zunehmende Paranoia bemerkbar. Wenn diese Hexenjagd so weiterging, bespitzelte bald jeder jeden und misstraute den eigenen Kameraden. Das war Gift für die Moral.

„Ma‘am“, meldete sich Tasha Yost. Die Kommunikationsoffizierin mit den schulterlangen schwarzen Haaren wirkte beunruhigt. Mit gerunzelter Stirn sah sie auf ihre Konsole und nahm Eingaben vor. „Irgendetwas stimmt hier nicht.“

„Bitte präzisieren Sie Ihre Meldung!“, forderte Captain Holden energisch. „Was genau ‚stimmt nicht‘?“

„Entschuldigung, Sir!“ Sie nickte in Santanas Richtung. „Ma‘am.“ Yost ließ sich nicht aus der Ruhe bringen, dafür war sie zu sehr Profi. „Ich habe den Kontakt zur Pasenfunk-Relaiskette verloren. Unsere Kommunikation ist damit auf das Sol-System beschränkt. Alle Schiffe, Systeme oder Stationen außerhalb sind nicht mehr erreichbar.“

Santana checkte beunruhigt ihre Konsole. „Liegt es an unserem Phasenfunk-Aggregat?“

„Der Fehler liegt nicht bei uns“, erklärte Yost. „Die Verbindung zu den übrigen Schiffen der Flotte funktioniert tadellos. Ich fürchte, die Relais-Kette hat sich deaktiviert."

Santanas Gedanken rasten. Es war nicht schwer zu erraten, wer dafür verantwortlich war. Ihr wurde ganz schlecht, als sie an die Folgen dachte. Was ohne eine koordinierende zentrale Instanz alles geschehen mochte, war nicht abzusehen.

„Benachrichtigen Sie SOL-22 und Admiral Jansen im Präsidentenpalast", befahl Santana. Sie wandte sich an Marietta Singh, die Sensoroffizierin mit den raspelkurzen braunen Haaren. „Wie sieht es bei den anderen Schiffen aus?"

„Sie behalten ihre Formation bei, Ma'am."

Irgendetwas stimmt nicht. Ihre Hände waren schweißnass und eine innere Stimme warnte sie vor Gefahr. Doch aus welcher Richtung wollte Michalew zuschlagen? Besaß er womöglich eigene Schiffe?

„Ma'am, ich habe eben eine Routineanfrage zum Maschinenraum gesendet", sagte Yost. „Ich erhalte keine Antwort."

Bevor Santana etwas erwiderten konnte, griff ihr I.O. in das Seitenfach seines Sitzes und holte daraus einen Pulser hervor. Gleichzeitig sprang Lieutenant Singh auf. Auch sie war bewaffnet.

Ihr I.O. fletschte die Zähne, auf seinem Gesicht lag ein diabolisches Grinsen. „Ich fürchte, Admiral, die Space Navy verliert heute noch ein paar Offiziere mehr." Mit diesen Worten drückte er ab.

„Es wird alles gut. Du musst keine Angst haben, mein Schatz", flüsterte Ivy immer wieder. Als könnte sie ihren Sohn so vor jeder Gefahr beschützen, presste sie Tim an sich.

Collin O'Sullivan atmete auf, als sie endlich das sichere Gebäude erreichten. Als Verteidigungsminister gehörte er zu den wahrscheinlichsten Anschlagszielen von Michalews Leuten. Ein Team aus Sicherheitsoffizieren brachte ihn, Ivy und Tim aus der Schusslinie.

Euch wird nichts passieren, schwor er sich lautlos.

Die Sicherheitskräfte bildeten ein Kordon um sie herum, geleiteten sie so zum Haus. Die Tür war aus gehärtetem Titan, wie auch der Rest des Gebäudes. Ein Phasenfunkmodul, ein Schutzschild sowie ein Raketenabwehrsystem machten aus dem Haus eine Festung.

Gemeinsam mit ihnen traten die Wachen ein. Ein kurzer, aber gründlicher Check wurde durchgeführt.

„Alles sauber", kam die Klarmeldung.

Collin atmete auf. Die Sicherheitskräfte verteilten sich um das Haus herum, die Tür schloss sich.

„Es tut mir leid", sagte er zu seiner Frau. „Ich wünschte, ich müsste euch das alles hier nicht zumuten."

„Red' keinen Unsinn." Ivy hauchte ihm einen Kuss auf die Lippen. „Nicht du bist dafür verantwortlich. Ich bringe Tim ins Bett."

„Mach das."

Während sie nach oben ging, wo sich das Kinderzimmer befand, fuhr er mit dem Lift in das unterirdische Geschoss. Hier lag Collins Ersatzbüro, mit einem direkten Zugriff auf die wichtigsten Datenbanken und Server. Er überprüfte den Standort der Heimatflotte. Sie befand sich noch immer im Außenbereich des Sonnensystems. Die Raketenabwehrforts waren scharf geschaltet und bildeten einen Verteidigungsperimeter. Sollte eines der Schiffe sich auf den Weg in Systeminnere machen, ohne den direkten Befehl von der Präsidentin erhalten zu haben, würde er es aus dem All blasen müssen.

Viel mehr, als die Schiffe zu überwachen, konnte er nicht tun. Für die innere Sicherheit war ein anderer zuständig.

„Er schläft."

Collin zuckte zusammen. „Erschreck mich doch nicht so."

„Tut mir leid." Ivy trat hinter ihn und begann mit einer Nackenmassage.

„Schon gut, ich bin nur ein wenig schreckhaft. Das alles ist so unfassbar. Bis vor wenigen Wochen dachte ich noch, dass die Solare Union von nichts und niemandem derartig erschüttert werden kann."

„Und heute stehen wir in den Trümmern." Sie seufzte. „Ich weiß. Aber wir haben die Feinde *dort draußen* gesucht, nicht mitten unter uns."

„Es wundert mich, dass er die Schiffe der Heimatflotte bisher nicht angerührt hat. Einige seiner Mitverschwörer *müssen* einfach dort sein."

„Das sind sie", sagte Ivy. Ihre Hände schlossen sich wie Stahlklammern um seinen Hals. „Seine Leute sind überall, auch hier."

„Was tust du?" Er bekam keine Luft, versuchte, ihre Finger zu lösen - vergeblich.

„Als wir vor zehn Jahren heirateten, warst du nur ein Auftrag", sprach sie weiter, ohne auf seine Frage einzugehen. „Nach so langer Zeit dachte ich wirklich, dass dieser Tag niemals kommt. Aber nun ist er da. Pflicht ist Pflicht, das weißt du."

„Du …?", presste er fassungslos hervor. Tränen rannen über seine Wangen. Ihre Hände glichen zwei Stahlklauen, er konnte sie nicht lösen. „Aber … wir haben einen Sohn!"

„Ja, das ist bedauerlich." Sie beugte sich tiefer, flüsterte in sein Ohr: „Wir *hatten* einen Sohn. Wenn es dich beruhigt, sein Tod war schmerzlos."

Collin hatte gerade noch genug Zeit, die grausame Wahrheit zu begreifen, da bewegte Ivy - oder wer immer sie auch war - ihre Hände ruckartig. Sein Genick brach. Die Welt versank in Schwärze.

Von überall her kamen Klarmeldungen. Admiral Juri Michalew lächelte. Die vergangenen Tage waren erfolgreich gewesen. Der Senat: fast vollständig ausgelöscht. Die Regierung: größtenteils erledigt. Die öffentliche Ordnung fiel ins Chaos und die Phasenfunk-Relaiskette war außer Kraft gesetzt. Alles verlief bisher nach Plan, sah man von Isa Jansen ab, die sich noch immer in der Nähe der Präsidentin aufhielt.

Dann kommt sie eben auch zum Schluss.

Er wartete noch auf die Meldung von Captain Gus Holden, der sich um Admiral Santana Pendergast und die TORCH kümmern sollte. Bisher hatte er sich nicht gemeldet. Dabei spielte die Heimatflotte eine wichtige Rolle in seinem Plan.

Auf seinem Display färbten sich die Icons einiger Schiffe grün. Die Übernahme der Kommandogewalt durch seine Männer und Frauen hatte geklappt. Die TORCH gehörte leider noch nicht dazu. Er lehnte sich zurück und wartete.

4

IL HYPERION, Im Interlink-Flug, 8. Februar 2266, 10:15 Uhr

Tag 7

Captain Jayden Cross nippte vorsichtig an seinem Vi-Ko-Drink, sog scharf die Luft ein, als er sich die Lippen verbrannte, und schob die Tasse wütend zur Seite. „Uns läuft die Zeit davon."

„Das ist mir bewusst, Sir." Alpha 365 saß auf dem Besucherstuhl des Bereitschaftsraums des Captains, die Beine übereinandergeschlagen. „Bisher schöpft die Crew noch keinen Verdacht, was unseren Plan angeht. Durch die Zerstörungen, die wir bei der Schlacht um NOVA davongetragen haben, wurde der Energiespeicherring beschädigt und wir können nicht mit voller Interlink-Geschwindigkeit reisen."

„Nichtsdestotrotz erreichen wir bald die Erde. Ich kann unsere Ankunft nicht noch länger verzögern, die Admiralität erwartet uns. Wir müssen den Verräter vorher enttarnen, andernfalls steht uns eine hässliche Zeit bevor.

Sie waren es doch, der mich davon überzeugt hat, dass seine Flucht kurz bevorsteht."

„Das vermute ich noch immer. Natürlich bin ich trotz meines überlegenen Intellekts nicht perfekt.»

„Eine meiner besten Offizierinnen sitzt seit mehreren Tagen in der Arrestzelle, obwohl sie gar nicht der Verräter sein kann. Ich hoffe sehr, dass der echte Übeltäter bald erneut zuschlägt, sobald er sich ausreichend in Sicherheit wiegt. Es gelingt Ihnen dann hoffentlich, ihn zu fassen. Die Dokumente sind lanciert?"

„Ich habe die Dokumente so gespeichert, dass sie zweifellos seine Aufmerksamkeit erregen werden. In ihnen wird von einer umfassenden Untersuchung gesprochen, die nach unserer Rückkehr durchgeführt wird. Er muss also in irgendeiner Form handeln.

Bitte bedenken Sie jedoch, Sir, dass es keine hundertprozentige Garantie gibt. Wenn der Verräter einen Virus oder eine K.I. benutzt, muss er nicht selbst anwesend sein, um das System zu manipulieren. In diesem Fall können wir niemanden vollständig ausschließen.

Nur, wenn wir davon ausgehen, dass sich die gesuchte Person bei allen Manipulationen an Bord befand und diese selbst durchgeführt hat, können wir einzelne Offiziere von der Verdächtigenliste streichen."

Jayden führte seine Tasse zum Mund und nippte erneut vorsichtig an dem Getränk. Der künstliche Schokoduft stieg ihm in die Nase, was sofort eine beruhigende Wirkung auf ihn hatte. „Das ist mir bewusst. Wenn unser gesuchter *Freund* technische Hilfsmittel einsetzt, befindet er sich vielleicht gar nicht mehr an Bord. Es könnte ein Werftarbeiter gewesen sein oder ein Admiral, der Zugriff auf das System hatte."

Alpha 365 nickte. „Da wir jedoch irgendwo anfangen müssen, habe ich unter der Prämisse, dass der oder die Gesuchte an Bord war, als die Manipulationen erfolgten, mehrere Personen ausgeschlossen. Wie Sie wissen, gehört Commander Kensington dazu. Sie befand sich auf NOVA, als die HYPERION gegen das feindliche Schiff kämpfte und das Signal an einen der Angreifer gesendet wurde."

Jayden bejahte. „Damit sind Sie selbst ebenfalls von jedem Verdacht befreit, da Sie sich zu diesem Zeitpunkt bei Lieutenant Walker und später auf der Kommandobrücke aufhielten. Doktor Petrova und Doktor Tauser befanden sich auf Pearl und haben nur durch ein Wunder überlebt. Die beiden schließe ich ebenfalls aus."

„Ebenso kann ich *Sie* ausschließen, Sir, da Sie sich nicht an Bord befanden, als wir das rentalianische Schiff im Kartas-System angriffen."

„Das beruhigt mich", sagte Jayden trocken. „Leider bleiben noch eine Menge Offiziere übrig. Selbst wenn wir die Verdächtigen, wie von Ihnen vorgeschlagen, auf die Crew des Maschinenraums und der Brücke begrenzen."

„In der Tat. Ich konnte bereits zahlreiche Sekundäroffiziere aufgrund der Personalrotation, ihres Hintergrunds oder ihrer Abwesenheit in bestimmten Situationen ausschließen. Der Kreis wird kleiner."

„Genau wie unser Zeitfenster. Ich will hier nicht den Pessimisten spielen, aber ich möchte es vermeiden, diese Sache dem Militärischen Abschirmdienst zu übergeben. Die durchleuchten jeden Einzelnen von uns, und das über Monate hinweg."

„Dem stimme ich zu, Sir. Auch ich würde diese Situation gerne vermeiden. Doch meine Vermutung, dass der Verräter etwas plant, beruht auf logischen Fakten. Im Verlauf meiner Recherche bin ich mehrmals auf deutliche Hinweise gestoßen, dass Commander Kensington hinter alldem steckt. Diese ‚Beweise' wurden sehr geschickt in die von mir analysierten Daten eingebettet."

„Jemand wollte also entweder Commander Kensington aus dem Weg haben oder Ihre Recherchen unterbinden?"

„Ich vermute Letzteres. Sobald der oder die Unbekannte den nächsten Schritt gemacht hat, können wir Miss Kensington aus der Arrestzelle holen. Ich empfehle dringend, dies nicht zu übereilen."

„Schon klar." Jayden sah gedankenverloren auf den dünner werdenden Dampf, der aus seiner Tasse stieg. „Kümmern Sie sich weiter um diese Sache und halten Sie mich auf dem Laufenden."

Alpha 365 erhob sich. „Das werde ich tun, Sir."

„Ishida an Captain Cross", erklang die Stimme seiner I.O. aus dem Interkom.

„Cross hier. Was gibt es, Commander?"

„Sir, bitte kommen Sie umgehend auf die Kommandobrücke. Wir haben ein Problem."

„Wann haben wir mal keines? Ich bin unterwegs."

Da der Bereitschaftsraum direkt an die Brücke angrenzte, hatte Jayden es nicht weit. Seine I.O. stand auf dem leicht erhöhten Kommandopodest, auf dem die Kontursessel des Captains und des ersten Offiziers aufragten. Angespannt starrte sie in den Holotank, der sich im Zentrum des Raumes erhob.

Die Primärkonsolen waren rund um den Holotank angeordnet, die entsprechenden Offiziere saßen dahinter; starrten nicht minder verwundert auf die Anzeige, als er.

„Was gibt es?" Jayden ließ sich auf seinem Sessel nieder, loggte sich in seinen Kommandoaccount ein und besah sich nebenbei die Anzeige. „Was ist das für ein Sonnensystem?"

Seine I.O. sank neben ihm in ihren Kontursessel. „Das, Sir, ist eine gute Frage. Lieutenant Nurakow überprüft das gerade." Sie deutete auf den Vertreter von Tess Kensington, der hinter der Ortungskonsole saß. „Aber wir sind definitiv nicht einmal in der Nähe des Sol-Systems. Hätten wir keinen Zwischenstopp einlegen müssen, um den Energiespeicherring erneut aufzuladen, wären wir fröhlich weiter in die falsche Richtung geflogen."

Jayden warf dem Navigationsoffizier einen scharfen Blick zu. „Lieutenant Task, können Sie mir das erklären?"

„Tut mir leid, Sir. Ich kann Ihnen nicht sagen, wie es zu so etwas kommen konnte." Task wirkte verwirrt, während er auf seine Konsole starrte. „Der Kurs wurde korrekt eingegeben und vom Computer akzeptiert. Wir dürften gar nicht hier sein."

Mit zusammengebissenen Zähnen zischte Jayden seiner I.O. leise zu. „Ich habe die Schnauze endgültig voll!" Er warf dem Alpha, der am Eingangsschott Position bezogen hatte, einen Blick zu. „Legen Sie los."

Der Sicherheitschef nickte und verließ die Kommandobrücke. Natürlich hatten er und der Alpha vermutet, dass der Verräter wieder zuschlug, doch Jayden hatte auf einen Funkspruch oder ein ausgesandtes Bergungssignal gehofft, nicht auf etwas

Derartiges.

„Ich habe Commander Lorencia bereits damit beauftragt herauszufinden, was vor sich geht. Ein so umfangreicher Eingriff muss im System seine Spuren hinterlassen haben. Wenn wir das Schlupfloch finden, das dafür benutzt wurde, können wir es auch schließen."

„Das will ich hoffen. Kommen wir in der Zwischenzeit hier weg?"

Ishida schüttelte den Kopf. „Wir mussten den Interlink-Flug unterbrechen, weil wir keine Energie zum Weiterflug mehr besitzen. Vor einem erneuten Flug muss der Speicherring aufgeladen werden."

Jayden atmete schwer aus. „Lieutenant Nurakow, schleusen Sie Sensorplattformen aus, die uns rechtzeitig vor unliebsamen Gästen warnen. Commander Akoskin, führen Sie eine Taktikberechnung durch und bereiten Sie sich auf einen Kampf vor."

„Sir", sagte seine I.O. leise. „Die HYPERION ist momentan ein fliegender Trümmerhaufen. Wir haben kaum noch Torpedos, der Laser funktioniert nur mit gutem Zureden und die Schilde ... ich will gar nicht weiterreden. Wenn wir angegriffen werden, sind wir chancenlos. Wir können nicht einmal improvisieren."

„Ich weiß. Aber das auszusprechen wird der Moral nicht gerade zuträglich sein. Ich will ..." Ein rot blinkendes Signal erschien auf seiner Konsole, machte ihn auf eine eingegangene Nachricht aufmerksam.

Jayden öffnete sie. Beunruhigt überflog er die Zeilen.

„Sir?" Seine I.O. sah ihn von der Seite an. „Stimmt etwas nicht?"

„Ich habe eine Nachricht von der nächstgelegenen Phasenfunk-Station erhalten. Die K.I. hat unser Signal aufgefangen und eine automatische Statusmeldung generiert. Das Relais-Netz ist deaktiviert. Anscheinend wurde es flächendeckend abgeschaltet."

Ishida riss die Augen auf. „Aber wieso? Was ist da passiert?"

„Ich weiß es nicht", sagte Jayden, während er versuchte, seinen rasenden Puls zu beruhigen. „Diese Nachrichten werden im Ernstfall automatisch generiert. Da wir im Verlauf unseres Fluges wegen der verdammten Beschädigungen keinen Kontakt zum Phasenfunk-Netz hatten, bekamen wir automatisiert die notwendigsten Informationen mitgeteilt. Den anderen Schiffen wird es ähnlich ergehen."

„Hängen Befehle mit an?"

„Position halten, falls keine anderslautenden Order vorliegen. In unserem Fall hat Admiral Sjöberg aber anders entschieden, wie Sie wissen. Wir begeben uns schnellstmöglich zurück zur Erde."

„Als er diese Befehle gab, wusste er noch nicht, ... nun ... was auch immer geschehen ist."

„Nein, aber das spielt keine Rolle." Jayden ließ die Nachricht von seinem Display verschwinden. „Wir kehren gemäß der erhaltenen Order zurück, dann sehen wir weiter."

„Was auch immer vor sich geht, ich fürchte, die Space Navy muss noch eine ganze Weile ohne uns auskommen, Sir. Wir werden so schnell nirgendwohin fliegen."

Alpha 365 berührte das Icon für die Zellenversiegelung. Geschmeidig fuhr das transparente Schott zur Seite.

„Sie können gehen, Commander", sagte er.

Tess erhob sich, trat auf den Sicherheitschef zu und fragte: „Es hat also funktioniert?"

„In der Tat."

Tess nickte. Ihr anfängliches Entsetzen über die Verhaftung war aus der Angst entstanden, dass der Sicherheitschef die wahre Identität von Zev Buckshaw aufgedeckt haben könnte, der immerhin unter falschem Namen in der Space Navy diente. Sollte das der Admiralität zu Ohren kommen, würde sie sich vor einem Militärgericht wiederfinden. Der Alpha hatte ihr erklärt, dass es einen Saboteur an Bord gab, er und der Captain sie aber aus dem Kreis der Verdächtigen ausschlossen. Man hatte sie in diese Zelle geworfen, um den wahren Schuldigen aus seinem Versteck zu locken. Im Nachhinein hatte es sich als Glücksfall erwiesen, dass sie sich zum Zeitpunkt der Schlacht um die NOVA-Station auf dieser befunden hatte. Sie war damit von jedem Verdacht befreit.

Sie trat durch das geöffnete Schott. „Was ist passiert?"

„Das Schiff ist mitten im Nirgendwo aus dem Interlink gekommen", sagte der Alpha gelassen. „Da wir aktuell keine Energie mehr besitzen, um weiterzufliegen, sitzen wir vorerst hier fest."

In derartigen Situationen beneidete Tess den Sicherheitschef um das Fehlen jeglicher Gefühle. Das Schiff hatte gerade eine Schlacht hinter sich und konnte eine zweite nicht überstehen. Auf die damit einhergehende Angst hätte sie gerne verzichtet.

Reiß dich zusammen, Lieutenant Commander *Kensington*, befahl sie sich selbst. „Also gut, wer ist es? Wer ist verantwortlich für diesen ganzen Mist?"

„Das konnten wir bisher noch nicht eruieren", gab der Alpha zu. „Einmal mehr führen die Spuren ins Nirgendwo. Doch eine derartig gravierende Manipulation kann nicht spurlos durchgeführt werden. Wir finden den Verantwortlichen."

„Die Frage ist nur, ob uns das noch etwas bringt. Der oder die Unbekannte hat unser Ziel nicht umsonst geändert."

„Davon ist auszugehen."

„Was denken Sie?" Tess versiegelte die Zelle wieder.

„Vermutlich gibt es in diesem System einen Rendezvous- oder Bergungs-Punkt. Der Verräter will verschwinden, da er schon bei NOVA befürchten musste, dass wir ihn entdecken. Dass wir die Diskrepanz in den Sensor-Logs bemerkt haben, wird er mittlerweile wissen. Bedauerlicherweise verwischt ein so kompetenter Spion aller Wahrscheinlichkeit nach seine Spuren auf endgültige Weise, wenn er seinen Auftrag beendet."

„Sie glauben, er will das Schiff zerstören?"

Alpha 365 bejahte. „Er oder sie wird die HYPERION vernichten, da bin ich sicher. Zweifellos wurden alle wichtigen Daten aus dem Speicher extrahiert. Und diese Geschichte mit den Fraktalen ..." Sein Blick glitt ab in eine unbestimmte Ferne. „Wir haben unsere Schuldigkeit getan."

„Das sind viele Schlussfolgerungen auf der Grundlage weniger Fakten."

Er tippte sich an die Schläfe. „Ich sehe manche Dinge schneller als alle anderen."

„Natürlich, ich vergaß. Sie sind Spürhund, Wachhund und Kampfhund in einem."

„Das sollte vermutlich ein Kompliment sein."

Tess lachte auf. „In der Tat. Ich mache mich auf den Weg zur Kommandobrücke."

„Ich denke, das ist nicht nötig. Lieutenant Nurakow macht sich ganz gut an der Ortungskonsole. Sie werden woanders gebraucht."

Tess runzelte die Stirn. „Wo?"

Er sagte es ihr.

5

SOL-System, Dreadnought TORCH, 15. Februar 2266, 14:10 Uhr

Tag 14

Lieutenant Tasha Yost blickte müde von der Kommunikationskonsole auf. Ihr Gesicht besaß die Farbe echter Milch, im Kontrast dazu standen ihre dunklen Augenringe. „Ma'am, ich erhalte soeben Nachricht von Commander Gold. Die aufständischen Marines konnten von den Loyalisten aufgehalten werden. Abgesehen vom Maschinenraum besitzen wir wieder die Kontrolle über die TORCH."

Santana atmete erleichtert auf. Die vergangenen Tage waren in ein Gemetzel ausgeartet. Captain Gus Holden und Lieutenant Marietta Singh waren in ihrem Versuch gescheitert, die Kommandobrücke zu übernehmen. Leider hatten sie zuvor Markus Pale, den Taktik- und Waffenoffizier sowie die Navigatorin, Diana Sun, getötet. Nur den Reflexen von Lieutenant Yost verdankte Santana ihr eigenes Leben. Die Offizierin hatte mittels einer Notfallschaltung das Prallfeld um Santanas Sitz aktiviert, wodurch der Partikelstrahl aus Holdens Pulser abgehalten worden war. Im darauffolgenden Kampf war der Captain gefallen, ebenso wie Lieutenant Singh.

Auf dem ganzen Schiff war gekämpft worden und Santana begriff noch immer nicht recht, wie Michalew das gelungen war. Wie lange plante er diese Übernahme schon? Auf den anderen Raumern der Heimatflotte geschah Ähnliches. Einige Crews schienen weniger Glück gehabt zu haben als die der TORCH. Von den achtzig im System stationierten Raumschiffen hatten dreißig die Formation verlassen, um sich im Abstand von einer halben AE zu sammeln. Mit deren Loyalität konnte Santana wohl nicht mehr rechnen.

„Sagen Sie Alpha 225, dass der Maschinenraum höchste Priorität genießt.“ *Nicht, dass er das nicht sowieso weiß.* „Machen Sie ihm deutlich, dass wir die Kontrolle zurückerhalten *müssen*.“

Wer konnte schon wissen, wie lange die abtrünnigen Schiffe noch Ruhe gaben? Sie mochten jeden Moment angreifen, um die verbliebenen Loyalisten auszuschalten.

Ein Signal auf ihrer Konsole riss sie aus den Gedanken. Da sie das Brückenschott versiegelt hatte, konnte niemand ohne ihre ausdrückliche Erlaubnis eintreten. „Was gibt es, Fähnrich?“

Ein junger Mann mit rotblondem Kurzhaarschnitt blickte in das Aufnahmefeld der Schottkamera. „Ma‘am, ich bringe das Ergebnis der Untersuchung.“

Santana führte einen kurzen Scan durch. Während außerhalb der Kommandobrücke mittlerweile jeder Waffen trug, um sich gegen die Verräter zu verteidigen, waren Pulser auf der Brücke untersagt. Fähnrich Bai Yun war sauber, wie das Ergebnis des Scans bewies.

Santana öffnete das Schott, worauf der Mann aus dem koreanischen Sektor der Erde mit energischen Schritten zu ihrem Konturensessel gelaufen kam.

„Ma‘am, es ist mir gelungen die persönlichen Daten von Captain Holden zu dechiffrieren“, sagte Yun.

„Gute Arbeit, Fähnrich“, lobte Santana. „Commander Gold war jedoch ein wenig schneller und hat mich bereits informiert. Es konnten keine Hinweise gefunden werden.“

„Das ist nicht korrekt.“ Er reichte ihr ein Datenpad. „Ich wollte die Ergebnisse nicht über das interne Datennetz übertragen, daher habe ich sie auf das Pad überspielt.“

Santana nahm das flache Gerät entgegen. „Geben Sie mir eine Zusammenfassung.“

„Ich fand diverse Nachrichten im Speicher des Commanders, die von einem Systemverteiler stammen. Es ist mir gelungen, die Datenspur zurückzuverfolgen und die Verschlüsselung auszuhebeln. Holden gehörte zu einer Gruppe aus Verschwörern, die Admiral Michalew dabei unterstützen, die Regierungsgewalt an sich zu reißen."

„Das kommt nicht überraschend", sagte Santana. „Selbst der letzte Idiot muss mittlerweile begriffen haben, was hier vor sich geht." Sie legte das Pad zur Seite. „Fähnrich, das war gute Arbeit. Es geschieht selten, dass jemand besser als der I.O. ist, wenn es um Datenextraktion geht."

„Das bin ich nicht."

„Keine Bescheidenheit. In der aktuellen Situation haben Sie unter Hochdruck gearbeitet und Erstaunliches zuwege gebracht."

Fähnrich Yun atmete hörbar aus. Es fiel ihm sichtlich schwer, weiterzusprechen. „So habe ich das nicht gemeint, Ma'am. Dem I.O. ist es ebenfalls gelungen, die Spur zurückzuverfolgen."

Santana runzelte die Stirn. „Da hat er mir etwas anderes mitgeteilt." In ihrem Inneren breitete sich eine böse Ahnung aus, begleitet von einer tiefgehenden Kälte. «Sie wollen mir damit aber nicht sagen, dass Commander Gold zu Michalews Leuten gehört.»

Der Fähnrich schüttelte den Kopf. „Nein."

Santana atmete auf.

„Aber er wird von anderer Seite unter Druck gesetzt."

Als Yun schwieg, schlug sie mit den Fäusten auf ihre Armlehnen und funkelte den Offizier durchdringend an. „Dort draußen wartet eine Flotte, die uns möglicherweise in Kürze angreift. Auf den Schiffen wird allerorts gekämpft und ich habe noch immer nicht die Kontrolle über die TORCH zurückerlangt. Der Phasenfunk ist gestört; auf der Erde geschieht wer weiß was. Fähnrich Yun, reden Sie Klartext, und zwar schnell!"

„Commander Golds Frau ist eine Datenkryptologin beim Militärischen Abschirmdienst. Vor einiger Zeit untersuchte sie gewisse *Vorfälle* im Flottennetzwerk. Die Details sind aktuell unwichtig, doch sie stieß dabei auf ein zweites, geschlossenes Netzwerk.

Technisch gesprochen ist es von den Phasenfunk-Servern, die für das Galaktische Netz verwendet werden, völlig separiert, nutzt stattdessen eine alte Technik aus der Zeit vor der Einheit."

„Ich bin nicht ganz unbewandert, wenn es um militärische Geschichte geht, also sprechen Sie weiter."

„Man nannte das Konstrukt damals Internet. Es ist ähnlich dezentralisiert wie das heutige GalNet, arbeitet aber mit einer viel geringeren Bandbreite. Als man nach der Einheit die alten Strukturen aufgab, blieben einige Server zurück, da man eine höchstmögliche Kompatibilität gewährleisten wollte."

„Verstanden."

Fähnrich Yun nickte beeindruckt. „Es gibt ein Konglomerat aus industriellen, militärischen und politischen Personen, die sich zusammengeschlossen haben und diese Technik als Mittel zur Kommunikation verwenden.

Golds Frau nannte es das ‚Schattennetz'. Es wurde von Admiral Sjöberg mit aufgebaut. Einige Tage später verschwand sie. Laut den Daten befindet sie sich in der Gewalt dieser Leute, damit Commander Gold stillhält."

Santana schloss die Augen. „Sie haben es geschafft, ich bekomme eine Migräne. Wovon zum Teufel sprechen Sie? Sjöberg ist aller Wahrscheinlichkeit nach tot. Seit Tagen hat niemand mehr etwas von ihm gehört."

Yun deutete auf das Pad. „Sie sollten es wirklich selbst lesen."

Santana griff nach dem Pad und vertiefte sich in den Bericht. Auf der Brücke herrschte angespanntes Schweigen, die meisten Blicke waren mehr oder minder direkt auf sie gerichtet.

Mit jeder Zeile, die sie las, hatte sie das Gefühl zu fallen. Als Santana die angehängten Protokolle und Auswertungen, Datenlogs und Nachrichten überflog, hatte sich in ihrem Schädel ein pochender Kopfschmerz manifestiert.

„Wer weiß hiervon?"

„Bisher niemand."

Sie legte das Pad beiseite und überdachte fieberhaft ihre Optionen - viele waren nicht geblieben. Eines stand fest: Dieser Kampf war verloren. Selbst wenn sie Michalew - bei dem es sich wahrscheinlich nur um eine Galionsfigur handelte - besiegten, konnten sie nichts mehr retten. Nicht ohne eine starke Flotte, Kontakt zu den richtigen Organen und Helfern in hohen Positionen.

„Ma'am", meldete sich Lieutenant Yost. „Soeben wurden Störsender aktiv, die den Phasenfunk auch innerhalb des Sonnensystems unterbinden."

Man hat Bai Yuns Eindringen in dieses Schattennetzwerk *entdeckt.* „Also gut, hören Sie mir genau zu, Fähnrich. Sie holen sich eine Gruppe Marines, fliegen mit einem Shuttle von außen an den Maschinenraum heran und sprengen ein Loch in die Hülle."

„Aber Ma'am, das wird alle, die sich dort befinden, ins All blasen - auch die Geiseln."

Santana hasste sich für ihre nächsten Worte. „Sie haben meinen Befehl gehört. Tun Sie es. Ich will die Kontrolle über den Maschinenraum schnellstmöglich wiederhaben."

„Aye, Ma'am."

„Wegtreten." Während der Fähnrich die Kommandobrücke verließ, wandte sie sich an Tasha Yost. „Lieutenant, stellen Sie mir mittels gerichteten Lasern eine verschlüsselte Verbindung zu jenen Schiffen her, die noch über eine funktionierende Kommunikation verfügen." Sie winkte einen auf der Brücke stationierten Marine heran. „Private Kressner, Sie stellen einen Trupp zusammen. Schnappen Sie sich Commander Gold und schaffen Sie ihn in eine Arrestzelle. Danach betäuben Sie Alpha 225."

„Ma'am?" Kressner sah sie an, als hätte sie den Verstand verloren. „Der Sicherheitschef steht doch auf unserer Seite."

Sie warf ihm einen eiskalten Blick zu. „Keine Fragen! Sie setzen den Alpha in eine Rettungskapsel und schleusen diese aus. Sie haben sechzig Minuten."

„Aye, Ma'am."

Er wandte sich um und stapfte davon.

Normalerweise war die Aufgabenverteilung klar geregelt. An Bord sorgte das Sicherheitsteam unter dem jeweiligen Alpha für die interne Sicherheit, während die Marines für Außeneinsätze herangezogen wurden. Es hatte allerdings den Anschein, als müsste sie die Regeln dieses eine Mal umgehen. Die Perfidität des Plans von Sjöberg war tatsächlich grenzenlos. Er benötigte nicht einmal eigene Leute auf den Schiffen, keine versteckten Agenten oder sonst etwas. Er wartete einfach ab, bis er gemäß der geltenden Verfassung die Befehlsgewalt an sich reißen konnte. Sobald das geschehen war, mussten alle Offiziere seinen Befehlen folgen - die Alphas an vorderster Front, da sie genetisch bedingt dafür designt worden waren.

Ich hätte mir nie träumen lassen, dass ausgerechnet die loyalsten Offiziere zu einem Problem werden könnten.

„Lieutenant Özenir", wandte sie sich an den neuen Navigator. „Bereiten Sie einen Fluchtkurs vor, der uns aus dem System führt."

Der Offizier aus dem türkischen Sektor der Erde wirkte nervös, als er ihren Befehl bestätigte und zaghaft den Kurs eingab. Die verbliebenen Männer und Frauen der Brückencrew schwiegen, obwohl Santana auf ihren Gesichtern die unausgesprochene Frage las: Was zur Hölle sollte das Ganze?

Sie würden sich noch eine Weile gedulden müssen. Erst wenn dieser Schlamassel ausgestanden war, konnte sie ihnen alles erklären. Andernfalls machte es sowieso keinen Unterschied.

Admiral Björn Sjöberg besah sich die Erfolgsmeldungen, die von überallher an Juri Michalew geleitet wurden, auf dem Monitor. Lächelnd stellte er fest, dass alles exakt nach Plan verlief. Ein Großteil der Regierung war ausgeschaltet, in der Flotte herrschte Chaos, die Kommunikation zu den Kolonien war unterbrochen.

Michalew dachte noch immer, dass er die Kontrolle besaß

und die Ereignisse nach *seinem* Plan verliefen. Sollte er nur - Björn hatte nicht umsonst Jahrzehnte Geduld bewiesen. Ein paar Dominosteine mussten noch fallen, bevor er die Bühne betreten konnte, um den letzten Akt einzuleiten.

Mit zusammengekniffenen Augen betrachtete er die *Schwarze Liste*. Hier hatte er jeden einzelnen von Michalews Leuten eingetragen, egal ob sie in der Wirtschaft, der Flotte oder der Regierung zu finden waren. Es gab nichts, was ihm verborgen geblieben war. Björn lächelte.

Ein Lächeln, das verblasste, als er die neueste Meldung erhielt. Santana Pendergast hatte überlebt und die Kontrolle über ihr Flagschiff behalten. Björn fluchte. Es war unabdingbar, dass die beiden letzten Admiräle aus dem Rat - Pendergast und Jansen - ebenfalls starben. Am Ende durften nur Michalew und er übrig bleiben.

Eine weitere Nachricht machte ihn darauf aufmerksam, dass seine Leute den Phasenfunk auch innerhalb des Systems mittels Störsender hatten ausschalten müssen, da irgendjemand an Bord der TORCH in das Schattennetz eingedrungen war.

Björn fluchte lauthals. Jetzt blieb ihm keine Wahl mehr, er musste handeln. Wenn die Präsidentin irgendwie von dieser Sache erfuhr, bevor sie ihm in die Falle ging, war alles umsonst. Sein Plan fußte auf seiner Rolle als integrer Offizier, während Michalew vor der Öffentlichkeit bewiesen hatte, dass er ein Monster war.

Mit wenigen Eingaben bereitete er seinen Gleiter darauf vor den Präsidentenpalast aufzusuchen. Er musste persönlich mit Ione Kartess sprechen, wollte er sie überzeugen. Zwar glich der Palast mittlerweile einer Festung, doch dem aufrechten Björn Sjöberg würden sie ein Gespräch mit der Präsidentin nicht verweigern. Wer war der armen Frau denn noch geblieben?

Der Verteidigungsminister, tot. Der Innenminister, einer von Michalews Männern. Der Finanzminister, tot. Der Rat der Admiralität, nahezu ausgelöscht. Der Senat, zerbombt. Björn kicherte.

Zuerst hole ich mir das Schwert, dann schlage ich der Schlange den Kopf ab. Er pfiff vor sich hin, als er zu seinem Gleiter ging. *Auf zum letzten Akt.*

Svea Christensen schloss ihren Account und verstaute die Aktenmappe im Metallkoffer. Da sich das Datennetz als zu anfällig erwiesen hatte, waren zahlreiche Beamte und Minister dazu übergegangen, wieder auf altmodische Papierausdrucke zurückzugreifen.

Wenn das so weitergeht, wird die Papierindustrie aufblühen, dachte sie. *Was man von den Netzprovidern nicht sagen kann. Jeder zweite Cloud-Speicher ist nicht mehr erreichbar. Als Nächstes müssen wir noch auf Smartphones zurückgreifen.* Sie lachte bitter auf.

Sie stellte die Aktentasche neben den Schreibtisch und griff nach der Tasse mit dampfendem Schwarztee. Das Treffen mit der Präsidentin war erst in einer Stunde, sie hatte also noch etwas Zeit. Aufatmend lehnte sie sich in ihrem Konturensessel zurück und nippte an dem schwarzen Gebräu. Wenigstens für ein paar Minuten wollte sie alles andere ausblenden.

„Ihr Gleiter steht bereit“, riss sie eine Stimme aus ihren Gedanken. Es war Michelle, ihre Adjutantin.

„Danke, gehen Sie ruhig schon vor, ich komme gleich nach.“

Die junge Frau mit dem silbernen Haar nickte lächelnd. Seitdem sie im Ministerium für Öffentliche Information ihr Praktikum absolviert hatte, ging es für sie steil bergauf. Svea schätzte Michelles Kompetenz, wollte die Frau um nichts missen.

In den vergangenen Wochen hatte ihr Ministerium Newsmeldung um Newsmeldung lanciert. Vor diesem ganzen Chaos war es darum gegangen, Captain Cross als Held aufzubauen und die Parliden als böse übermächtige Feinde. Vorbereitungen für den Krieg gegen die Sternköpfe. Doch dann hatte der Admiral zugeschlagen und alle Pläne über den Haufen geworfen.

Seitdem gab es ein neues Primärziel: Juri Michalew musste

von der Öffentlichkeit Terras als das absolute, gestaltgewordene Böse wahrgenommen werden. Svea versuchte gar nicht erst, die Menschen zu beruhigen, im Gegenteil. Sie schürte die Angst und die Panik, worauf die Leute nur noch eine Wahl hatten: Sie mussten der Präsidentin vertrauen, auf deren Macht setzen. Ione Kartess würde es schon richten, das Chaos in den Griff bekommen. Svea lachte auf. *Oder auch nicht.*

Ein Kom-Signal kündigte eine eingehende Nachricht an. Sie betätigte das Annahme-Icon, worauf das Gesicht eines bärtigen Mannes auf dem 3-D-Monitor erschien.

„Hallo Björn“, begrüßte sie den Admiral.

„Svea.“ Er nickte ihr freundlich zu. „Ich befinde mich auf dem Weg zur Präsidentin.“

„Ich verstehe.“

„Du hingegen solltest dein Büro nicht verlassen.“

Sie runzelte die Stirn. „Mein Gleiter steht bereit. Ich werde von Kartess erwartet.“

„Wenn du möchtest, dass sich deine Überreste im Himmel von London verteilen, kannst du natürlich fliegen. Die Bombe dürfte etwa eine Minute nach dem Start detonieren. Mit schönen Grüßen von Michalew.“

„Mich will er auch ausschalten? Ach herrje, da wird er sich aber wundern.“

„Zweifellos. Lass deinen Gleiter trotzdem starten. Wir wollen ihn ja nicht aufschrecken. Dass du überlebt hast, wird er dann früh genug erfahren, aber es erkauft uns noch etwas Zeit.“

„Björn, Björn, du alter Fuchs.“

Der Admiral fletschte die Zähne. „Du hast die Meldungen vorbereitet?“

„Sobald ich meinen Code in die Konsole eingebe und die Datei ausführe, weiß jede Newsseite, jeder Nachrichtenfeed und jeder Phasenfunkkontakt - sollte das Netzwerk irgendwann wieder stehen - über die furchtbaren Ereignisse Bescheid.“

„Ausgezeichnet. Ich melde mich, sobald mein *Gespräch* mit

Ione Kartess vorbei ist. Halte dich bereit."

Der Bildschirm wurde schwarz. Svea lehnte sich erneut zurück und trank den letzten Schluck Tee. Sie stellte die Tasse ab, warf einen Blick auf das Chronometer, nahm die Tasse wieder auf. Mit einem Seufzen entschloss sie sich dazu, den Plan durchzuziehen. Nicht, dass sie zu diesem Zeitpunkt noch eine Wahl hatte.

Und dabei mochte ich Michelle.

Sie berührte die dünne Folie ihres Hand-Coms auf dem linken Handrücken. Augenblicke später erklang die Stimme ihrer Sekretärin aus den integrierten Lautsprechern.

„Was kann ich für Sie tun, Frau Minister?"

„Ich werde hier noch von einer dringenden Angelegenheit aufgehalten", sagte Svea. „Fliegen Sie schon einmal voraus, Michelle. Ich schalte mich per Holo-Feed zu, sobald Sie bei der Präsidentin sind. Falls Kartess aber die Unterlagen benötigt, will ich Sie vor Ort wissen. Sie haben doch Kopien?"

„Die habe ich, Frau Minister."

„Ausgezeichnet. Guten Flug."

Sie beendete die Verbindung. Kopfschüttelnd ging sie zum Getränkeautomat. Es hatte ewig gedauert, das Ding so zu programmieren, dass es einen gescheiten Tee zustande brachte. Sie ließ sich einen weiteren Schwarztee aufbrühen. Als die Tasse wieder befüllt war, trat sie ans Fenster. Weit über ihr erglomm ein Feuerball.

Ich habe sie wirklich gemocht.

6

IL HYPERION, 16. Februar 2266, 09:15 Uhr

Tag 15

Captain Jayden Cross wandte sich an seinen Sicherheitsoffizier. „Wie ist der Status?“ *Ich hoffe es gibt endlich mal gute Nachrichten.*

Der Alpha rieb sich müde die Augen, dann legte er wieder seine übliche stoische Gelassenheit an den Tag. „Commander Kensington arbeitet mit der Chefingenieurin daran, den Computerkern zu untersuchen. So haben wir zum einen jemanden an diesem Projekt, der von jedem Verdacht freigesprochen ist, zum anderen hat Miss Kensington die L.I. im Blick.“

„Ich wünschte nur, es ginge schneller voran“, sagte Jayden. „Nachdem der Zapfer nun auch noch Probleme macht - welch eine Überraschung - sitzen wir hier so lange fest, bis die L.I. und Commander Kensington das Problem gefunden und behoben haben. In solchen Momenten erfahren wir auf schmerzhafte Art, wie sehr wir von der Technik abhängig sind.“

„Dem kann ich nicht widersprechen, Sir. Während das Computerproblem also angegangen wird, analysiere ich die übrigen Personalakten. Bisher konnte ich den Kreis der Verdächtigen jedoch nicht weiter einschränken.

Außer Ihnen, Commander Kensington, Commander Ishida und mir, ist nach wie vor die gesamte Brückencrew verdächtig. Gerade bei der I.O. stützt sich mein Unschuldsverdacht lediglich auf die Aufzeichnung der Schlacht im Kartas-System. Als das Fraktal von der HYPERION aus angefunkt wurde, machte sie keine Eingabe. Ein zeitverzögertes Signal hätte man kaum programmieren können, da der Verräter auf äußere Einflüsse reagieren musste.

Zu diesem Zeitpunkt ist auch noch immer unklar, wie der Interlink-Flug umprogrammiert werden konnte. Mein erster Verdacht fiel natürlich auf Lieutenant Task, dem das als Navigator am leichtesten fiele. Doch bisher weist nichts auf ihn hin, es gibt keine Beweise."

„Wir sind also kein Stück weiter."

„Eine pessimistische Einschätzung, die ich so nicht teile. Wir liegen jedoch hinter dem Zeitplan zurück und befinden uns zudem in einer sehr exponierten Lage."

Jayden schüttelte den Kopf. „Sie hätten Diplomat werden sollen. Keiner kann ein ‚Wir sitzen bis zum Hals in der Scheiße' besser in Rosenduft verpacken als Sie."

„Eine interessante Metapher. Es scheint, als erhalte ich dieser Tage ein ... Kompliment ... nach dem anderen. Und sie sind alle in faszinierende Gleichnisse verpackt."

„Was werden Sie also weiter unternehmen? Erzählen Sie mir nicht, Sie hätten keinen Plan."

Ein weicher Dreiklang entband den Sicherheitschef von einer Antwort.

„Herein", sagte Jayden.

Das Schott glitt zur Seite und Lieutenant Sarah McCall trat ein. Die schüchterne Kommunikationsoffizierin ließ ihren Blick zwischen dem Captain und dem Alpha hin und her schwenken. „Ich hoffe, ich störe nicht. Sir, Commander."

„Treten Sie näher, Lieutenant. Wir beißen nicht. Und ich gehe davon aus, dass Sie mich in der aktuellen Situation nur aufsuchen, wenn es etwas verdammt Wichtiges gibt."

McCall räusperte sich. Sie trug ein Pad bei sich, umklammerte es, wie eine Ertrinkende ihren Rettungsring. „Natürlich, Sir. Nachdem Commander Kensington wegen des Verdachtes der Sabotage verhaftet wurde, habe ich mich ein wenig näher mit den Sensor- und Kommunikationslogs beschäftigt.

Vor der Schlacht um NOVA half ich, wie Sie ja wissen, Commander Kensington bei der Auswertung der Sensorendaten."

Jayden nickte, als McCall eine kurze Pause machte. „Fahren Sie fort."

„Ich konnte mir einfach nicht vorstellen, dass Tess, ich meine Commander Kensington, eine Saboteurin ist, nicht nach allem, was sie getan hat, um das Rätsel um diese divergierenden Logbücher aufzuklären.

Außerdem war ich mit ihr auf der Akademie, ich kenne sie seit Jahren. Also habe ich mich auf die Suche nach Datenrückständen gemacht. Ich bin darin nicht ganz unbewandert. An der Akademie war ich Mitglied in einem Club - kein ungesetzlicher Club, eher eine Gemeinschaft, eine freundschaftliche Vereinigung."

„Schon gut. Ich habe verstanden."

„Natürlich, Sir." McCalls Wangen glühten in einem zarten Rot. „Ich habe also nach Datenrückständen gesucht. Wie ich erfahren habe, ist Commander Kensington mittlerweile rehabilitiert, doch es interessiert Sie sicher, was ich im Verlauf meiner Recherche entdeckt habe."

Jayden griff nach dem Pad, das sie ihm entgegenhielt.

„Es scheint so, als hätte irgendwer, seitdem das Schiff zu seiner ersten Mission aufbrach, geheime Nachrichten versendet, die quasi huckepack mit Statusdaten per Phasenfunk gesendet wurden." Sie atmete einmal tief durch. „Und es gingen auch Daten ein. Neben Phasenfunkkontakten konnte ich auch die vermuteten Signale nachweisen, die an die beiden Fraktale versandt wurden.

Im Folgenden habe ich die Datenpakete zurückverfolgt. Sie führten zu diversen Konsolen im Maschinenraum, auf der Brücke und an den Wissenschaftsstationen."

Jayden überflog die Liste. Als er die riesige Menge an Daten sah, die heimlich versendet und empfangen wurde, fühlte er sich einmal mehr unendlich müde. Diese Hexenjagd mutete an wie ein Marathon durch Sumpfgebiet. Sie traten auf der Stelle, steckten fest oder rannten in Schlammlöcher.

„Lässt sich damit etwas anfangen?“ Er reichte das Pad dem Alpha.

Dieser besah sich die Daten, zog beide Brauen in die Höhe und legte den Kopf schief. „In der Tat. Ein Teil dieser Datenbankauszüge konnte ich noch nicht sichten. Das wird die Arbeit deutlich vereinfachen.“

„Danke, Lieutenant.“

McCall lächelte, bevor sie sich abwandte und zum Schott ging. Ein letztes Mal hielt sie inne, wandte sich noch einmal um. „Meine Eltern waren einmal in einer ähnlichen Situation, wurden einer Tat beschuldigt, die ... Sie haben sich nie wieder von diesen Vorwürfen erholt. Ich hoffe, Sie finden das Schwein!“

Das Schott schloss sich hinter ihr.

„Ich denke, damit haben wir die nächste Person, die wir aus dem Kreis der Verdächtigen ausschließen können.“

„Dem kann ich nicht zustimmen, Sir.“ Der Alpha legte das Pad zur Seite und erwiderte Jaydens Blick. „Lieutenant McCall hat uns zweifellos mit wichtigen Informationen versorgt, doch das könnte auch ein Trick sein, um von sich selbst abzulenken. Wenn sie exponierende Daten aus diesen Datensätzen entfernt hat und uns nur einen Teil übergeben hat, von dem sie sowieso weiß, dass wir ihn finden, ist das eine geschickte Finte.“

„Wenn ich mich recht entsinne, unterhielten wir uns schon einmal über das Wort ‚Paranoia‘.“

Alpha 365 schwieg einige Sekunden. Schließlich erwiderte er: „Ich gebe zu, dass die Daten auf den ersten Blick korrekt aussehen und ich gehe zu diesem Zeitpunkt davon aus, dass Lieutenant McCall nicht die gesuchte Person ist. Es gibt wahrscheinlichere Offiziere. Doch ich bin noch nicht bereit, sie komplett von der Liste zu streichen.“

„Nachvollziehbar. Also sagen Sie mir, welches sind die Top-Kandidaten?“

„Wenn ich die Offiziere der Sekundärstationen an das Ende

der Verdächtigenliste schiebe, sind es Commander Lukas Akoskin, Lieutenant Peter Task und Lieutenant Commander Giulia Lorencia. Was Ihre I.O. betrifft, bin ich auch noch unsicher. Dieser Kamera-Feed ist mir eigentlich zu wenig. Es gibt einige Dinge, die gegen ihre Beteiligung sprechen, aber ich will mich noch nicht festlegen. Ich stelle in der nächsten Stunde einen Bericht für Sie zusammen."

„Bis wir ihn haben, sollten die Verdächtigen unter Beobachtung stehen."

„Das habe ich bereits veranlasst. Commander Kensington überwacht die L.I., meine Sicherheitsleute die Konsolen von Akoskin und Task. Was McCall betrifft, habe ich Ihre I.O. auf sie angesetzt und diese wiederum wird von einem weiteren meiner Männer im Auge behalten."

„Dann ist es hoffentlich nur noch eine Frage der Zeit."

„Das hoffe ich auch, Sir."

Alpha 365 verabschiedete sich und verließ den Bereitschaftsraum. Jayden massierte sich die Schläfen. Die Reparaturarbeiten, die Überwachung seiner Leute, der Zusammenbruch des Phasenfunk-Netzes - all das spürte er wie einen Berg aus Steinen auf seiner Brust lasten. Wohin er auch blickte: Chaos, Zerstörung und Verrat. Wenn sie die Erde erreichten, ließ sich diese ganze Misere hoffentlich lösen. Er würde ein paar Urlaubstage nehmen, während das Schiff wieder instand gesetzt wurde. *Oder eher Urlaubs*wochen.

Er gähnte, griff nach seinem ViKo, straffte die Schultern.

Die Arbeit ging weiter.

7

Sol-System, 18. Februar 2266, 09:56 Uhr

Tag 17

Admiral Santana Pendergast stand in ihrem Bereitschaftsraum vor einer breiten Fläche aus transparentem Stahl und sah in die Dunkelheit des Alls. Wie gerne hätte sie einfach die Bürde ihres Kommandos weitergereicht, um auf ewig in diesem Anblick zu versinken. Stille, Weite, Friede.

Sie zwang sich, den Blick abzuwenden. Mit einer Berührung des Raumkontroll-Panels wurde der transparente Stahl wieder blickundurchlässig. Zwei kurze Schritte brachten sie zum Holotank des Raumes. Als Admiralin besaß ihr Flagschiff nicht nur auf der Brücke einen der neuen Tanks, sondern auch ihr Bereitschaftsraum war entsprechend ausgerüstet.

Zweiundvierzig Schiffe. Sie schüttelte müde den Kopf. *Nur verdammte zweiundvierzig Schiffe.*

Tatsächlich hatten sie den Maschinenraum der TORCH zurückerobert, wobei ein Großteil des technischen Stabes getötet worden war. Alpha 225 saß in einer Rettungskapsel, die in Richtung des Systeminneren flog, wo ihn hoffentlich ein Systemtender auflesen würde. Es tat ihr leid um den loyalen Offizier, doch wenn es stimmte, was sie in den Dateien des Schattennetzes gelesen hatte, wurde bald jeder Sicherheitsoffizier zu einem unkalkulierbaren Risiko.

Was mache ich hier eigentlich?

Ich werde zur Verräterin!, gab sie sich selbst die Antwort.

Ein Teil der Schiffe war durch die internen Machtkämpfe so schwer beschädigt worden, dass sie nicht mehr manövrieren konnten, andere hatten sich zusammengeschlossen und würden zweifellos für Michalew kämpfen. Es war ihr gelungen, 41 loyale Captains um sich zu versammeln. Sie hatte ihnen über eine gerichtete Laserverbindung die Daten des Schattennetzes übertragen. Nun musste jeder Befehlshaber eines Raumschiffes der Heimatflotte selbst entscheiden.

Ein Icon auf ihrer Konsole machte sie auf eine eingehende Nachricht aufmerksam, die von außerhalb des Schiffes gesendet wurde. Vermutlich hatte einer der Captains seine Entscheidung getroffen.

Santana betätigte das Icon für die Annahme.

Auf dem Display des Schreibtischmonitors erschien ein Gesicht, das sie nicht zuordnen konnte.

„Hallo, Admiral Pendergast."

Irgendwoher kannte sie diese Person. Sie kramte in ihrem Gedächtnis und schlagartig wurde ihr klar, dass es sich um ein Crewmitglied der HYPERION handelte.

„Dies ist eine automatische Nachricht, die von einer nahegelegenen Sonde an Ihr Schiff übertragen wird. Sie sollten mich also nicht unterbrechen und genau zuhören. Sobald ich geendet habe, wird besagte Sonde sich selbst zerstören, ein weiteres Abspielen dieser Nachricht ist nicht möglich."

Eine Sonde? Was für eine Sonde?

„Wenn Sie meine Worte hören, ist es Ihrem kleinen Fähnrich also endlich gelungen, in das Schattennetz einzudringen - leider viel zu spät. Sie sind eine intelligente Frau und daher wissen Sie längst, was diese Informationen bedeuten. Trotzdem zweifeln Sie noch immer. Sie sind eine Frau mit Prinzipien, stehen treu zur Verfassung der Solaren Union. Ihr Impuls ist es also, mit den verbliebenen Raumschiffen in Richtung Erde zu fliegen, die Wachforts auszuschalten und die Präsidentin vor Admiral Sjöberg zu warnen."

Die Person auf dem Bildschirm lächelte bitter.

„Das wird Ihnen nicht gelingen. Die Schiffe Michalews werden Sie aufhalten, eine Funkverbindung ist dank der aktivierten

Störsender nicht etablierbar und ein Shuttle würde in Schleichfahrt zu lange brauchen. Sie können die Präsidentin nicht warnen. Natürlich bliebe die Möglichkeit, Admiral Michalew zu kontaktieren, um diesem klar zu machen, dass er von Sjöberg manipuliert wird. Aber er wird Ihnen nicht glauben.

Eine ekelhafte Geschichte, nicht wahr?“

Nun seufzte die Person theatralisch.

„Im Gegensatz zu Ihnen, besitze ich deutlich mehr Informationen über die Hintergründe dieses Intrigenspiels. Ich kann Ihnen versichern, es ist bald vorbei. Doch wer auch immer dieses Kräftemessen gewinnt: Sjöberg oder Michalew - und einer von beiden wird es sein - *Sie* werden dann zu einem Problem. Admiral, Sie wissen zu viel. Und obendrein sind Sie einfach zu ... moralisch.“

„Woher wissen Sie das alles?“, fragte Santana reflexartig, bevor sie sich der Sinnlosigkeit dieser Tat bewusst wurde.

„Sie haben nur noch wenige Stunden, dann wird es zu einer Entscheidung kommen. So oder so, Sie haben nur eine Wahl: die Flucht. Sammeln Sie jedes Schiff ein, das Sie kriegen können. Vereinen Sie die Loyalisten hinter sich, schleppen Sie jene ab, die sich anschließen möchten, und verschwinden Sie aus dem Sol-System. Sie wollen nicht mehr hier sein, wenn der Staub sich legt, glauben Sie mir.“

Santana runzelte wütend die Stirn. Wie kam diese Person dazu, ihr etwas Derartiges vorzuschlagen?

„Wenn Sjöberg mit seinem Plan Erfolg hat, ist er nicht nur legitimiert, die Öffentlichkeit wird ihn auch lieben. Was auch immer er tut, Sie haben verloren.“

Ein weiteres theatralisches Seufzen.

„Nun hauen Sie schon ab, Santana. Und wenn Sie es tun, vergessen Sie niemals: Ich habe Ihnen und Ihren Offizieren gerade das Leben gerettet. Sie schulden mir etwas. In Kürze melde ich mich, um einen Gefallen zu erbitten, den Sie mir hoffentlich nicht abschlagen werden. Viel Glück.“

Die Aufzeichnung endete.

Kurz darauf erklang die Stimme von Lieutenant Yost aus dem Interkom: „Brücke an Admiral Pendergast."

„Sprechen Sie."

„Wir haben soeben eine Explosion in einer Entfernung von 300.000 km geortet. Die Auswertung der Sensordaten deutet auf eine Sonde hin. Seltsamerweise bestand sie zu einem großen Teil aus Desponit."

Santana spürte einen Kloß in ihrem Hals. *Desponit!* Aus diesem Material hatten auch jene Schiffe bestanden, die NOVA angegriffen und Pearl in eine radioaktive Wüste verwandelt hatten.

„Danke Lieutenant, ich komme gleich auf die Kommandobrücke."

Grundgütiger! Sie riss die Augen auf, als ihr die Zusammenhänge klar wurden.

Mehr als einmal hatte sie sich über die seltsamen Berichte von Captain Cross gewundert, der zwischen den Zeilen von Sabotage an seinem Schiff gesprochen hatte. Ausfallende Waffensysteme, veränderte Sensor-Logs, auf der anderen Seite aber auch fremde Schiffe, die bei ihrem Angriff auf die HYPERION aufgehalten wurden.

Irgendwie stand jene Person, die sie kontaktiert hatte, mit den Fremden in Verbindung. Santana massierte sich die Schläfen.

Und sie ist ausgezeichnet informiert. Nach all diesen Problemen nun also auch noch ein Verräter, der von fremden Massenmördern auf dem neuesten Schiff der Solaren Union platziert wurde.

Der Raum um sie herum schien sich für einige Sekunden zu drehen. Michalews Verschwörer, Sjöbergs Leute und dann auch noch das. Wem konnte sie denn überhaupt noch vertrauen?

Sie zwang sich zur Ruhe. Es galt, logisch und überlegt vorzugehen. Nach allem, was sie wusste, blieb ihr tatsächlich kaum noch eine Wahl. Sollte Präsidentin Kartess die richtige Entscheidung treffen, bestand noch immer Hoffnung. Das Risiko konnte und wollte sie jedoch nicht eingehen.

Santana erhob sich und verließ den Bereitschaftsraum. Auf der Kommandobrücke wandte sie sich an Yost. „Stellen Sie mir eine Konferenzschaltung zu den loyalen Schiffen her, verschlüsselt."

„Aye, Ma'am."

Nun erwies sich, wer an ihrer Seite stehen würde. Jetzt, da sie den Befehl gab, den jeder Kommandooffizier der Flotte verachtete. Den Befehl zur Flucht. Würde ihre Crew es verstehen oder sie für immer verachten? Bald würde sie es herausfinden.

Admiral Björn Sjöberg saß mit übereinandergeschlagenen Beinen im Sessel und erwiderte den Blick von Ione Kartess gelassen.

„Ich habe über Ihren Vorschlag nachgedacht." Das Gesicht der mächtigsten Frau in der Solaren Union wirkte noch bleicher als sonst.

Hinter ihr hatten ihre beiden Leibwächter Position bezogen.

„Das hoffe ich doch, Madame Präsident. Es scheint, als blieben uns nicht mehr viele Optionen."

Schon vor einigen Tagen hatte er sich mit Kartess einen heftigen Disput über das weitere Vorgehen geliefert. Neben Santana Pendergast, die am Rande des Systems festsaß und Isa Jansen, die in einem *sicheren* Haus untergebracht worden war, gab es nur noch Björn. Der Rest des Admiralitätsrates war tot oder, wie im Fall von Michalew, in den Augen der Präsidentin die Wurzel allen Übels.

„Ich habe Sie immer geschätzt, Admiral", sagte Kartess. „Ihre ständigen Schlagabtausche mit Juri Michalew haben mich natürlich aufs Übelste gestört, doch mittlerweile weiß ich, dass Sie schon viel früher erkannten, wozu er fähig ist."

„Ich habe Admiral Zhang mehrmals vor einer derartigen Situation gewarnt", die Lüge kam ihm glatt über die Lippen, „doch er wollte nicht auf mich hören. Er hielt mich wohl für ein wenig paranoid."

„Yoshio war zu gutgläubig, wie es scheint. Ebenso wie ich. Natürlich habe ich damit gerechnet, dass Michalew etwas plant, dass er an Macht gewinnen will … aber einen Putsch?! Herrgott noch mal, wir leben nicht mehr im Mittelalter! Dieser Gedanke lag so weit entfernt, war so unrealistisch."

Björn wartete schweigend. Sollte sie nur reden, die Schlampe! Hauptsache sie tat am Ende, was er wollte.

„Aber gut, es ist geschehen. Ich habe lange über Ihren Vorschlag nachgedacht. Als Admiral mit dem höchsten Dienstalter sind Sie automatisch der Vorsitzende des Rates, auch wenn es kaum noch andere Mitglieder gibt. Mir ist natürlich klar, dass Sie, um die Navy wieder unter Kontrolle zu bekommen, einen starken Ansprechpartner als Verteidigungsminister benötigen, doch ich kann Mister Penbroke keinesfalls ernennen."

„Wir stehen unter Kriegsrecht, Madame Präsident. Sie können."

Kartess schüttelte den Kopf. „Sie missverstehen. Penbroke wurde als einer von Michalews Männern identifiziert."

„Grundgütiger!" Er legte soviel gespieltes Entsetzen in dieses Wort, wie er nur konnte, ohne es dabei unglaubwürdig klingen zu lassen. „Damit hätte ich niemals gerechnet. Er machte auf mich immer einen loyalen Eindruck."

Die Präsidentin ballte die Hände zu Fäusten. „Das haben fast alle gemacht, fürchte ich. Die Regierung hat sich als so löchrig wie ein weganischer Käse entpuppt.»

Die gute Kartess stand kurz davor ihre Tasse gegen die Wand zu schleudern, das sah er ihr an. Gut so. „Aber dann gehen uns die Optionen aus, Madame Präsident. Um die entsprechenden Umbesetzungen innerhalb der Space Navy vorzunehmen und die Strukturen soweit anzupassen, dass wir handlungsfähig bleiben, benötige ich jemanden, der Gesetzesvorhaben einbringen kann."

„Es gibt durchaus noch jemanden, den ich für diesen Posten in Erwägung ziehe." Sie bedachte ihn mit einem langen, durchdringenden Blick.

„Was? mich?!“

„Wie Sie schon sagten, es gibt nicht mehr viele Optionen. Und nach allem, was geschehen ist, sind Sie der Einzige, dem ich noch vertraue. Sie haben uns alle immer wieder gewarnt, haben Michalew in der Vergangenheit mehr als einmal aufgehalten.“

„Madame Präsident …“

„Kein *aber*, Admiral. Ich brauche eine solide Stütze, die mir dabei hilft, diese Misere zu beenden. Sie werden für die Dauer dieser Sache von mir zum Verteidigungsminister ernannt. Da Sie damit nach mir der ranghöchste Minister im Sol-System sind, werden Sie automatisch mein Vizepräsident.

Ich betone, diese Ernennung ist temporär.“

„Natürlich, ich würde es nicht anders wollen! Diese Macht ist viel zu weitreichend. Solange das Kriegsrecht in Kraft ist, kann der Vizepräsident Gesetzen am Senat vorbei Gültigkeit verleihen.“

„Was Sie natürlich nicht tun werden! Als Präsidentin könnte ich diese mit meinem Veto sowieso jederzeit wieder außer Kraft setzen.

Sie werden die Kontrolle über die Navy zurückerlangen und mir alle notwendigen Gesetze vorlegen. Ich werde diese dann gegebenenfalls temporär absegnen. Sobald diese Sache vorüber ist und wir das Kriegsrecht außer Kraft setzen können, werde ich Sie wieder von Ihrem Amt als Verteidigungsminister entbinden. Vorsitzender des Admiralsrates bleiben Sie natürlich.

Damit verschaffe ich Ihnen die notwendige Befehlsgewalt über die Flotte im Rahmen der bestehenden Gesetze.“ Sie fixierte ihn mit hartem Blick. „Ihre Ernennung zum Vizepräsident wird auch ein starkes Signal gegenüber der Öffentlichkeit sein. Damit beweise ich Vertrauen in die Space Navy und Sie werden das Gesicht der Flotte. Das bringt große Verantwortung mit sich, Admiral.“

„Glauben Sie mir, Madame Präsident, das ist mir bewusst. Wenn es eine andere Möglichkeit gäbe, würde ich dieses Amt nicht annehmen. Ich bin kein Politiker, war nie an Macht interessiert.“ *Das klingt sogar richtig glaubhaft.* „Mein Platz war und ist in der Flotte.“

„Und genau deshalb sind Sie der Richtige, Admiral. Sie wollten nie Macht, ich muss Sie Ihnen aufzwingen. Ein anderer hätte sofort zugegriffen. Aber Sie sehen die Verantwortung, genau wie ich.“ Ione Kartess öffnete auf ihrem Monitor die notwendigen Dokumente, fügte ihre elektronische Signatur hinzu und bestätigte die Ernennungen mit einem Daumenabdruck. „Wenn es Ihnen nicht gelingt, Michalew zu stoppen, sind diese Ermächtigungen sowieso wertlos. Wenn Sie es aber schaffen, wird die Menschheit für immer in Ihrer Schuld stehen.“

Sie hat es wirklich getan. Björn unterdrückte sein Grinsen. Natürlich hatte er nicht geglaubt, dass die Präsidentin ihm die gesamte Macht überschrieb. Wer war schon so dumm? Doch mit ein paar Andeutungen und Halbwahrheiten hatte er sie genau dorthin bekommen, wo er sie haben wollte. Unter Kriegsrecht war die Präsidentin mit weitreichenden Befugnissen ausgestattet. Sie konnte sogar, ohne die Zustimmung des Senats, einen Vizepräsidenten ernennen, der im Falle ihres Todes die Amtsgeschäfte fortführen sollte. *Ich habe es geschafft!*

„Alles in Ordnung, Admiral?“ Kartess warf ihm einen taxierenden Blick zu.

„Natürlich, Madame Präsident. Danke für Ihr Vertrauen. Ich sollte mich auf den Weg machen.“

„Viel Glück.“

„Ihnen auch.“

Eine der Wachen begleitete ihn nach draußen. Als die Tür des Büros sich hinter ihm geschlossen hatte, hielt er inne. „Tun Sie es.“

Der Sicherheitsmann nickte. „Sauber und schnell?“

Björn schüttelte belustigt den Kopf. „Aber nein. Wir müssen den Hass der Öffentlichkeit schüren. Schlagen Sie sie grün und blau, brechen Sie ihr ein paar Finger, was weiß ich … Machen Sie ihr den Abgang so schmerzhaft wie möglich und beenden Sie das Ganze mit einem Pulserschuss zwischen die Augen.

Und zeichnen Sie alles auf. Wir machen Sie danach unkenntlich und lancieren die Media-Datei im GalNet. Die Menschen werden Michalew hassen, wenn sie die Bilder sehen und mich in meinem Feldzug gegen den Terror uneingeschränkt unterstützen."

„Wird erledigt."

Der Sicherheitsmann zog seinen Pulser und glitt lautlos zurück ins Büro der Präsidentin. Ein zischender Partikelschuss erklang, ein Körper fiel zu Boden.

„Was soll das?!", rief Ione Kartess.

Ein Schlag, dann ein Schrei. Weitere Schläge.

Björn berührte seinen Hand-Com und nahm Kontakt zu Svea Christensen auf. „Es hat funktioniert."

„Alle Achtung, Mister Präsident."

„Belassen wir es doch erst einmal bei ‚Admiral'. Sie wissen, was Sie zu tun haben?"

„Natürlich", sagte Christensen. „Ich werde der Öffentlichkeit mitteilen, dass Präsidentin Ione Kartess von einem Attentäter Michalews auf brutalste Weise getötet wurde. Ab sofort übernimmt ihr Vertrauter, Admiral Björn Sjöberg, der wie durch ein Wunder dem Anschlag entkommen konnte und von der Präsidentin bereits zum Vizepräsident ernannt worden ist, die Amtsgeschäfte.

Dazu spiele ich Ihre Rede ab, die wir vor einigen Wochen aufgezeichnet haben."

„Ausgezeichnet. Ich werde dafür sorgen, dass unser Innenminister uns nicht mehr in die Quere kommt und den letzten Teil des Plans in die Wege leiten."

Er beendete die Verbindung. Aus dem Büro der Präsidentin drang Schluchzen hervor. Björn warf einen kurzen Blick hinein. Der Leibwächter hatte Kartess auf den Tisch geworfen und bog ihr gerade die Hand zurück, bis es knirschte. Ihr Gewimmer vermischte sich mit dem Lachen des Mannes. Das Gesicht der ehemaligen Präsidentin war blutverschmiert.

Er warf ihr einen lächelnden Blick zu und schloss die Tür. Sobald der Leibwächter mit ihr fertig war, und die Sensoren, die Björn im Verlauf des Gesprächs im Raum angebracht hatte das Erlöschen eines Lebenszeichen orteten, würde die Sicherheit alarmiert werden. Sie würden zwei Tote vorfinden. Die Präsidentin und einen ihrer Leibwächter. Einer aus dem Sicherheitstrupp sollte den Mörder im Affekt erschießen, dafür hatte Björn gesorgt.

Damit blieb nur noch ein Problem, um das er sich kümmern musste.

Admiral Juri Michalew saß stocksteif in seinem Konturensessel und konnte einfach nicht begreifen, was er sah.

Die Nachrichtenfeeds quollen über mit der neuesten Meldung. Präsidentin Ione Kartess war tot. Getötet auf seine - Juri Michalews - Anweisung und das auf brutalste Weise. Längst zirkulierten Bilder im planetaren Netz, die den gesamten Akt darstellten. Juri hatte sich beinahe übergeben, als er zugesehen hatte, wie dieses *Tier* der Präsidentin die Finger brach.

Wie konnten sie ihm etwas Derartiges unterstellen? Er hätte die Präsidentin niemals auf eine so barbarische Weise getötet. Als Geisel hatte er sie nehmen wollen, um sie dann in einigen Monaten, wenn er seine Macht gefestigt hatte, standrechtlich zu erschießen. Schnell und sauber.

Und als wäre das nicht genug, hielt Admiral Björn Sjöberg eine pathetische Rede nach der anderen. Das verdammte Weichei saß fest im Sattel, besaß all die Macht, die längst er selbst haben sollte.

Wie ist ihm das gelungen?

Juri fegte wütend sein Pad vom Tisch, das polternd zu Boden fiel. Es gelang ihm nur schwer, die Fassung zu wahren. Sjöberg sollte tot sein, genau wie Jansen und Pendergast. Stattdessen trieben die sich immer noch allesamt irgendwo herum.

Aber gut, im Fall von Sjöberg hatte Juri vorausgeplant. Er hätte gerne auf diese Maßnahme verzichtet, doch nun musste er tatsächlich so weit gehen. Er aktivierte den Zünder und lehnte sich zurück. Das war seine letzte Karte, die er ausspielte, um doch noch zu gewinnen. Wenn der Staub sich legte, hatte er entweder die Kontrolle oder er verlor alles.

Ein Countdown zählte herab.

Wie seine Spione ihm mitgeteilt hatten, war Admiral Sjöberg nach SOL-22 zurückgekehrt. Auf dem Chronometer erschienen vier Nullen.

Juri konnte über die Beobachtungskamera eines Satelliten mit ansehen, wie SOL-22 aufhörte zu existieren. Die Raumstation verging in einer lautlosen Explosion und mit ihr Admiral Björn Sjöberg.

Nun galt es, Isa Jansen und diese verdammte Pendergast auszuschalten. Wenn die Flotte ihm gehörte, besaß er die Kontrolle über das System. Auf den übrigen Welten herrschte aufgrund der dortigen Anschläge eine weitaus schlimmere Anarchie, die schnell wieder aufgelöst werden musste. Unzählige Fäden liefen bei ihm zusammen, mussten koordiniert und überwacht werden. Doch bisher hielt sein Netz. Er lächelte und widmete sich dem nächsten Problem.

Admiral Santana Pendergast fixierte den Holotank in der Mitte der Brücke.

„Ma'am“, meldete sich Fähnrich Bai Yun zu Wort, der die Navigation übernommen hatte. „Wir treten in fünf Minuten und zweiunddreißig Sekunden in den Phasenraum ein.“

Santana erwiderte die Meldung mit einem Nicken.

Insgesamt achtundzwanzig Schiffe hatten sich ihr angeschlossen. Dreadnoughts, Leichte Kreuzer, Schwere Kreuzer, einige Aufklärer und Forschungsschiffe. Außerdem zogen sie einen Schlachtkreuzer mit den Traktorstrahlen hinter sich her. Es war eine kleine, schlagkräftige Flotte, deren Vorräte jedoch begrenzt waren. Santana hatte noch keine Ahnung, wie sie weiter vorgehen sollte. Bis zum letzten Moment hatte sie gezweifelt, hatte mit sich gerungen.

Einige der Captains und Commodores hatten sie mit Michalew in einen Topf geworfen und als Verräterin bezeichnet. Sie hatten den Daten aus dem Schattennetz misstraut, hielten sie für Fälschungen. Admiral Björn Sjöberg, der jahrzehntelang gegen Michalew angegangen war, der die Space Navy von Vetternwirtschaft und Klüngelei befreit hatte, würde doch niemals etwas Derartiges tun. Es war völlig abstrus zu glauben, dass er Juri Michalew gelenkt hatte. Und ihr kam es selbst noch immer vor wie ein böser Traum.

Und doch fliege ich mit einer Trümmerflotte ins Nirgendwo, lasse meine Freunde im Stich. Sie ekelte sich vor sich selbst. *Sie werden allesamt sagen, dass ich die Space Navy in ihrer schwersten Stunde alleine zurückgelassen habe. Wenn sich die Dateien tatsächlich als Fälschung herausstellen, habe ich alles verraten, woran ich glaube.*

Die Zukunft würde zeigen, ob sie sich richtig entschieden hatte oder den schlimmsten Fehler ihres Lebens beging.

„Ich leite den Phasenflug ein“, sagte Lieutenant Özenir leise.

Santana schloss die Augen, als ihre Flotte das Sol-System hinter sich zurückließ.

8

IL HYPERION, 19. Februar 2266, 13:15 Uhr

Tag 18

Alpha 365 berührte nacheinander drei der verbliebenen Icons, worauf die Personalakten auf dem konkaven 180-Grad-Monitor nebeneinander eingeblendet wurden. Natürlich gab es noch weitere Verdächtige, doch da zwei dieser drei an Primärkonsolen der Brücke saßen und eine den leitenden Posten im Maschinenraum innehatte, war es besonders wichtig, sie schnell zu rehabilitieren oder zu enttarnen.

Lieutenant Commander Giulia Lorencia war die Chefingenieurin und gerade damit beschäftigt, das System noch einmal intensiv zu scannen. Das war auf NOVA zwar schon geschehen, offensichtlich war dort jedoch etwas übersehen worden. Da automatisierte Programme nicht weiterhalfen, mussten neuralgische Bereiche des Computerkerns analysiert und freigegeben werden. Alpha 365 hatte die Vergangenheit der Chefingenieurin intensiv durchleuchtet. Ihre Akademiejahre waren dabei am interessantesten.

Auf der Akademie hatte Lorencia sich durch ihr Verständnis in allen Bereichen der Hardware ebenso hervorgetan, wie in ihrer Leidenschaft für das Knacken von Firewalls. Sie hatte sich unzählige Male in die zentrale Datenbank der Prüfungskommission gehackt. Die extrahierten Daten hatte sie schwächeren Kommilitonen übergeben, selbst jedoch nicht eingesetzt. Eine Untersuchungskommission unter dem damaligen Rear Admiral Michalew hatte entdeckt, was Lorencia beinahe eine unehrenhafte Entlassung eingebracht hatte. Dann aber war ihr Retter aufgetaucht: Admiral Björn Sjöberg.

Alpha 365 schüttelte den Kopf. Erneut kamen ihm die Worte in den Sinn, die Lieutenant Bruce Walker ausgesprochen hatte, als er in seiner Blutlache auf NOVA-Station im Sterben gelegen hatte. *Sie schauen in die falsche Richtung.* Mittlerweile hatte er begriffen, was der Offizier damit gemeint hatte, worauf er ihn hatte hinweisen wollen. Sie alle hatten auf Admiral Juri Michalew geschaut, jenen säbelrasselnden Hardliner, der als lebendes Klischee alle Aufmerksamkeit auf sich gezogen hatte.

Doch betrachtete man die Vergangenheit des Admirals, tauchte auch stets eine zweite Person auf: Björn Sjöberg. Einmal verknüpft, ergaben die Knoten ein beängstigendes Netz aus Intrigen und Verrat.

Er runzelte die Stirn. In der Vergangenheit eines Großteils der Brückencrew gab es Schnittpunkte mit Michalew und meist kurz darauf auch mit Sjöberg. Als er das begriffen hatte, wurde Alpha 365 endlich klar, wie die beiden Admiräle zusammenhingen und was Sjöberg mit der Zusammenstellung der Crew bezweckt hatte. Leider kam die Erkenntnis zu spät, was in der aktuellen Situation aber keine Bedeutung hatte. Denn wen auch immer sie suchten, er hatte vermutlich nichts mit den Admirälen zu tun.

Der Alpha atmete tief durch. Bedauerlicherweise befreite das die L.I. noch nicht vom Verdacht des Verrates. Sjöberg mochte sie damals mit der Unterstützung einiger anderer Admiräle gerettet haben, danach gab es aber keine Auffälligkeiten mehr in ihrer Akte. Von einem Tag auf den nächsten war die L.I. richtiggehend *brav* geworden. Eine solche Verhaltensänderung war ungewöhnlich.

Er würde die L.I. befragen müssen. Ihre Akte brachte ihn nicht weiter.

Mit einer Fingerbewegung verkleinerte er ihr Bild und konzentrierte sich auf Peter Task. Der Navigator war wohl einer der seltsamsten Zeitgenossen, die Alpha 365 bisher kennengelernt hatte. Erst beim dritten Anlauf hatte er den Aufnahmetest für die

Akademie bestanden und dort auch eher durchschnittliche Noten erzielt - sah man von Astronomie, Astrografie und Navigation ab, darin war er ein Ass. Charakterlich gab er sich introvertiert, knüpfte kaum persönliche Kontakte und galt als ausgesprochener Einzelgänger.

Gleichzeitig besaß er Nerven aus Stahl. Egal was um ihn herum vorging, er versank in seinem Fachgebiet und ließ sich nicht aus der Ruhe bringen. Als ginge ihn außer der Navigation einfach nichts an.

Alpha 365 schaltete sich remote auf die Konsole des Navigators und betrachtete die Darstellung. Zeile um Zeile erschienen Navigationsdaten. Task gab Koordinatenpunkte ein, errechnete Vektoren. Der Alpha öffnete einen weiteren Monitor und ließ sich die eingegebenen Vektordaten und die Geschwindigkeit anzeigen. Sie alle brachten die HYPERION auf unterschiedlichen Kursen aus dem System. Task musste im Fall der Fälle nur noch ein Icon betätigen und die Zahl des Speichers eingeben, dann setzte sich das Raumschiff in Bewegung.

Er entwirft theoretische Szenarien und bereitet das Schiff darauf vor.

Weitere Zeilen füllten sich. Kein Wunder, dass der Navigator nichts um sich herum wahrnahm. Alpha 365 erkannte verblüfft, dass der Mann nicht einmal den Navigationscomputer zu Hilfe nahm. Wie machte er das nur?

Auch mit ihm musste er also sprechen. Zu viele ungeklärte Fragen ließen sich nicht aus dessen Akte beantworten.

Blieb also noch Lieutenant Commander Lukas Akoskin. Seine Personalakte war relativ unspektakulär, sah man von den zahlreichen Verweisen vorgesetzter Offiziere ab, die von seiner Leidenschaft für Affären berichteten. Der Mann aus dem spanischen Sektor der Erde flirtete, was das Zeug hielt, und nicht wenige Gerüchte sagten ihm nach, auch Liebeleien mit höherrangigen Offizieren gehabt zu haben. Das war zwar per se nicht verboten, doch wurde es von der Admiralität nicht gerne gesehen. Nicht wenige Karrieren waren aufgrund von derlei Aktivitäten schon zum Stillstand gekommen.

Auf seinem Fachgebiet legte Akoskin ausgezeichnete Fähigkeiten an den Tag. Er interessierte sich leidenschaftlich für Offensiv- und Defensivwaffen, kannte vermutlich die Seriennummer eines jeden Torpedos an Bord und war zudem taktisch versiert. Er hatte als einer von Vieren das berühmte „Eriin7"-Manöver für sich entscheiden können. Soweit Alpha 365 wusste, war das nicht einmal Captain Cross gelungen.

Schlussendlich lief die Evaluation von Akoskins Daten auf das Gleiche hinaus, er würde auch ihn einer intensiven Befragung unterziehen müssen.

„Alpha 365 an Maschinenraum."

„Lorencia hier. Was kann ich für Sie tun, Commander?"

„Ich benötige Sie hier im Sicherheitsbüro, umgehend." Sekunden des Schweigens folgten. „Haben Sie mich verstanden?"

„Es tut mir leid, aber ich habe hier alle Hände voll zu tun, wie Sie vermutlich wissen."

„Umgehend, Commander."

Er beendete die Verbindung.

„Danke."

„Wofür?"

„Na für die ganze Recherche", sagte Lieutenant Commander Tess Kensington lächelnd. «Damit hast du die Suche nach diesem Schwein deutlich vorangebracht.»

Lieutenant Sarah McCall wurde rot, wie sie es meist wurde, wenn man ein Lob aussprach. „Ach, das war doch nicht der Rede wert. Ich schuldete dir sowieso noch einen Gefallen."

„Was meinst du?" Tess durchstöberte den nächsten Datensatz. Mittlerweile konnte sie Code-Fragmente wirklich nicht mehr sehen.

Die L.I. war vor einigen Minuten wutschnaubend aus dem Maschinenraum gestürmt, während sie irgendetwas von einem „arroganten Alpha" gemurmelte hatte. Captain Cross hatte Sarah hierher geschickt, um Tess zur Hand zu gehen. Sie sollte ein paar gesonderte Datensätze dechiffrieren, um die Suche voranzutreiben.

„Weißt du nicht mehr, damals, auf der Akademie?“ Sie sah Tess stirnrunzelnd an. „Die Sache mit Captain Duval.“

Tess prustete. „Um Gottes Willen, da habe ich schon ewig nicht mehr dran gedacht.“

„Dieser Arsch hätte mich doch hochkant rausgeworfen, wenn du nicht die Schuld auf dich genommen hättest.“ Sarah warf ihr ein Zwinkern zu. „Er stand auf dich. Du hättest alles von ihm haben können.“

„Isch ärinnere misch“, sagte Tess mit gespielt französischem Akzent, worauf sie beide lachten. „Es war eher eine Reflexhandlung. Und du hast ja auch schnell geschaltet.“

„Ich hatte einfach solches Heimweh - heute komme ich mir dämlich dabei vor. Eine Studentin vor uns hatte diese Hintertür im System entdeckt und als ich davon erfahren hab, fiel mir natürlich nichts Besseres ein, als mir zusätzliche Phasenfunk-Zeit zu holen und meine Eltern zu kontaktieren.“

Tess konzentrierte sich wieder auf den Code, doch immer wieder erschien das Gesicht des Schwerenöters Captain Duval vor ihrem geistigen Auge. „Und er kommt rein und erwischt dich. Ehrlich, als ich reingeplatzt bin, dachte ich zuerst, ihr hättet eine Affäre. Bis er begonnen hat, dich anzuschreien.“

Sarah zuckte mit den Schultern. „Als du sagtest, dass in Wahrheit du den Kanal freigeschaltet hattest, wollte ich schon widersprechen. Aber als er damit anfing herumzustammeln und rot wurde, naja.“

„Wir hatten Glück. Und du hast mir auch oft genug aus der Patsche geholfen. Denk nur an die Sache mit den fehlerhaft ausgerichteten Sensoren im Übungssimulator und die Reaktion von *Captain* Hartmann.“

Sarah kicherte. „Da hast du dir einen Patzer erlaubt, holla. Die Sensoren auf streng geheime Anlagen der Akademie zu richten, das hätte böse ins Auge gehen können. Tess Kensington - Juniorspion und Sensor-Ass. Du wärst zur Legende geworden."

Sie unterhielten sich noch eine Weile über die damalige Zeit, was Tess wie selten zuvor genoss. Es lenkte ein wenig von all den traurigen, nervigen und deprimierenden Ereignissen der Gegenwart ab.

„Wo bleibt denn Lorencia?", fragte Sarah gedankenverloren. „Ich muss langsam wieder auf die Brücke."

Erst jetzt wurde Tess bewusst, dass die L.I. noch immer im Sicherheitsbüro war. Sie runzelte die Stirn. Das bedeutete hoffentlich nicht das, was sie vermutete.

9

SOL-CENTER, 25. Februar 2266, 22:30 Uhr

Tag 24

Admiral Björn Sjöberg verschränkte die Hände.

„Mister Präsident?"

„Admiral, bitte", sagte Björn kalt. „Durch den Tod von Präsidentin Kartess bin ich temporär der Führer der Solaren Union, bis wir Neuwahlen ansetzen können. Das geschieht, sobald das Kriegsrecht beendet werden kann. Hierfür wiederum muss ich Admiral Juri Michalew erwischen. Wo ist er, Mister Furlan?"

„Was reden Sie da? Ich habe keine Ahnung, wo dieses Arschloch ist!"

Björn lehnte sich in seinem Sessel zurück und strafte den Minister mit Missachtung. Der Mann wurde zunehmend unruhig; kleine Schweißperlen glitzerten auf seiner Stirn, seine Hände zitterten. Die beiden Sicherheitsbeamten, die sich links und rechts von ihm aufgebaut hatten, trugen ihr Übriges dazu bei, ihn aus der Fassung zu bringen.

Gut so. Björn war zufrieden. *Ich brauche ein Geständnis. Ich kann schwer sagen, dass ich die ganze Zeit wusste, wer Michalews Leute waren und dass er dazugehörte. Ein wenig Fingerspitzengefühl ist noch immer notwendig.*

„Verkaufen Sie mich nicht für dumm." Björn schlug mit der geballten Rechten auf den Tisch. „Ich weiß, dass Sie mit Juri Michalew zusammengearbeitet haben, seitdem er diesen kleinen Coup d'Etat eingeleitet hat. Sagen Sie mir, wo er ist oder ich schwöre Ihnen, ich lasse Sie aus der nächsten Luftschleuse werfen."

„Meine Rechte als Minister ..."

„… existieren nicht mehr“, unterbrach er den Innenminister. „Ich habe die vollständigen Befugnisse eines vereidigten Präsidenten unter Kriegsrecht! Da kaum noch Minister leben und nicht feststellbar ist, wer mit Michalew zusammenarbeitet, habe ich den Senat offiziell aufgelöst und allen Ministern temporär ihre Befugnisse entzogen.“

Furlan erbleichte. „Sie haben was?“

„Ich denke, Sie verstehen.“ Björn räusperte sich. „Es gibt also zwei Möglichkeiten. Entweder, Sie erzählen uns alles über Michalew; in diesem Fall werden Sie verhaftet und erhalten ein faires Verfahren.“ *An dessen Ende wir dich nach der Wiedereinführung der Todesstrafe standrechtlich erschießen.* „Oder Sie weigern sich mit uns zu kooperieren. Was in diesem Fall geschieht, muss ich nicht wiederholen.“

Die Schweißperlen hatten sich in einen stetigen Fluss verwandelt.

„Ich will volle Immunität.“

„Sie erhalten ein faires Verfahren, mehr ist nicht drin. Und seien Sie dankbar. Wenn ich Sie gehen ließe und den Menschen dort draußen erzähle, dass Sie mit Michalew zusammengearbeitet haben, dass Sie für den Ausfall des Phasenfunk-Relaisnetzes und den Einsatz der Störsender verantwortlich waren, dass die Präsidentin von Ihnen ermordet wurde ...“, Björn erhob sich leicht und spielte den Anwesenden unterdrückte Wut vor, „… dann wird der Mob Sie zerfetzen. Womöglich tut man Ihnen das Gleiche an, was auch die Präsidentin erleiden musste.“

Nun war Furlan *wirklich* bleich.

„In Ordnung.“ Er krächzte mehr, als dass er sprach. „Was wollen Sie wissen?“

Björn lehnte sich in seinem Stuhl zurück, faltete die Hände. „Alles. Sagen Sie mir was, wann, wo, von wem und wie geplant wurde. Und das Wichtigste: Ich will Namen!“

Furlan begann zu sprechen. Nach den ersten, stockenden Worten floss die gesamte Verschwörung wie ein Sturzbach über seine Lippen. Björn hätte gerne triumphierend drauflosgelacht, doch da der Geheimdienst über Audiofeeds zugeschaltet war, konnte er das nicht. Noch hatte er seine Macht nicht gefestigt, musste vorsichtig sein.

Als der ehemalige Innenminister geendet hatte, war eine beeindruckende Menge an Namen zusammengekommen. Wenn Björn seine eigene Liste richtig im Gedächtnis hatte, hatte der gute Michael tatsächlich fast alle genannt.

„Führen Sie ihn ab", sagte er.

Zwei Sicherheitskräfte traten ein und nahmen Furlan mit, während die beiden anderen vor seiner Tür Aufstellung bezogen. Die Sicherheitsstufe im Sol-Center, das er vorerst als Sitz des Präsidenten ausgewählt hatte, war nach dem Tod der Präsidentin durch die Decke geschossen. Man konnte nicht mehr husten, ohne dass der Sicherheitsapparat davon erfuhr.

Mit der Enthüllung von Furlan blieb nicht mehr viel zu tun. Nach der Flucht von Admiral Pendergast war es zu einem Scharmützel gekommen. Die loyalen Schiffe der Heimatflotte waren in der Unterzahl gewesen und wären beinahe von Michalews Raumern zerschossen worden. Björn hatte das vorausgesehen und eingegriffen. Die Neuausrichtung der Torpedoforts hatte den Kampf recht schnell beendet.

Und Pendergast hat mir einen Gefallen getan, überlegte er. *Offiziell gilt sie als Gefolgsfrau von Michalew und wird von der nächsten auf sie treffenden Flotte aufgebracht werden. Besser hätte ich es auch nicht hinbekommen.*

Er trank einen kräftigen Schluck Kaffee. Obwohl es von den Ernährungswissenschaftlern verdammt wurde, liebte er dieses schwarze Zeug.

Bleiben also noch zwei lose Enden: Michalew und Jansen.

Gut gelaunt erhob er sich, um auch diese Probleme zu beseitigen. Denn wo sich der Admiral aufhielt, wusste er schon lange.

Isa Jansen warf einen Blick in das Spiegelfeld. Ein fremdes

Gesicht blickte ihr entgegen. Sie hatte ihr Haar schwarz gefärbt, blaue Kontaktlinsen eingesetzt und ihren Hautton mit Dermaplast verdunkelt. Niemand, der nicht auf wenige Meter herankam, würde sie erkennen.

Noch immer fiel es ihr schwer nicht wütend um sich zu schlagen. Wie hatte sie nur so verdammt dämlich sein können? Seit zehn Jahren war sie mit Björn Sjöberg befreundet, hatte mit ihm zusammen die Space Navy umstrukturiert und von Bestechung und anderen Problemen gereinigt.

Und ausgerechnet er hatte eine geheime Agenda, dachte sie wütend. *Wieso habe ich es nicht bemerkt?*

Es war eine Ironie des Schicksals. Um einer möglichen Attacke Michalews zu entgehen, hatte sie schon vor Jahren vorgesorgt. Im Gegensatz zu vielen anderen hatte Björn sie mit seiner gespielten Paranoia angesteckt. Heute würde sie ihre Vorkehrungen benutzen, um sich vor ihm zu verstecken.

Isa wandte sich wieder dem Display zu, in dessen deaktivierter Oberfläche sich ihr Konterfei spiegelte. Eine unbekannte Person hatte ihr ein Datenpaket zukommen lassen, in dem die Pläne Sjöbergs exakt aufgeschlüsselt worden waren. Während der Admiral seine Puppe Michalew gesteuert hatte, war es irgendwem gelungen, das Schattennetz aufzudecken, das Björn gewoben hatte.

Isa kannte sich selbst ein wenig mit Phasenfunk-Datensätzen aus. Obwohl die Relais-Kette deaktiviert war, trug der Header der Nachricht eindeutige Codes, die ihn einem bestimmten Schiff zuordneten: der HYPERION. Hatte Captain Cross sie gewarnt? Doch wie war er auf die Sache aufmerksam geworden? Oder gab es einen anderen Helfer an Bord?

Sie wusste, dass es einige Personen gab, die sich auf das Hacken von Firewalls und Sicherheitssystemen verstanden, doch wie es jemandem gelingen konnte, das angeblich ausgefallene Phasenfunk-Netz als Träger für eine Nachricht zu nutzen, ohne dabei bemerkt zu werden, wusste sie nicht.

Sie verwarf den Gedanken, denn aktuell spielte er keine Rolle. Wenn sie nicht sofort untertauchte, war sie tot. Sie hatte die Kill-Order auf einem der ePapers gesehen. Und es war nicht Michalew, der sie tot sehen wollte. Nein. Björn beabsichtigte sein Werkzeug loszuwerden.

Du verdammter Dreckskerl! Sie ballte die Fäuste in stiller Wut. *Ich werde dich erledigen. Und wenn es das Letzte ist, was ich tue, ich werde dich fertigmachen!*

Sie schaltete durch die Newsfeed-Kanäle, um herauszufinden, wie weit er schon gekommen war. Erneut war das Gesicht von Svea Christensen zu sehen. Dieses abscheuliche blonde Reh stand an Björns Seite und manipulierte die öffentliche Meinung mit einer Leichtigkeit, die schmerzte. Die Bilder der Präsidentin, die vor laufender Kamera zusammengeschlagen wurde, der ein Sicherheitsmann die Finger brach und die Nase einschlug und die schließlich erschossen wurde, hatten Isa ebenso entsetzt, wie den Rest der Menschheit. Doch während sie wusste, dass Björn dahintersteckte, hielten alle anderen Michalew für das Monster. Sie schrien nach Blut und Björn versprach es ihnen auf jedem Newsfeed.

Er war der strahlende Held, der die Flotte wieder aufbauen wollte, die Solare Union vor der Gefahr der Parliden schützte und den Mörder von Kartess vernichten würde. Bis dahin musste das Kriegsrecht natürlich in Kraft bleiben. Sie zweifelte keine Sekunde daran, dass die Anschlagsserie nicht abreißen würde, bis Björn seine Macht gefestigt hatte.

Isa deaktivierte das Panel. Es war an der Zeit zu gehen. Ihre Tarnidentität stand, sie besaß eine gültige ID-Card und ein Konto, das sogar eine Kauf-Chronik aufwies. Ihr Avatar war in zahlreichen sozialen Netzen aktiv und wies einen lückenlosen Lebenslauf auf.

Sie zog den Gürtel um ihren Mantel enger und verließ das Motel. Ihr altes Leben blieb hinter ihr zurück, während sie in der Menschenmenge von Neu Berlin untertauchte.

„Ich muss zugeben, ich bin beeindruckt“, sagte Admiral Juri Michalew, als das Schott vor Björn zur Seite glitt.

Er hatte den Raum innerhalb der geheimen CAVE-Forschungsstation einem genauen Scan unterzogen, musste also nicht mit unliebsamen Überraschungen rechnen. Ein Störfeld deaktivierte die entdeckten Pulser, ansonsten gab es nichts Besorgniserregendes.

Es war bezeichnend für ihn, dass er einfach hier gewartet und beobachtet hatte. Nur wenige wussten von der Station und diese wenigen waren mittlerweile längst tot.

„So, sind Sie das?“ Björn ging gemächlich auf den Schreibtisch zu, hinter dem Michalew Platz genommen hatte. „Und warum, wenn ich fragen darf?“

„Ich habe Sie einfach unterschätzt; Ihnen ein derartiges Vorgehen nicht zugetraut, alter Freund. Sie haben meine Attacken für Ihre Zwecke missbraucht. Eine solche Flexibilität legten Sie in der Vergangenheit nicht an den Tag.“

Wenn Michalew beunruhigt über Björns Hiersein war, ließ er es sich nicht anmerken. Stattdessen hatte er die Beine übereinandergeschlagen und sah dem Kommenden gelassen entgegen. Dabei musste er doch wissen, dass das Spiel vorbei war. Die CAVE-Station war von Björns Leuten übernommen worden, alle Waffen deaktiviert und die Verbindungen nach draußen gekappt.

„Keine Flexibilität“, entgegnete er langsam. „Nur exakte Planung. Sie selbst haben sich als wahrer Dilettant erwiesen, wie ich leider gestehen muss. So viele Fehler.“ Er schüttelte den Kopf in gespieltem Ernst. „Wenn ich die nicht ausgebügelt hätte, wäre Ihr kleiner Coup schon lange gefloppt. Vor Jahren.“

Nun wirkte sein Gegenüber erstmals verunsichert. „Wovon sprechen Sie?“

Mit einem wölfischen Lächeln ließ Björn sich in dem Konturensessel nieder. „Ich habe wirklich darüber nachgedacht, Ihnen ein Killerkommando auf den Hals zu hetzen oder die CAVE-Station einfach von einem Leichten Kreuzer in ihre Einzelteile zerblasen zu lassen. Aber um ehrlich zu sein, hinterlässt der Gedanke keinerlei Befriedigung."

„Weil Sie Ihre sadistische Ader entdeckt haben und mich selbst erledigen wollen?"

„Nein, weil ich will, dass Sie vor Ihrem Ende begreifen, was Sie eigentlich sind: mein Geschöpf."

Michalew entfuhr sein heiseres Lachen. „Sie klingen wie ein Wahnsinniger. Was Sie sagen, ergibt nicht den geringsten Sinn." Er brach das Siegel einer Whiskey-Flasche und schüttete jeweils einen Fingerbreit der bernsteinfarbenen Flüssigkeit in zwei Gläser. Eines davon schob er von sich. „Trinken Sie das, vielleicht kommen Sie dann wieder zu sich. Noch könnten wir diese Sache mit einer Allianz beenden. Bedenken Sie nur, Sie und ich, die beiden mächtigsten Admiräle der Geschichte."

Björn schüttelte nur den Kopf, nahm das Glas in die Hand. „Sie hatten schon immer einen teuren Geschmack, Juri."

Sie tranken gemeinsam.

„Eine Allianz kann es nicht geben. Sie waren mein Werkzeug, doch Ihr Nutzen hat sich erschöpft."

„Klären Sie mich auf, weshalb glauben Sie, ich sei Ihr Werkzeug?"

Björn stellte das Glas zurück. „Vor etwa vierzig Jahren diente ich als Commander an Bord der CROSSPOINT."

„Das Schiff von Captain Stark?"

„Exakt. Wir erhielten den Auftrag Taris I gegen einen möglichen Angriff des Eriin-Bundes zu verteidigen, den der Geheimdienst voraussah. Nach etwa einer Woche eintöniger Patrouille durchbrachen sieben Schiffe die Phasenmauer des Systems."

„Piraten." Juri spuckte das Wort fast aus.

Björn schüttelte den Kopf. „Parliden. Trotz der Unterstützung der Systemflotte waren wir in der Minderheit. Das Schiff wurde schwer beschädigt. Uns gelang im letzten Moment ein Kurzphasenflug. Die Sternköpfe hielten uns wohl für tot. So konnten wir aus sicherer Entfernung die Ortungsplattformen anzapfen und mitverfolgen, was geschah. Sie entführten die Menschen."

„Sie haben es gewusst!" Juri starrte ihn entgeistert an. „Sie haben es seit vierzig Jahren gewusst!?"

„Wir wussten, dass die Parliden menschliche Gefangene machten, ja. Als Sekundäreffekte das Schiff zerstörten, mussten wir uns mit den Rettungskapseln absetzen. Wochen später wurden wir gefunden und teilten unsere Informationen mit dem Geheimdienst." Er verzog bitter das Gesicht. „Man glaubte uns nicht. Nahegelegene Beobachtungsposten hatten die Signaturen von Eriin-Kreuzern aufgenommen, wieso also sollten es Parliden gewesen sein?

Da Captain Stark sich schon immer für einen zweiten Krieg ausgesprochen hatte, vermutete man, dass er log." Björn schüttelte den Kopf. „Ein so ehrenvoller Mann wäre eher gestorben als zu lügen. Das hat mir gezeigt, dass Wahrheit und Ehre in der Flotte nichts bedeuten und dass die Politiker sich einen Dreck darum scheren."

„Welch eine Erkenntnis." Juri verzog abschätzig die Mundwinkel.

„Zu diesem Zeitpunkt beschloss ich, dieses Geschmeiß auszulöschen und die Space Navy, die gesamte Solare Union, wieder groß zu machen. Doch ein solcher Plan benötigt Zeit. Es ist fast unmöglich, dass niemand aufmerksam wird und ein Gebilde wie die Union umzugestalten, geht zudem nicht mit Gewalt.

Ich entschloss mich dazu, eine Galionsfigur zu erschaffen. Jemanden, der genau wie Captain Stark für die Öffentlichkeit den bösen Hardliner spielt, während ich als aufrechter Kämpfer für die Demokratie meiner eigenen Wege gehe."

Juri runzelte die Stirn. „Wir beide begegneten uns erst viel später. Außerdem hat meine Einstellung, mein Streben danach, das Richtige zu tun, nichts mit Ihnen zu tun."

„Sie irren. Ich suchte jemanden, der bereits einen gewissen Hass auf die Parliden in sich trug. Nachdem ich etliche Akten durchwühlt hatte, fand ich Sie. Lieutenant Commander Juri Michalew, dessen Großeltern im Parlidenkrieg gestorben waren."

Der Admiral hatte das Whiskeyglas abgestellt und starrte ihn finster an.

„Zuerst isolierte ich Sie. Ich sorgte dafür, dass Ihre Eltern durch einen Angriff des Eriin-Bundes starben. Das war einfach. Über einen Strohmann ließ ich ein paar Informationen zu den Piraten durchsickern, dass sich ein Feldzug gegen die KASSIOPEIA-Station lohnen würde und dass es dort eine Geheimwaffe zu erbeuten gäbe."

Juris Kieferknochen traten hervor, als er die Hände zu Fäusten ballte. „Das denken Sie sich doch aus!"

„Nein. Ach, stecken Sie doch den Pulser weg, er wurde sowieso durch ein Dämpfungsfeld deaktiviert. Dieser hier ist dagegen eine Spezialanfertigung." Dabei zog er seine eigene Waffe. „Machen Sie also keine Dummheiten, sonst endet Ihr Leben in Unwissenheit."

Der Admiral nahm wieder Platz. Sein Gesicht hatte die Farbe von weißem Kalkstein angenommen, seine Augen waren weit aufgerissen.

„Zwischenzeitlich machte mich Captain Stark mit einer Handvoll Personen aus Wirtschaft, Politik und Militär vertraut, die mit der bestehenden Ordnung nicht mehr einverstanden waren. Wir schmiedeten ein Netzwerk, das die Grundlagen für eine Veränderung legte. Verstehen Sie mich nicht falsch, wir waren nur einige Dutzend, wir konnten kein Risiko eingehen. Doch wie bereits erwähnt, sollte der Wechsel auch nicht durch von uns ausgehender Gewalt eingeleitet werden."

Björn sah in dem Gesicht des Admirals, dass dieser langsam begriff.

„Was Ihnen nach dem Tod Ihrer Eltern blieb, war Ihr Sohn. 2238 ließen wir durch einen jungen Wissenschaftler namens Doktor Florian von Ardenne den Erios-Virus erschaffen. Ich fürchte, Ihr Sohn befand sich unter den Kolonisten, die dahingerafft wurden."

Juris Finger krallten sich tief in die Armlehne des Sessels.

„Nachdem Sie also isoliert waren, brachten wir Sie mit den richtigen Leuten zusammen, lösten Beförderungen aus und legten Ihren öffentlichen Kurs fest. Sie wurden zu Admiral Juri Michalew, dem bitterbösen Hardliner, der sich in Militär und Regierung vernetzte und von dem jeder glaubte, dass er eines Tages einen Putsch versuchen wird.

Und das versuchten Sie auch vor einigen Jahren - zu einem völlig inakzeptablen Zeitpunkt."

„Sie hatten Glück", presste Juri hervor. „Ishida kam mir dazwischen."

Björn lachte auf. „Es gab einmal eine junge Frau, ein technisches Genie, die auf der Akademie in Schwierigkeiten geriet. Erinnern Sie sich? Sie wollten Sie damals entfernen lassen."

Juri fletschte wütend die Zähne. „Natürlich weiß ich das! Giulia Lorencia, die *Sie* auf die HYPERION geholt haben."

„In der Tat. Miss Lorencia stieß als junge Offizierin bei einem ihrer Streifzüge durch das Galaktische Netz auf eine Lücke in Ihrem System, Juri. So fand sie Unterlagen über Ihren kleinen Club aus hochstehenden Offizieren. Da Sie an der Akademie jedoch schon Probleme aufgrund Ihrer Tätigkeit des Hackens gehabt hatte, wandte sie sich an mich. Ich versprach ihr, es selbst in die Hand zu nehmen." Er seufzte. „Natürlich verzögerte ich es, immerhin wollte ich Sie zu diesem Zeitpunkt nicht auffliegen lassen. Als Sie jedoch damit begannen, Ihren Putsch zu früh durchzuführen, ging ich einen anderen Weg. Ich machte die richtigen Leute auf Ishida aufmerksam, brachte diese in Ihren kleinen Club.

Nach einer angemessenen Zeit übergab ich ihr jene Informationen, die enthüllten, was Sie - mein lieber Admiral - so trieben. Ishida reagierte wie vermutet und ließ Ihren Club auffliegen. Ich sorgte wiederum dafür, dass Sie nicht alles abbekamen. Ich wollte Sie ja nur ein wenig aufhalten, nicht ausschalten."

Jetzt wirkte der Admiral wie eine Statue. Keine Emotion war mehr zu erkennen, er bewegte sich nicht. Björn musste zugeben, dass eine solche Enthüllung auch ihn schockiert hätte. „So hatte ich also eine Nemesis für Sie aufgebaut, die gleichzeitig Ihre Aufmerksamkeit von mir ablenkte. In den folgenden Jahren versuchten Sie mehrfach, Ishida zu beseitigen, doch ich gab auf sie Acht.

Und dann kam die große Chance. Das HYPERION-Projekt."

„Und ich habe mich schon gewundert", sagte Juri tonlos. „Als ich die ersten Vorschläge für die Posten ablehnte, wollte ich Sie damit schwächen. Doch Sie wollten gar nicht Cross' Leute durchsetzen."

„Das haben Sie richtig erkannt. Die HYPERION als Raumschiff besitzt das, was ich demnächst dringend benötige: den Interlink-Antrieb. Doch zuvor war das Schiff geradezu perfekt dafür geeignet, um dort Leute zu positionieren, die Ihre Aufmerksamkeit auf sich ziehen sollten. Ich suchte mir jene Offiziere zusammen, die in der Vergangenheit auf die eine oder andere Art, bewusst oder unbewusst, mit Ihnen aneinandergeraten waren.

Lorencia auf der Akademie und Ishida, als Sie Ihren Club auffliegen ließ. Bei Commander Kensington konstruierte ich einfach eine Spur, die auf Sie hinwies. Sie müssen wissen, dass die Eltern der guten Miss Kensington einst von Attentätern des Ketaria-Bundes getötet wurden."

„Die Sie beauftragten?"

„Nein." Björn schüttelte den Kopf. „Damit habe ich ausnahmsweise nichts zu tun. Aber warum sollte ich diese Tatsache nicht ausnutzen? Die Gute näherte sich Ihnen immer weiter und so wurden Sie aufmerksam und vermuteten auch in ihr eine Gefahr. Sie hatten gar keine Wahl, als Ihr Hauptaugenmerk auf die HYPERION und ihre Crew zu werfen."

„Cross?"

„Er ist vermutlich der Einzige in der Führungscrew, der

nichts mit Ihnen zu tun hatte. Der reine, edle Held, der in schimmernder Rüstung dahingaloppiert und von den Medien geliebt wird. Ich benötigte jemanden, der Sympathien weckt. Es war recht einfach.

Ich wiederholte den Trick mit Schiffen des Eriin-Bundes. Als sie Tikara II angriffen, sorgte ich dafür, dass nur wenige Verteidiger anwesend waren - der gute Yoshio überprüfte kaum einen Bericht oder eine Flottenverlegung, wenn diese schon abgezeichnet waren. Ich war mir sicher, dass sich einer der Offizier hervortun würde. Dass es Cross sein würde, wusste ich nicht, ich dachte dabei eher an Captain Hakun. Doch so war es noch besser, denn Cross ist jung und gutaussehend, hat ein einnehmendes Lachen und verkörpert die gestaltgewordene Ehre."

„Die anderen?"

„Oh, nicht alle sind mit Ihnen verknüpft. Einige haben einfach sehr spezielle Fähigkeiten oder tragen Geheimnisse mit sich herum, die noch wichtig werden, wenn ich die Kommandostruktur an Bord ein wenig ... verändere."

„Was meinen Sie damit?"

„Die HYPERION hat mir gute Dienste erwiesen, doch im kommenden Kampf benötige ich keinen Lockvogel mehr. Ich werde mich, sobald es an der Zeit ist, um einzelne Personen kümmern, die ich nicht mehr brauche und die dort nur einen Posten haben, weil ich *Sie* damit anlocken wollte.

Und das hat immerhin ausgezeichnet funktioniert, nicht wahr? Sie haben Ihre wichtigsten Leute dorthin geschickt, um die Kontrolle nicht vollständig zu verlieren." Er nahm die Whiskeyflasche und goss nach. „Nehmen wir nur mal Doktor Petrova. Schauen Sie nicht so, natürlich wusste ich von ihr. Oder Bruce Walker - übrigens einer von *meinen* Männern, nicht Ihren. Er musste nach seiner Gefangennahme auch weg, daher habe ich für das Attentat gesorgt.

Alles, was mich mit Ihnen verbindet, muss entfernt werden. Ich kenne jeden Offizier, den Sie eingeschleust haben; jeden

Mann, jede Frau.

Und nicht nur auf der HYPERION. Immerhin musste ich sichergehen, dass ich Sie und Ihre Bagage wieder loswerde, sobald ich die Präsidentin beseitigt habe."

„Mit einer Handvoll Getreuer wollen Sie meinen Putsch im Keim ersticken?"

„Aber nicht doch." Björn schüttelte den Kopf. „Im Gegenteil, ich benötige Ihre Leute noch. Die Öffentlichkeit muss Sie auch weiterhin fürchten, muss glauben, dass Sie die Macht an sich reißen. Die Anschläge gehen weiter. Ab und an werde ich ein paar Ihrer Leute auffliegen lassen, werde publizieren, dass wir Ihnen näherkommen."

„Mir?"

„Oh, ich werde Sie töten, soviel ist sicher. Aber das muss die Öffentlichkeit ja nicht wissen."

„Sie sind ein wahres Monster!"

„Das aus Ihrem Mund zu hören ist wirklich ein Kompliment." Björn nahm einen weiteren Schluck des Whiskeys.

„Was ist mit Ihrer Frau?", fragte Juri. „War das auch Teil des Plans?"

„Teils, teils", musste Björn zugeben. „Wie Sie mittlerweile begriffen haben dürften, messe ich der öffentlichen Meinung zu diesem Zeitpunkt noch einiges an Gewicht bei. Es reicht nicht, dass die mich als aufrechten, ehrenvollen Admiral sehen, der die Demokratie beschützen will. Sie müssen auch Mitleid haben. Während die Regierung vor der Parlidenaktivität die Augen verschloss, gelang es meinen Leuten ein Muster in deren Aktivitäten zu erkennen." Er stellte das Glas ab und strich sich gedankenverloren durch seinen Vollbart. „Ich konnte meine Frau noch nie leiden, es war eine Vernunftehe. Also habe ich sie in einen Urlaub geschickt. Wie geplant wurde sie dort von den Parliden geschnappt und das Thema war für mich erledigt."

„Aber dann wurde sie von der HYPERION gefunden."

„Ja." Björn nickte. „Ausgerechnet *sie* wurde gefunden. Die

Öffentlichkeit wird dadurch noch mehr auf meiner Seite stehen. Doch ich gebe zu, der Zufall erscheint auch mir recht groß. Das war auch ein Grund, weshalb ich Sie schneller zu dem Putsch drängte und Ihnen auch das Märchen von den geheimen Flottenbasen unterschob."

„Die gibt es nicht?"

„Nein. Wie, um Gottes Willen, sollte die Regierung ganze Schiffswerften geheim halten? Ein derartig riesiges Projekt durchzuziehen bringt eine Fülle an Verwaltungsaufwand mit sich. Und irgendjemand spricht immer.

Machen Sie sich also nicht noch lächerlicher.

Der Schlüssel zum Sieg in einem zweiten Parlidenkrieg ist die HYPERION. Und das haben mittlerweile anscheinend auch andere erkannt. Diese seltsamen Artefakte, die dem Schiff immer wieder in den Schoß gefallen sind, dann die Veränderung von Captain Cross' Kommandochip, sein Sieg in letzter Sekunde bei NOVA." Björn schüttelte den Kopf. „Es ist immer wieder die HYPERION, die davonkommt. Sie war es auch, die meine Frau fand. Ein Zufall? Ich glaube nicht. Wer auch hinter alledem steckt, kennt die Menschheit und verfolgt ein ganz bestimmtes Ziel. Ich erkenne einen Langzeitplan, wenn ich ihn sehe.

Irgendwie hängen diese Fraktale, die Parliden und die unbekannten Angreifer zusammen. Aber das soll nicht mehr Ihre Sorge sein, Juri."

„Sie kommen hierher, erzählen mir, dass Sie für den Tod meiner Eltern und meines Sohnes verantwortlich sind ..."

„Vergessen Sie nicht Ihre Frau", unterbrach Björn. „Sie war zwar todunglücklich, wegen des Todes ihres geliebten Sohnes, doch sie war auch stark. Niemals hätte sie sich umgebracht. Da musste ich nachhelfen."

Juri atmete scharf ein. „Sie sind der widerlichste Abklatsch eines Offiziers, der mir je untergekommen ist!"

„Spielen Sie sich nicht so auf!" Björn schlug mit der Faust auf den Tisch. „Wie viele Menschen haben Sie getötet, um Ihr

Ziel zu erreichen? Wie viele Karrieren wurden durch Ihre Hand zerstört?“

„Nun, wie Sie mir ja deutlich zu verstehen geben, war das eigentlich *Ihr* Werk, nicht meines.“

„Touché.“ Björn erhob sich. „Aber ich denke, wir haben nichts mehr zu besprechen. Ich sollte mich eher darum kümmern, dass die Space Navy von Ihren Männern und Frauen gesäubert wird. Die loyalen Verfechter der Demokratie, die nun mir unterstehen, werden das sicher problemlos zuwege bringen.“ Björn hob den Pulser.

„Bevor Sie abdrücken, sollten Sie noch etwas wissen.“

„Ich höre?“

„Als ich meinen Putsch plante, machte ich mir auch Gedanken über Präsidentin Kartess. Ich hätte sie nicht sofort getötet, sondern erst einmal als Geisel behalten - im Gegensatz zu Ihnen besitze ich keinen legitimierten Anspruch auf den Sitz der Macht. Natürlich wusste ich, dass eine Geisel irgendwann zum Problem wird. Daher beschloss ich, Präsidentin Kartess, wenn es an der Zeit wäre, einen schnellen Tod zu gewähren.“

„Das ist ja herzallerliebst, aber was hat das mit uns zu tun?“ Björn wischte sich den Schweiß von der Stirn und ließ den Pulser sinken. Warum fühlte er sich auf einmal so schwach?

„Ich beschloss, die Präsidentin zu vergiften. Für diesen Zweck besorgte ich mir einen Bowmore Black, 96 Jahre alt. Kartess teilte meine Leidenschaft für alte Whiskey-Sorten.“ Juri deutete auf die Flasche, die halb geleert auf seinem Schreitisch stand. „Ich versetzte ihn mit einer neuen Variante des Seveso-Giftes. Ein Nerventoxin, das von einem meiner Wissenschaftler genetisch verändert wurde. Ich injizierte mir selbst die einzige Ampulle des Gegengiftes.“ Juri warf einen Blick auf die Uhr. „Es dürfte in einigen Minuten seine endgültige Wirkung entfalten.“ Er erhob sich und trat zu Björn, der zitternd in die Knie gegangen war. „Tja, Admiral, man kann eben nicht alles vorhersehen. Selbst der am besten gehegte Langzeitplan scheitert manchmal an Kleinigkeiten - dem Bedürfnis, den Triumph auszukosten, beispielsweise. Würden Sie öfter das Holovid einschalten, wäre das vielleicht nicht passiert. Wie bezeichneten Sie mich vorhin so schön: ein Klischee? Das gebe ich zurück, Admiral. Ich wünsche Ihnen ein langsames Sterben."

Michalew lehnte sich an seinen Schreibtisch und blickte hinab.

Björn wollte den Pulser heben und den verhassten Feind mit sich in den Abgrund reißen, doch er war zu schwach.

„Ich bin froh, dass Sie mir die Geschichte erzählt haben, so macht es deutlich mehr Spaß, Ihnen beim Krepieren zuzuschauen. Sie und ich in einer Allianz? Niemals! Sie waren schon tot, als Sie diesen Raum betraten."

Björns Körper begann konvulsivisch zu zucken, dann umfing ihn eine erlösende Schwärze.

10

IL HYPERION, 25. Februar 2266, 23:55 Uhr

Tag 24

Lieutenant Nurakow blickte auf. „Sir, ich orte soeben einen Phasendurchbruch. Es ist wie bei NOVA: Die Schiffe sind in breit gefächerter Formation und fast vollständigem Stillstand materialisiert.

Sie nehmen gerade Fahrt auf. Zwei weitere Durchbrüche. Wir werden eingekreist."

An der Ortungskonsole glitten Peter Tasks Finger über Icons und Zahlenreihen. „Zwei Fluchtvektoren stehen uns noch offen. Wir können ..."

„Weitere Phasendurchbrüche geortet."

„Die Vektoren wurden geschlossen, Sir." Lieutenant Task blickte auf. „Eine Flucht ist nicht mehr möglich."

Jayden starrte unbewegt auf den Holotank, in dem die taktische Anzeige projiziert wurde. Insgesamt fünfzehn Schiffe nahmen Fahrt auf, während sie auseinanderfächerten, um die HYPERION einzukreisen. Tonnage und Materialzusammensetzung loderten vor seinen Augen wie ein Leuchtfeuer. *Es sind die gleichen Raumschiffe, die auch NOVA angegriffen haben.* Jayden aktivierte den Zoom. Die Raumer waren äußerlich identisch, sahen genauso aus, wie jener Angreifer, der unter der NOVA-Station Position bezogen hatten.

Fünfzehn Sterne aus dunkelgrauem Metall, äußerlich rostig und porös, deren Zentrum aus einer konusförmigen Grundform bestand, die in den unteren Bereich der pyramidenförmigen Zacken ragte.

„Standardgruß wird gesendet", meldete Sarah McCall hinter

der Kommunikationskonsole. „Bisher keine Antwort."

Lieutenant Commander Akoskin nahm eine letzte Eingabe vor. „Ich habe die taktischen Vorschläge auf Ihre Konsole überspielt, Sir. Bedauerlicherweise liegen unsere Chancen auf einen Sieg in der aktuellen Verfassung des Schiffes bei unter zehn Prozent - positiv geschätzt."

Ach wirklich? Jayden hätte beinahe aufgelacht, konnte den Impuls jedoch noch rechtzeitig unterdrücken. Er musste die Moral ja nicht noch weiter zerstören. Auch wenn es niemand aussprach, war doch recht deutlich, dass dieses Mal ein Wunder notwendig war, um sie noch zu retten. Die nächsten Worte fielen Jayden so schwer, wie selten etwas zuvor. „Lieutenant McCall, übermitteln Sie den Fremden ein ‚Wir ergeben uns'."

Die Finger der Frau mit den langen, braunen Haaren verharrten über dem Sende-Icon. „Sir?"

„Tun Sie es!" Er räusperte sich. „Mister Akoskin, bereiten Sie die Löschung aller sensiblen Daten vor."

Das Protokoll sah vor, dass er mit den entsprechenden Kommandocodes alle Speicher komplett säuberte. War dies geschehen, würde die L.I. mit der Freigabe des Captains mehrere mobile EMPs an den neuralgischen Systemen anbringen, damit auch die Hardware vernichtet wurde. Die Feinde erhielten somit einen fliegenden Schrotthaufen, aus dessen Technik sie keinerlei Vorteile gewinnen konnten.

„Ich bereite alles vor", sagte Akoskin nach kurzem Zögern.

Ishida saß in ihrem Kontursessel, starrte in den Holotank. „Es mag makaber klingen, aber wenigstens erfahren wir endlich, wer die sind und was sie wollen."

Jayden schwieg. Die Lichtpunkte kamen unaufhörlich näher.

Alpha 365 schloss mit einer Fingerbewegung die Akte von Lieutenant Commander Giulia Lorencia. Er hatte stundenlang mit ihr gesprochen und auch ihre Vergangenheit genauestens analysiert.

Sie ist nicht der Verräter.

Das Gespräch hatte ihm längst verraten, dass auch Lorencia Teil des Netzes war, aus dem die Crew der HYPERION bestand. Die L.I. war auf ihre eigene Art ein Freigeist und hielt sich ungern an Regeln, besonders wenn es um das Galaktische Netz ging. Sie hatte ihm offen von ihren Problemen auf der Akademie berichtet und ihre Konfrontation mit Michalew und die Hilfe durch Sjöberg erwähnt. Das alles war interessant und es zeigte dem Alpha, dass er zukünftig auf die L.I. achten musste. Sie verbarg etwas vor ihm, das war deutlich geworden. Doch es hatte nichts mit dem Saboteur zu tun. Er hatte auch noch einmal die Kamera-Feeds gecheckt, die zeigten, dass die L.I. im Maschinenraum bis zum Hals in einem geöffneten Panel gesteckt hatte, als der Verräter während der Schlacht von NOVA aktiv geworden war. Er konnte keinen Offizier einhundert Prozent rehabilitieren, doch er musste den Kreis einfach verkleinern.

Damit bleiben Akoskin und Task als wahrscheinlichste Kandidaten.

Da ein Kampf kurz bevorstand, wurden beide auf der Kommandobrücke benötigt. Kein Sekundäroffizier war so gut in seinem Job, als dass Cross die Offiziere hätte ablösen lassen können. Natürlich hatte er dort Sicherheitsoffiziere postiert. Der Gedanke, den Captain einer so unkalkulierbaren Gefahr wie einem Verräter auszusetzen, zehrte an ihm. Er war es gewohnt, schnell und effektiv Ergebnisse zu liefern. Doch er stand vor einem Rätsel.

Ein rot blinkendes Icon zog seine Aufmerksamkeit auf sich. Einer der Software-Agenten, die er im System platziert hatte, meldete einen ausgehenden Phasenfunkspruch. Alpha 365 handelte blitzschnell. Er aktivierte die Kamera-Feeds, öffnete die Logs und checkte die Daten. Er musste den Funkspruch über zwei Systemknoten verfolgen und überprüfte gleichzeitig die Tätigkeit eines jeden Offiziers zum entsprechenden Zeitpunkt.

Ich hab dich.

Er konnte tatsächlich beobachten, wie einer der Brückenoffiziere den Funkspruch auslöste. Er sprang auf, zog den Pulser und bedeutete zwei von seinen Sicherheitsoffizieren, ihm zu folgen. Sie erreichten die Brücke in Rekordzeit.

Captain Cross blickte bei ihrem Eintreten auf. „Was gibt es?"

„Wir haben ihn", sagte Alpha 365. Mit kaltem Blick ging er auf die Taktik- und Waffenkonsole zu. „Commander Akoskin, treten Sie von der Konsole zurück."

Der Lieutenant Commander schwieg, hob die Hände und trat rückwärts an die Wand.

Admiral Björn Sjöberg öffnete die Augen.

Ich bin nicht tot, begriff er.

„Das war verdammt knapp", sagte Doktor Abigail Rosen aufatmend. „Willkommen zurück."

Björn sog tief die Luft in seine Lungen, wuchtete seinen Oberkörper in die Höhe und übergab sich. Er wartete einige Sekunden, gab seinem Körper Zeit, sich zu beruhigen und stand dann auf. „Wie haben Sie dieses Wunder vollbracht?"

Doktor Abigail Rosen lächelte. „Als Ihre Lebenszeichen fluktuierten, kam ich mit einem Team aus Marines hierher. Es war gut, dass Sie mich draußen warten ließen. Ich scannte Ihr Blut und das von Michalew. In beiden fand ich ein Toxin, doch in seinem waren zudem Antikörper enthalten. Ich konnte Ihren Zustand mit einem Stase-Derivat stabilisieren und Sie mit dem Antidot behandeln, das ich aus Michalews Blut extrahierte."

„Doktor, ich war noch nie so froh darüber, Sie zu sehen und auf meiner Seite zu wissen, wie am heutigen Tag."

„War mir ein Vergnügen."

„Was ist mit Juri?" Björn deutete auf den Körper des Admirals am Boden. „Ist er noch am Leben?"

Rosen nickte. „Die Marines haben ihn betäubt."

„Gut. Sehr gut." Er trat an seinen Gegenspieler heran und warf einen letzten Blick auf sein Gesicht. Dann winkte er die Bewaffneten zu sich. „Bringen Sie den Admiral zur nächsten Luftschleuse. Warten Sie, bis er wieder erwacht. Geben Sie ihm

Zeit, seine Situation zu erkennen und erklärten Sie ihm, dass ich noch lebe." Er wandte sich ab. „Und dann öffnen Sie das äußere Schott. Ich werde per Live-Feed zusehen."

„Es ist also vorbei?" Rosen packte ihr Instrumentarium zusammen.

„Aber nicht doch, Doktor." Björn lächelte. „Es fängt gerade erst an."

„Haben Sie ihn schon in eine Zelle geworfen?", fragte Lieutenant Commander Tess Kensington.

Es fiel ihr deutlich leichter, nach der Ursache des Problems zu suchen, da sie nun wusste, dass Akoskin verantwortlich dafür war und von Sicherheitsoffizieren in Schach gehalten wurde.

„Sie behalten ihn noch auf der Brücke, um im Falle eines Funkkontaktes mit den Fremden etwas in der Hinterhand zu haben", sagte die L.I. „Der Alpha hat mich ganz schön gelöchert, dachte wohl, dass ich etwas mit dieser Sache zu tun habe."

„Wir hätten es alle sein können." Tess schüttelte den Kopf. „Aber ehrlich gesagt hatte ich Akoskin nie im Verdacht. Er ist ein Macho und manchmal hätte ich ihm gerne eine verpasst, aber ein Verräter ..."

„Niemand hätte gedacht, dass irgendwer aus dieser Crew ständig sabotiert und uns verrät. Wir haben uns augenscheinlich alle geirrt."

Seit Stunden saßen sie nebeneinander an einer technischen Konsole und überprüften Codes, verfolgten Datenlecks und wühlten sich durch Logs. Es war ermüdend und zudem völlig sinnlos. Sollten die Fremden übersetzen, um sie zu entern, löste Captain Cross einen Alpha-Delete aus und die angebrachten EMPs würden zünden. Es war gängiger Brauch, dem Feind keine sensiblen Daten oder Hardware zu überlassen. Allzu leicht konnte Technik nachgebaut werden und gerade wenn es um den Interlink-Antrieb ging, durfte dem Gegner nichts Verwertbares in die Hände fallen.

„Die Admiralität wird sich freuen, wenn wir nicht zurückkehren“, sagte die L.I. bitter. „Gerade jetzt, wo die Parliden zu einem Problem werden. Da macht man monatelang alles, um die Technik am Laufen zu halten und soll sie dann selbst zerstören. Das ist so traurig.“

Tess öffnete die Anzeige eines weiteren Datenknoten. „Das sieht wirklich alles völlig in Ordnung aus. Das gesamte Betriebssystem wirkt sauber.“

Lorencia hielt inne und runzelte die Stirn. Gedankenverloren strich sie sich über das Kinn, während ihr Blick ins Nirgendwo gerichtet war. „Vielleicht schauen wir an der falschen Stelle.“

„Was meinen Sie?“

„Akoskin ist ein Waffen- und Taktik-Geek, aber in der Manipulation von Systemen, im Hacken von Datenknoten war er nie besonders gut.“

„Woher wollen Sie das wissen?“

„Sagen wir einfach, ich habe vor einiger Zeit seinen Hintergrund durchleuchtet. Das ist jetzt nicht wichtig.

Aber was würden Sie tun, wenn Sie einen Verräter auf einem Schiff einschleusen und dieser jederzeit Zugriff auf neuralgische Systeme benötigt? Und zwar auf recht einfache Weise.“

„Ich würde ihm speziell dafür entwickelte Programme zur Verfügung stellen.“

„Exakt. Aber auf welcher Plattform?“

„Direkt im Computer, möglichst gut versteckt.“ Tess ließ von der Konsole ab und konzentrierte sich nun ganz auf das Gespräch.

„Das wäre die naheliegendste Option, doch Sie können nicht einfach fremde Programme im Datenkern des Schiffes ablegen. Das Betriebssystem besitzt Sicherungsmechanismen, die Neuinstallationen überprüfen.“

„Dann dürften es keine Fremdprogramme sein. Wenn mir die Möglichkeit offenstünde, würde ich ... keine Ahnung ... vielleicht die Sicherungsprogramme umschreiben?“

Lorencia lachte. „Ein komplexes Unterfangen, das jede Alarmleuchte auf dem Schiff aufleuchten lassen würde. Aber der Gedanke geht in die richtige Richtung. Ein einfacher Zugriff, über eingeschleuste Programme, die nicht als fremd erkannt werden. Diese müssen also von den Sicherungsprogrammen separiert installiert werden.

Der Schlüssel liegt im Computerkern, aber wo? Wir haben etwas übersehen - ganz eindeutig."

Sie berührte diverse Icons, worauf Daten und Skalen auf dem Display erschienen. Tess beherrschte zwar die Analyse von solchen Daten, doch das Wissen von Lorencia übertraf das ihre bei weitem.

„Wir wissen eben nicht, wann Akoskin zum ersten Mal Zugriff erlangt hat oder wer ihm half", sagte die L.I. „Aber wenn wir ... tatsächlich, hier." Sie deutete auf eine grafische Aufbereitung des Kerns. „Ein Kuckucksei. Jemand hat einen Teil des Computerkerns separiert und darin ein Subsystem installiert. Ein zweites Betriebssystem, von dem aus Daten vom Hauptsystem abgefangen werden können. So etwas habe ich noch nie gesehen, das muss schon im Raumdock in den Kern integriert worden sein. Warum hat es keinen Alarm ausgelöst?"

Tess ließ ihren Blick über die Zeilen gleiten. „Wie kriegen wir das Subsystem aus dem Kern?"

„Gar nicht." Lorencia atmete schwer aus. „Sie stellen sich das zu einfach vor. Wir sprechen hier von einem *kompletten Sub-System*. Der gesamte Kern muss neu kompiliert werden. Das kann nur eine Werft leisten." Sie hob beide Hände von der Konsole. „An dieser Front kann ich nichts tun."

Tess besah sich den Code genauer. „Können wir wenigstens Zugriff darauf nehmen?"

Die L.I. nahm weitere Eingaben vor. Das Display veränderte sich. Eine Eingabemaske erschien, deren Text aus kryptischen Zeichen bestand. „Hier endet unser Weg. Diese Barriere kann ich nicht mehr durchdringen. Unsere einzige Möglichkeit wäre ein

Brute-Force-Angriff, aber der wird in der uns zur Verfügung stehenden Zeit kein Ergebnis bringen. Und wie das System reagiert ist auch nicht vorauszusehen."

Die Worte der L.I. drangen kaum an Tess' Ohr, da ihr Blick wie gebannt auf die Eingabemaske gerichtet war. Sie kannte diese Zeichen. Ein Kloß bildete sich in ihrem Hals, während der Rest des Körpers sich wie paralysiert weigerte, Emotionen zu verarbeiten. Ihr Puls begann zu rasen, das Atmen fiel ihr schwer.

„Alles in Ordnung, Commander?"

„Ich kenne das Zeichen." Sie berührte den Monitor an einer bestimmten Stelle. „Ich habe es schon einmal gesehen."

„Ich verstehe nicht … Wo?"

Tess' Stimme zitterte, als sie erwiderte: „Damals, an der Akademie. Akoskin ist der falsche. Er ist nicht der Verräter. Wir müssen zur Kommandobrücke."

Sie musste sich immer wieder beherrschen, nicht haltlos zu kichern. Da standen sie alle, starrten gebannt auf den Monitor und erwarteten ihr Ende.

Captain Jayden Cross hatte die Hände auf die Armlehnen seines Konturensessels gelegt. Er wirkte angespannt, blickte schweigend in den Holotank. Sein dunkles Haar stand wie immer leicht verwuschelt in alle Richtungen ab, sein Gesicht war unbewegt.

Commander Noriko Ishida, die rechte Hand des Captains, die Erznemesis von Admiral Michalew, rief neue Daten auf ihrer Konsole ab. *Sie kämpft bis zum Schluss, gesteht sich ihre Niederlage nicht ein.* Ihre Uniform saß tadellos, jede Bewegung war bedächtig.

Lieutenant Commander Akoskin wirkte alles andere als glücklich. Der südländische Macho blickte verkniffen auf die Pulser, die auf ihn gerichtet worden waren. Sie hielten ihn noch immer für den Verräter. Auf der Stirn des Taktik- und Waffenoffiziers hatte sich ein dünner Schweißfilm gebildet, sein dunkles Haar wirkte unordentlich und zerzaust.

Lieutenant Task trieb wieder in seinen eigenen Sphären, tippte etwas in die Konsole ein und nahm kaum wahr, was um ihn herum geschah.

Schade, dass Tess nicht hier ist, dachte Sarah McCall. *Ich hätte so gerne ihr Gesicht gesehen, wenn sie die Wahrheit begreift. Aber es wird Zeit in mein Taxi zu steigen.*

„Sir, die Unbekannten reagieren auf kein Funksignal", sagte Sarah. *Wieso sollten sie auch?* „Meine Daten sagen, dass deren Funk auf einer leicht veränderten Phasenvarianz beruht."

Diese Aussage war zwar völliger Humbug, doch außer ihr hatte hier sowieso niemand Ahnung von Phasenfunk. Da machte es manchmal einfach Spaß, sich irgendwelche Begriffe auszudenken, die sie ihnen hinwarf. „Eine entsprechende Anpassung ist notwendig, die kaum jemand so schnell vornehmen kann, wie ich. Ich muss dazu allerdings in den Maschinenraum."

Cross nickte ihr zu. „Gehen Sie Lieutenant. Hier können Sie sowieso nichts mehr tun."

„Natürlich, Sir." *Keine Sorge, Captain. Wenn ich drüben bin, werde ich mich per Funk melden. So viel Spaß muss sein.* Sie erhob sich.

Im gleichen Moment glitt das Schott zur Seite. Die L.I. stürmte gemeinsam mit Tess auf die Kommandobrücke, beide hielten ihre Pulser im Anschlag. Als Letztere ihr einen hasserfüllten Blick zuwarf, begriff Sarah, dass die beiden doch noch zum richtigen Schluss gekommen waren.

„Was soll das?" Cross war gedankenschnell auf den Beinen.

Die Waffen der Sicherheitsoffiziere schwankten zwischen Akoskin und den beiden Hereingestürmten hin und her. Der Blick von Alpha 365 folgte dem von Tess und fixierte Sarah. Sie warf ihm lächelnd ein Zwinkern zu.

„Ich verstehe", sagte der Sicherheitschef. „Sie sind es also."

Sarah verschränkte die Arme und lehnte sich an ihre Konsole. „Für einen genetisch designten Alpha sind Sie wirklich verdammt langsam. Mal ehrlich, es gab doch genug Hinweise."

Seine Brauen wanderten in die Höhe. Sie mochte diesen Anblick, es wirkte irgendwie niedlich.

„Was soll das heißen?“ Cross blickte mit offenem Mund zu ihr herüber.

„Oh Captain, mein Captain, Sie sind manchmal wirklich etwas langsam von Begriff.“ Sie machte einen Schmollmund. „Jetzt lassen Sie den armen Lukas schon in Ruhe. Ich bin der ‚*Verräter*‘. Übrigens ein hässliches Wort, wie ich finde.“

„Welche Anrede würden Sie denn bevorzugen?“ Alpha 365 bedeutete seinen Sicherheitsoffizieren, die Waffen auf Sarah zu richten.

„*Femme fatale* gefällt mir persönlich ganz gut. Ich mochte die alte Sprache des französischen Sektors schon immer.“ Sie seufzte. „Ich werde das alles vermissen.“

„Wer sind Sie? Und warum das alles? Für wen arbeiten Sie?“ Der Captain schien seine Sprache wiedergefunden zu haben. Auf seinen Wangen bildeten sich rote Flecken und er hatte sichtlich Mühe, seine Wut unter Kontrolle zu halten. „Antworten Sie oder bei Gott, ich werfe Sie aus der nächsten Schleuse!“

„Aber Captain, wer wird denn gleich so aufbrausen? Sie müssen sich nicht schämen. Dieses Unternehmen wurde lange vorbereitet, keiner hätte mich aufspüren können.“ *Er ist irgendwie süß, wenn er sich ärgert.* „Und um Ihre Frage zu beantworten, wer ich bin: Ich bin Sarah McCall, auch wenn ich fürchte, dass der mühsam erarbeitete Rang einer Lieutenant nun flöten geht. Warum das alles? Es ging nicht um Datenspionage oder Sabotage, sondern eher das Gegenteil. Ich habe Ihnen Informationen geliefert und das Schiff beschützt.“

„Du wolltest die Artefakte“, sagte Tess eiskalt. „Du hast uns benutzt.“

„So sieht es aus. Ach, stell dich nicht so an, Tess. Ich mag dich wirklich, aber hier geht es um etwas so Großes, dass deine Vorstellungskraft nicht ausreicht, es zu begreifen.“

„Versuch es.“

„Nein.“ Sie schüttelte den Kopf. „*Ein* Triumph ist doch

wahrlich genug. Ihr habt mich enttarnt, das Versteckspiel ist vorbei. Ihr bekommt euer kostbares Schiff zurück, das reicht. Wie wäre es mit ein wenig Dankbarkeit?“

„Dankbarkeit?“ Es war Commander Ishida, die sie fassungslos anblickte. „Wofür sollten wir Ihnen dankbar sein?“

„Ich habe dieses Schiff im Kartas-System vor den Rentalianern gerettet und bei NOVA dafür gesorgt, dass wir in die Nähe des Torpedo-Forts gelangten. Wenn ich nicht an Bord gewesen wäre, gäbe es diesen schicken Interlink-Kreuzer schon gar nicht mehr.“

„Sie haben lediglich Ihr eigenes Leben beschützt, um weiter nach diesen Fraktalen zu suchen. Wir waren Mittel zum Zweck, sonst nichts. Vermutlich kamen wir in die meisten Situationen nur durch Manipulationen Ihrerseits.“

Sarah schüttelte in gespielter Entrüstung den Kopf. „Also wirklich, Captain, jetzt enttäuschen Sie mich aber. Es mag ja sein, dass es ohne mich - oder meine Leute - einige problematische Situationen nicht gegeben hätte, aber trotzdem hätte ich Ihnen nicht helfen müssen.“

„*Ihre Leute* haben ein Schiff auf Pearl niedergehen lassen. Sie haben Millionen getötet.“

„Ah, haben wir das?“ Sarah warf ihm einen taxierenden Blick zu. „Sagen Sie mir, Captain, wenn Sie durch den Tod von Millionen, Milliarden retten könnten, was würden Sie tun?“

Cross wirkte, als habe sie ihn völlig aus dem Konzept gebracht. „Wovon sprechen Sie? Wen haben Sie gerettet?“

Sarah fühlte sich versucht, ihm einfach die Wahrheit zu sagen. Zweifellos hätte es ihm seine moralische Überlegenheit aus dem Gesicht gewischt. Doch sie durfte es nicht. Noch konnte alles schief gehen.

„Vergessen Sie es. Wenn Sie mir die Rolle der Bösen zugedacht haben, dann belassen wir es dabei. Es ist sowieso nicht relevant. Wir haben alle Teile des Artefaktes gefunden und auch jene an uns gebracht, die von der HYPERION entdeckt wurden.

Die Suche ist beendet."

„Sie werden nur nichts mehr davon haben", sagte Alpha 365. Er gab seinen Sicherheitsoffizieren einen Wink. „Nehmt sie in Gewahrsam."

Sarah hatte gehofft, dass sie es versuchten. Mit der Geschwindigkeit eines Pulserschusses fegte sie zwischen den Männern umher, entwaffnete sie und betäubte sie mit gezielten Schlägen. Am Ende war sie nicht einmal außer Atem. „Hey, das hat Spaß gemacht."

Während der Alpha ihr seine stoische Gelassenheit entgegenwarf, wirkten die übrigen Offiziere entsetzt. Cross hatte sich am schnellsten wieder unter Kontrolle. Er zog einen Pulser aus dem Seitenfach seines Konturensessels, legte an und schoss. Sarah hätte ausweichen können, doch sie wollte ihnen allen eine kleine Demonstration bieten. Drei Pulse aus elektrisch geladenen Partikeln schlugen in ihren Körper ein.

„Wenn Sie mich kitzeln wollen, machen Sie weiter."

Cross ließ den Pulser sinken. „Ich habe verstanden. Sie haben also die Kontrolle. Die HYPERION ist eingekreist und Sie könnten uns alle mit Leichtigkeit töten."

„Sie sind immer so ernst, Captain. Ich will niemanden hier töten. Ich werde mit einem Shuttle zu einem der Schiffe hinüberfliegen und wir verschwinden. Danach können Sie nach Hause zurückkehren, den Computerkern endgültig säubern lassen und fröhlich weiter mit der HYPERION umherfliegen."

„Und das soll ich Ihnen glauben?"

„Sie haben keine Wahl. Wie Sie schon sagten, ich könnte jedem auf dieser Brücke problemlos das Genick brechen. Aber warum sollte ich? Ich mag euch doch alle." Sie grinste breit. „Der Aufenthalt hier war wie Urlaub."

„Es freut mich, dass Ihnen mein Schiff so gut gefallen hat", sagte Cross ironisch.

„Ich mag Ihren Sinn für Humor. Ein Rat zum Abschluss: Fallen Sie nicht auf jede Maske herein, die Ihnen begegnet.

Schauen Sie dahinter. Aber was sage ich, nach zwei derartigen Enttäuschungen werden Sie zukünftig sicher vorsichtiger sein."

„Zwei?"

„Ich bin nicht die Einzige, die Sie verraten hat, Captain." Cross tat ihr tatsächlich leid. „Ich lasse Sie nach Hause fliegen, aber vielleicht kommt der Tag, an dem Sie mich dafür hassen. Das Gesicht des Verrats ist nicht nur meines."

Langsam kam sie auf den Captain zu.

Jayden blickte ihr gelassen entgegen. Noch nie zuvor hatte er eine derartige Enttäuschung gespürt, die nur von seiner Wut gekrönt wurde. Er hatte Sarah McCall für unschuldig gehalten. Oh ja, den Bambi-Blick hatte sie vermutlich jeden Morgen vor einem Spiegelfeld geübt. Als Alpha 365 sich in Bewegung setzen wollte, winkte Jayden ab.

Sie kam heran, beugte ihren Kopf herab, bis ihr Mund ganz nah an seinem Ohr war. Worte in einer seltsamen Sprache flossen über ihre Lippen. Ein kurzer Kopfschmerz machte sich bemerkbar, dann verstand er sie.

„Grüßen Sie Admiral Sjöberg von mir", sagte sie. „Erwähnen Sie doch in einer ruhigen Minute ihm gegenüber, dass ich sein wahres Gesicht kenne. Und wenn Sie auf Admiral Pendergast treffen, sagen Sie ihr, dass ich den Schuldschein gut aufbewahre. Ich werde kommen, um ihn einzulösen." Sie wandte sich ab, hielt aber kurz inne. Mit einer bedächtigen Bewegung tippte sie sich an die Schläfe. „Sie werden mir noch danken, Captain. Sie haben ja keine Ahnung, wie sehr."

Damit wandte sie sich ab. Mit jedem Schritt fiel das Bild der schüchternen Kommunikationsoffizierin in sich zusammen. Mit wiegenden Hüften verließ sie die Brücke. Alpha 365 heftete sich an ihre Fersen, ebenso wie Lieutenant Commander Kensington. Jayden blieb sitzen und starrte auf das geschlossene Schott.

Als Sarah gerade in das Shuttle einsteigen wollte - das letzte funktionstüchtige -, meldete sich Tess noch einmal zu Wort.

„Ich werde dir das niemals verzeihen“, sagte sie. „Ich dachte wir seien Freundinnen.“

„Freundinnen ist vielleicht zu viel gesagt, aber ich mag dich sehr.“ Sarah lächelte versonnen. „Und glaub mir, du wirst mir verzeihen. Eines Tages werden wir gemeinsam auf dem Erholungsdeck sitzen, irgendeinen widerlichen ViKo zusammen schlürfen und alles ist gut. Aber bis dahin wird noch eine Menge Zeit vergehen. Menschen werden sterben, Blut wird fließen, Schiffe werden brennen.“

„Sprach die Mörderin und flog davon.“

Sarah schüttelte traurig den Kopf. „Wenn die HYPERION die Erde erreicht, werdet ihr mich sehr schnell vergessen. Die Menschheit hat ein anderes Problem.“

„Die Parliden, ich weiß. Aber das ändert ...“

„Nicht die dämlichen Sternköpfe.“ Sarah schüttelte den Kopf. „In der Literatur der Erde gibt es ein sehr altes Werk, es heißt ‚Schöne neue Welt‘. Mein Rat an dich: Lies es.“

„Hast du auch mich ausspioniert?“

„Jeden. Und bevor du fragst, ja, ich weiß über Zev Bescheid. Über ihn, deine Familie und alles andere auch. Ich beobachte seit Jahren, sammle Daten und prognostiziere Entwicklungen. Nichts von dem, was nun geschieht, kommt für mich überraschend. Ich wünschte, ihr hättet alle genauer hingeschaut. Der Einzige, der begreift, ist Alpha 365.“ Sie stieg in das Shuttle. Durch die geöffnete Luke blickte sie noch einmal nach draußen. „Unterhalte dich ein wenig mit ihm. Vielleicht siehst du dann klarer.“

„Wer bist du?“

Schweigen breitete sich aus.

Sarah atmete langsam ein und aus. „Ich bin ein Geist, Tess.“ Sie berührte das Icon, worauf das Schott sich schloss. „Nur ein bedeutungsloser Geist.“

Das Schott rastete ein.

Stunden waren vergangen, in denen Jayden einfach nur durch den transparenten Stahl ins All blickte. Wie weganische Glühkäfer zuckten die Sterne vorbei, während das Schiff sich im Interlink befand.

McCall hatte Wort gehalten. Sie war übergewechselt, hatte danach sogar das Shuttle zurückgeschickt. Dann waren die Schiffe in einer synchronen Transition einfach verschwunden. Nur Sekunden später hatte der Zapfer damit begonnen, dem Helix-Konverter wieder Energie zuzuführen, der sie aufbereitete und in den Speicherring leitete. Als wäre nie etwas gewesen, funktionierte das Schiff tadellos. Die HYPERION befand sich nach wie vor aufgrund der Beschädigung mit eingeschränkter Geschwindigkeit auf dem Weg zur Erde. Es würden noch Tage vergehen, bis sie dort eintrafen. Jayden hatte schon dreimal damit begonnen, seinen Bericht zu schreiben, doch jedes Mal hatte er die Zeilen wieder gelöscht.

Wütend schlug er auf den Schreibtisch. Er hatte zwischenzeitlich sogar Ishida verdächtigt, aber an McCall hatte er nicht mehr gedacht. Sie hatte mit ihm gespielt, ihn problemlos um den Finger gewickelt. Und nicht nur ihn.

Vor wenigen Stunden hatte Alpha 365 ihm angeboten, von seinem Posten zurückzutreten. Jayden hatte natürlich abgelehnt. Als Commander Kensington ihm zwei Stunden später das gleiche Angebot gemacht hatte, hatte er sie mit einem wütenden Fluch aus dem Bereitschaftsraum geworfen.

Er hatte ihr hinterhergerufen: „Niemand tritt hier zurück oder reicht ein Entlassungsgesuch ein!“ Seitdem herrschte Ruhe. Er fürchtete jedoch, dass Doktor Tauser in nächster Zeit einen vollen Terminkalender haben würde. Der Psychologe war in der Regel wenig gefragt, da jeder Offizier es als Schande ansah, einen *Psychodoc* aufzusuchen. Seit NOVA hatte sich das geändert. Nach diesem Verrat würde es noch weitere Personen geben, die sich Wut, Frustration und Scham von der Seele reden wollten.

Und was ist mit mir? Einer meiner Senioroffiziere hat mich verraten, hat das ganze Schiff verraten. Ich habe dabei geholfen, gefährliche Artefakte zu bergen und nach allem, was McCall sagte, haben ihre Leute nun die verdammten Dinger. So viel zu dem großen Held, Jayden Cross.

Für einige Sekunden dachte er ernsthaft darüber nach, bei Admiral Sjöberg sein Entlassungsgesuch einzureichen. Unwillkürlich musste er grinsen. Vermutlich würde der Admiral ihn genauso hinauswerfen, wie er selbst es mit dem Alpha und Kensington getan hatte.

Jayden schüttelte den Kopf. Er konnte nicht gehen - es sei denn, die Admiralität wollte ihn nicht mehr als kommandierenden Offizier der HYPERION haben.

Aber, und das schwor er sich, wer auch immer Sarah McCall war, wo auch immer sie herkam, was auch immer ihre Leute ausheckten, er würde sie finden, sich Antworten holen und sie aufhalten!

Während das Schiff Richtung Sol-System flog, starrte er weiter auf die vorbeiziehenden Sterne.

11

SOL-CENTER, 01. März 2266, 09:12 Uhr

Tag 28

Admiral Björn Sjöberg lehnte sich zurück und sah in die Runde. So fühlte der Sieg sich also an. Er spürte Stolz und eine pulsierende Energie, die ihn durchdrang. „Also gut. Wo stehen wir, was die öffentliche Meinung angeht?“ Er warf Svea Christensen einen Blick zu, die als einziges Mitglied der alten Regierung einen Platz in der neuen hatte.

„Eine Front, an der alles glatt läuft“, sagte die blonde Schönheit. „Die Phasenfunk-Relaiskette steht wieder, ist aktuell jedoch dem Militär und der Regierung vorbehalten. Wir versuchen, den Funk zu überwachen und nach Schlüsselworten Informationen herauszuziehen. Mit einem Satz: Es herrscht Angst. Die Menschen fürchten Michalew und seine Attentäter. Man setzt die ganze Hoffnung auf Sie, Admiral. Abgesehen von ein paar Linksgerichteten, sind Ihre Zustimmungswerte hoch. Von dort droht also keine Gefahr.“

„Sehr schön.“ Sjöberg wandte sich Admiral Jeff Hunt zu. Der glatzköpfige hagere Mann galt als effektiv und erbarmungslos. Außerdem war er Björn seit langem treu ergeben, weshalb er ihm den vorläufigen Posten seines Verteidigungsministers gegeben hatte. „Wie sieht es in der Flotte aus?“

„Wir haben die Nachricht verbreitet, dass Sie nun an der Spitze der Regierung stehen, was einige von Michalews Leuten demoralisierte. Da wir seinen Tod nicht offiziell machen können, mussten seine übrigen Gefolgsleute auf die harte Tour ausgeschaltet werden. Wir mussten zwei Schiffe der Heimatflotte mit den Raketenforts in Stücke schießen, ansonsten gibt es hier im

System keine Verluste. Die Heimatflotte ist wieder in unserer Hand.

In den anderen Systemen kommt es noch zu Kämpfen und an einigen Stellen haben sich die Getreuen des Admirals davongemacht oder sogar die Kontrolle übernommen. Kaum zu glauben, was für ein Chaos ein Mann anrichten kann, der über Jahrzehnte hinweg seine Intrigen spinnt.

Wie auch immer. Seine Leute stehen auf verlorenem Posten. Ich rechne mit einem Monat, dann ist dieses Problem Geschichte."

„Sehr gut. Wir müssen unsere letzte Karte also nicht ausspielen - zumindest noch nicht. Das ist beruhigend."

„Das sehe ich auch so, Admiral."

„Wie sieht es mit den neuen Posten aus?"

„Ich habe eine Liste aus Anwärtern zusammengestellt." Jeff schob sein Pad zu Björn, der einen Blick darauf warf. „All diese Personen haben im Psycho-Profiling Ergebnisse erzielt, die uns zugutekommen."

„Ausgezeichnet, Jeff. Ich will in spätestens zwei Monaten auf jedem Schiff einen Executive Controller", sagte er. „Jeder dieser E.C.s erhält alle benötigten Vollmachten und Codes, um uns allzu problematische Captains jederzeit vom Hals zu schaffen. Wie geht es im Inneren voran?" Er warf Harrison Walker, dem Vater von Bruce Walker, einen durchdringenden Blick zu.

„Die Strukturen der Inner Security Police sind aufgebaut. Wir ziehen alle infrage kommenden Personen aus dem alten Sicherheitsapparat ab, um sie für unsere Zwecke auszubilden." Er lächelte. „Bis zum Ende der Woche kann ich die Ersten auf die Straße schicken, damit sie unliebsame Personen einkassieren."

Björn musste vor dem Eifer des Mannes den Hut ziehen. Er hatte nicht nur eine Eliteeinheit aus dem Boden gestampft, die zukünftig alle subversiven Elemente aus der Gesellschaft entfernen würde, er hatte sogar der Eliminierung seines Sohnes zugestimmt, als dieser zu einem Problem geworden war.

„Abigail, was macht das Serum? Ich will eine Waffe gegen die Parliden in der Hand haben, um die versklavten Menschen zu befreien."

Doktor Abigail Rosen wiegte den Kopf hin und her. „Das verdammte Zeug macht Schwierigkeiten." Ihre Augen sind so kalt, bemerkte Björn. „Wir können es nur schwer reproduzieren. Sobald die Naniten eine gewisse Teilungsrate überschreiten, verenden sie. Wir wissen einfach noch zu wenig und an das Fraktal kommen wir nicht mehr heran."

Björn fluchte innerlich bei der Erwähnung des Artefaktes. Mittlerweile hatte ihn die Nachricht erreicht, dass beide Schiffe, die Fraktale transportiert hatten, verschwunden waren. Er zweifelte keine Sekunde daran, dass sie sie niemals wiedersehen würden. Vermutlich hatten die Parliden am Ende doch noch zugeschlagen und sonnten sich jetzt in ihrem Sieg.

Aber eins nach dem anderen. Zuerst galt es, seinen Stand innerhalb der Union zu festigen, dann kamen die Sternköpfe an die Reihe.

„Tun Sie, was Sie können. Und ziehen Sie Doktor von Ardenne heran. Er hat das ursprüngliche Derivat aus den Proben vom Stasetank zusammengestellt. Vielleicht findet er auch dieses Mal eine Lösung."

Abigail verzog das Gesicht, als hätte sie auf eine tikaranische Zitrone gebissen. Sie und von Ardenne waren sich spinnefeind, doch was kümmerte es ihn? Er warf ihr einen durchdringenden Blick zu, worauf sie schnell nickte.

Er würde keinen Widerspruch dulden, das musste er klar machen. Es galt, die Welten der Union mit eiserner Hand in Reihe, die Space Navy rigoros unter Kontrolle zu halten und mit vereinter Kraft den Krieg zum Feind zu tragen. Er würde alle feindlichen Elemente im Inneren wie im Äußeren ausmerzen, seine Feinde zerschmettern und die absolute Macht in seiner Hand vereinen. Nie wieder sollte die Union von korrupten Politikern, Waschlappen, die sich in Offiziersuniformen kleideten und doppelzüngigen Diplomaten kontrolliert werden. Auch der Wirtschaft würde er klar machen, wer hier wem zu gehorchen hatte. Sie unterstanden ihm, nicht er ihnen.

„Also gut." Er erhob sich. „Wir haben alle zu arbeiten. Gehen wir ans Werk."

Sie verließen den Raum, folgten ihm aufs Wort.

Björn warf noch einmal einen Blick in die Liste von Jeff. Oh ja, alles würde sich ändern. Er sah der Zukunft freudig entgegen.

EPILOGE

„Für den Triumph des Bösen reicht es, wenn die Guten nichts tun!" (Edmund Burke)

Epilog I - Begangene Sünden

Das Schiff glich einem Bienenschwarm. Doktor Irina Petrova sah der letzten Gravtrage hinterher, die von zwei Paramedics hinausgeschoben wurde. Damit fielen jene Verwundeten, die sie durch die Schlacht von NOVA an Bord transportiert hatten, nicht mehr in ihren Verantwortungsbereich. Mit Lieutenant Bruce Walker, der noch immer im Koma lag, verließ der letzte Patient die Krankenstation.

Irina sackte förmlich in ihrem Konturensessel zusammen. NOVA, der Verräter, die Beinahe-Zerstörung des Schiffes; sie benötigte dringend Urlaub.

Seltsamerweise war das Schiff noch immer vom Phasenfunk-Netz ausgeschlossen. Bei ihrer Ankunft hatte man sie direkt zur Mars-Werft IV geleitet. Ein Reparaturtrupp war schon unterwegs, um die Schäden zu begutachten. Überhaupt quoll das Schiff fast über. Techniker, Paramedics, Sicherheitskräfte der Station: wohin man auch blickte, jemand Fremdes streifte durch die Gänge.

Sie blickte sich in der stillen Krankenstation um und schloss die Augen. Eigentlich wollte sie gar nicht wissen, was da draußen vor sich ging. Hier war es so wunderbar ruhig. All der Stress der vergangenen Tage fiel von ihr ab. Außerhalb dieser Räume wartete nur Schlechtes. Die Sensoren des Schiffes hatten Trümmerteile von zerstörten Schiffen, Restsignaturen von Fusionskraftwerken und die Überreste von SOL-22 geortet. Das Sol-System wirkte, als ob ein Krieg getobt hätte.

Womöglich haben die Parliden mittlerweile auch hier zugeschlagen, überlegte sie. *Immerhin hatten wir mehrere Wochen keinen Kontakt zur Erde.*

Überall im System patrouillierten Schiffe, die Raketenforts waren aufgestockt worden und man hatte sie in einem Funkspruch aufgefordert, alle Waffen zu deaktivieren. Kurz darauf waren Störsender aktiv geworden, die die Sensoren blendeten und jede Phasenfunk-Verbindung unterbanden. Irina hatte es über ihre Kommandokonsole beobachtet.

Sie wirken alle ein wenig paranoid.

Captain Cross hatte vor einigen Minuten das Kommando an Commander Ishida übergeben, um mit einem Shuttle zur nächstgelegenen Raumstation zu fliegen. Dort wollte er mit Admiral Sjöberg sprechen, um endlich Antworten zu erhalten.

Irina öffnete ihren persönlichen Account oder versuchte es zumindest. Eine Fehlermeldung leuchtete auf. Stirnrunzelnd wiederholte sie die Eingabe ihres Passwortes. Nichts. Gab es etwa schon wieder eine Systemstörung?

Als das Schott sich öffnete, blickte sie zuerst nicht auf, vermutlich war es einer der Werftheinis.

„Doktor Irina Petrova", sagte eine Stimme voll unterdrücktem Zorn.

Sie sah auf. Ein Sicherheitsoffizier stand vor ihr, wie sie sofort erkannte, obwohl das Design der Uniformen wohl geändert worden war. Vier weitere, identisch gekleidete Männer standen hinter ihm. Sie trugen Schwarz, mit einem silbernen Emblem auf der Brust, in das die Lettern *I.S.P.* eingestickt waren.

„Ja, die bin ich."

„Ich verhafte Sie wegen des Verdachts des Hochverrats."

Irina glaubte für einen Moment, sich verhört zu haben.

Doch die vier übrigen Männer brachten bereits ihre Pulser in Anschlag. Alle starrten sie mit vor Abscheu verzogenen Gesichtern an.

„Ich verstehe nicht, was soll das?"

Der erste Mann trat vor. „Wir wissen von Ihrem Kontakt zu Michalew.“

Irina zuckte zusammen. „Aber ...“

„Nehmt Sie mit.“

Er wandte sich ab und verließ die Krankenstation. Handmanschetten wurden ihr angelegt, sie erhielt einen Stoß in den Rücken. Taumelnd setzte Irina sich in Bewegung. Die Krankenstation blieb hinter ihr zurück, zusammen mit ihrer Freiheit.

Epilog II - Neue Allianzen

Der Bildschirm erwachte zum Leben.

„Es ist eine Tragödie, anders kann ich es nicht beschreiben. Wir alle, die wir als Verfechter der Demokratie die Solare Union - unsere Heimat - für ein Monument des Friedens und der Freiheit hielten, wurden von einem der Unseren verraten“, sagte Admiral Björn Sjöberg, während er in das Aufnahmefeld der Kamera blickte. *„Admiral Juri Michalew tötete Präsidentin Kartess auf abscheuliche, unaussprechliche Weise. Er und die Seinen sind nicht mehr als Tiere, die über die Demokratie herfallen, in dem Versuch, sie zu zerfleischen. Doch ich stehe heute hier als lebender Beweis, dass die Demokratie noch immer stark ist, dass wir nicht weichen. Wir werden den Abschaum finden und zerschmettern. Mit Wirkung zum heutigen Tage erlasse ich die Notverordnung zum Schutze von Volk und Union. Gemeinsam mit der neuen Regierung der Solaren Union mache ich es mir zur Aufgabe, Admiral Juri Michalew zu finden und ihn und seine Meuchelmörder ihrer gerechten Strafe zuzuführen. Oh ja, wir werden bluten. Sie werden uns mit Bombenanschlägen und Raumschlachten strafen, doch wir wanken nicht, gehen nicht in die Knie. Denn gemeinsam ist das Volk der Solaren Union stark, frei und unabhängig. Wir werden uns und die übrigen Welten schützen. Terra ist das schlagende Herz eines mächtigen Leibes, der besteht und noch in tausend Jahren bestehen wird. Wir werden ...“*

Alpha 365 deaktivierte den Monitor. „Er hat schnell und effektiv gehandelt.“

Tess schüttelte den Kopf. Sie wollte einfach nicht glauben, was sie da hörte. „Aber das ist Admiral Sjöberg. Ich meine ... er steht auf unserer Seite, hat uns immer gegen Michalew beschützt. Gut, seine Worte sind ziemlich radikal, aber wenn auch nur ein Teil der Berichte stimmt, hat er auch allen Grund dazu." Sie erhob sich und trat an das Bullauge aus transparentem Stahl, durch das sie einen Blick auf die Raumwerft hatte. „Michalew hat die Navy in einen chaotischen Trümmerhaufen verwandelt. Mein Gott, er hat *die Präsidentin getötet*!"

„Wenn man den Gerüchten glauben darf, kann Michalew übers Wasser gehen, lebt in der Hölle und hat jeden Toten in diesem Kampf eigenhändig umgebracht."

„Was meinen Sie damit?"

„Der Admiral ist nur ein Mann."

„Freemann war auch nur ein Mann", sagte Tess. „Und was er aus dem Mars gemacht hat, muss ich Ihnen nicht extra sagen."

„Nein, dass müssen Sie nicht." Alpha 365 bedachte sie wieder mit seinem seltsam durchdringenden Blick. „Aber die Menschen übersehen oft das Wesentliche."

Er aktivierte erneut die Rede von Admiral Sjöberg, fror das Bild aber mit einem Tastendruck ein. „Schauen Sie sich das Bild genau an. Was sehen Sie?"

Tess runzelte die Stirn. „Naja, den Admiral hinter dem Schreibtisch des Präsidenten. Er wirkt angespannt, was aber irgendwie künstlich wirkt. Er ist es eben nicht gewohnt, vor so vielen Leuten zu sprechen. Die gesamte Union sieht zu."

„Weiter."

Worauf wollte er hinaus? „Seine Rede liegt vor ihm, aber er spricht frei. Der 3-D-Monitor hinter ihm zeigt eine Landschaft, aber vermutlich hält er sich im Sol-Center auf."

„Er hält sich *jetzt* mit Sicherheit im SOL-Center auf. Aber bemerken Sie sonst nichts?"

Tess untersuchte das gesamte Bild, zuckte mit den Schultern.

„Seine Hände."

„Was ist das?“ Sie kniff die Augen zusammen. „Sieht aus, wie ein Ausschlag.“

Alpha 365 nickte. „Ein sehr spezifischer Ausschlag. Diese winzigen grünen Punkte deuten auf tikaranische Nesselsucht hin.“

„Oh, er hat mein Mitleid.“ Tess verzog die Mundwinkel. „Die hatte ich als Kind ebenfalls. Ein solcher Ausschlag vergeht zwar innerhalb von achtundvierzig Stunden, aber es brennt wie die Hölle.“

„Und wie wird er ausgelöst?“

„Durch die Blüten von ...“ Sie verstummte. „Aber das kann nicht sein.“

„Um sich einen solchen Ausschlag zuzuziehen, muss sich der Admiral in der Nähe eines tikaranischen Kirschbaums aufgehalten haben, und zwar während dieser blüht, was genau in zwei Monaten des Jahres der Fall ist: Oktober und November. Selbst die besten Genetiker von KASSIOPEIA konnten die Blütezeit nicht verlängern.“

„Aber ...“ Tess wusste nicht, was sie sagen sollte. Ihre Gedanken wirbelten umher. „Der Ausschlag hält sich nur achtundvierzig Stunden. Kein Baum blüht, er kann diesen Ausschlag nicht haben.“

„Korrekt. Aber er *hatte* ihn.“

Endlich begriff sie. „Die Rede wurde aufgezeichnet.“

„Und zwar bereits Ende 2265“, sagte er. „Sein Alter entspricht schließlich dem aktuellen Stand.

Die Nachbearbeitung ist von hoher Qualität, doch die Media-Techniker haben den Ausschlag wohl einfach übersehen. Er ist ja auch am Abklingen. Und wer beschäftigt sich schon mit etwas derart Lächerlichem wie tikaranischen Kirschblütenbäumen. Ein winziger Fehler.“

„Er hat das alles geplant. Und er wusste schon damals, dass die Präsidentin ...“ *Und Sarah hat es gewusst.*

„Ich selbst überblicke die Zusammenhänge noch nicht vollständig, doch wie Sie erkennen können, ist es nicht so, wie es auf den ersten Blick den Anschein hat."

„Wir müssen die Medien darauf aufmerksam machen."

Alpha 365 schüttelte den Kopf. „Es gibt keine freien Medien mehr. Wenn wir diese Daten an eine Redaktion weiterleiten, wird man uns verhaften und das File verschwinden lassen. Und das Galaktische Netz wird mittlerweile vom Golden Shield Project überwacht."

„Bitte was?"

„Eine sehr alte Erfindung aus Zeiten vor der Einheit. Sie wurde im chinesischen Sektor zur Zensur eingesetzt."

„Aber was sollen wir dann tun?"

„Nichts." Alpha 365 erwiderte ihren entsetzten Blick gelassen. „Zum jetzigen Zeitpunkt müssen wir schweigen und warten."

„Ist das Ihr Ernst?"

„Wenn Sie alle uns zur Verfügung stehenden Optionen durchdenken, werden Sie feststellen, dass das die einzige Möglichkeit ist. Alles andere ist sinnlos."

„Wir machen also weiter, als wäre nichts gewesen?"

„Ich sagte: Wir warten ab. Zu gegebener Zeit werden wir handeln, doch zuvor müssen wir beobachten. Die HYPERION ist das einzige Schiff mit Interlink-Antrieb. Sie kann an jedem Phasenstörer vorbei in das jeweilige Sonnensystem einfliegen. Dieses Schiff ist eine mächtige Waffe. Sjöberg wird sie einsetzen, soviel ist sicher. Wenn er das tut, müssen wir bereit sein."

„Ich verstehe."

Alpha 365 nickte. „Ja, das tun Sie."

Er ließ die Ansprache des Admiral/Präsidenten weiterlaufen. Tess betrachtete den Mann, den sie immer für einen freundlichen Offizier gehalten hatte.

Um meine Menschenkenntnis scheint es nicht gut bestellt zu sein. Zuerst Sarah und nun er.

Traurig verfolgte sie die Rede, mit der Admiral Björn Sjöberg die Demokratie endgültig zu Grabe trug.

Epilog III - Der König ist tot, es lebe der König

Wie lange wartete er nun bereits? Etwa drei Stunden, wie er nach einem Blick auf sein Chronometer feststellte. Doch Admiral Björn Sjöberg tauchte nicht auf. Es fiel ihm noch immer schwer von dem väterlichen Freund, der ihn all die Jahre unterstützt hatte, als Präsident zu denken.

Jayden saß in einem Konturensessel vor dem wuchtigen Schreibtisch des Stationskommandanten. Da in diesen ein Holografiemodul integriert war, erwartete er Björn Sjöberg jeden Moment in einem Funken aus Photonen materialisieren zu sehen. Stattdessen war es jedoch das Schott, das sich öffnete. Schnell erhob er sich.

Es war nicht Sjöberg, der den Raum betrat.

„Behalten Sie Platz, Captain“, sagte der Mann mit dem dichten schwarzen Haar und der wachsbleichen Haut. „Mein Name ist Harrison Walker.“

Jayden warf einen Blick auf die Rangabzeichen und identifizierte den Mann als Commodore. Seine Gesichtszüge wirkten irgendwie vertraut.

„Sie sind der Vater von Lieutenant Walker“, stellte er fest.

„So ist es, Captain. Aber Sie sind heute nicht hier, um über meinen Sohn zu sprechen. Dieses Thema heben wir uns für einen anderen Tag auf, nicht wahr?“ Er schenkte ihm das Lächeln eines Raubtiers.

„Sir, ich hatte erwartet, Admiral Sjöberg zu sehen.“

„Unser neuer Präsident kümmert sich um die Belange der Solaren Union. Für ein Gespräch mit einem einfachen Captain bleibt da keine Zeit, auch wenn es sich um den Held der Schlachten von Tikara II und NOVA handelt.“ Die Ironie in seiner Stimme war nicht zu überhören. „Sie werden also mit mir vorlieb nehmen müssen. Aber als Leiter der neuen Inner Security Police, werde ich mir sowieso jeden Ihrer Offiziere vornehmen.“

„Von einem solchen Organ habe ich noch nie etwas gehört.“

„Wir wurden zur Bekämpfung des Michalew-Problems von Präsident Sjöberg gegründet und mit weitreichenden Vollmachten im zivilen wie militärischen Bereich ausgestattet.“

Im Sol-System hatte sich in den wenigen Wochen seit ihrer Abwesenheit eine Menge verändert.

„Ich verstehe. Dann nehme ich an, dass Sie meinen Bericht erhalten haben, Commodore.“

„In der Tat.“ Harrison Walker lehnte sich in seinem Sitz zurück und bedachte Jayden mit einem undefinierbaren Blick. „Es ist gelinde gesagt beunruhigend, dass der Spion einer unbekannten fremden Macht, mehrere Monate unbemerkt auf dem neuesten Schiff der Space Navy schalten und walten konnte.“

„Wir haben ...“

„Ich war noch nicht fertig.“ Jayden schloss den Mund, während Walker weitersprach. „Wir mussten mit Erschrecken feststellen, dass Ihre Schiffsärztin, Doktor Irina Petrova, mit Admiral Michalew paktierte. Sie wurde bereits verhaftet.

Diese Sache mit Lieutenant Sarah McCall ist jedoch weitaus beunruhigender. Wir wissen nicht, ob es noch weitere Schläfer gibt, daher werten wir gerade die medizinischen Unterlagen Ihrer Kommunikationsoffizierin aus. So hoffen wir, ein charakteristisches Merkmal zu finden, womit wir weitere Spione enttarnen können.“

Er beugte sich vor und legte den Kopf schief. „Lassen Sie mich eines klarstellen, Captain. Dieser ‚Kriegsheld‘-Firlefanz ist eine nette Idee für die Presse gewesen, doch es ist eine neue Zeit angebrochen. Unter Admiral Hunt wird die Space Navy sich verändern und ich selbst werde an diesen Umstrukturierungen beteiligt sein. Die HYPERION ist nicht irgendein Schiff.“

„Das ist mir bewusst.“

„Ist es das? Gut, dann sollten Sie Ihrem Posten auch alle Ehre machen. Weitere Fehler werde ich nicht dulden. Sie beginnen besser damit, eine Erfolggeschichte zu schreiben, sonst versetze ich Sie auf einen Bergungstender am Rand zum Parlidenraum."

Jayden fragte sich einen Moment lang verblüfft, wie das Gespräch eine derartige Richtung hatte einschlagen können. Dieser Mann schien darauf zu hoffen, dass er einen Fehler beging.

Meine I.O. hat seinen Sohn verhaftet, ich habe das sanktioniert. Vielleicht liegt es daran. „Ich denke, ich habe verstanden, Sir."

„Dann bin ich beruhigt, Captain." Er schenkte ihm ein künstliches Lächeln. „Sobald der Geheimdienst alle Sarah McCall-Daten ausgewertet hat, wird man sich bei Ihnen melden. Bis dahin bereiten Sie sich auf ein Evaluierungsteam vor, das demnächst an Bord kommen wird. Ihre Crew wird auf eventuelle Kontakte zu den Staatsfeinden Michalew, Pendergast und Jansen überprüft.

Sie dürfen wegtreten."

Als Jayden den Raum verließ, hatte er das Gefühl in einen Albtraum geraten zu sein, aus dem er so schnell nicht mehr erwachen würde.

Epilog IV - When the Masquerade is over

Sarah durchstreifte die stillen Korridore der Station. Sie vermisste die HYPERION, auch wenn es ihr schwer fiel, das zuzugeben. Der Auftrag war vorbei, die Artefakte gefunden und zusammengesetzt. Das Konstrukt war fast vollendet, schwebte dort, wo niemand es erreichen konnte.

Bald wird es hier nur so vor Leben wimmeln.

Sie freute sich darauf, wollte die Mitstreiter wiedersehen - nicht mehr länger alleine sein.

Ob die HYPERION die Erde mittlerweile erreicht hatte? Vermutlich. Tess würde still vor sich hinbrüten und ihren Hass pflegen, während Cross einen Plan schmiedete, sie doch noch in seine Finger zu kriegen.

Sie atmete tief ein, genoss die recycelte Luft der Raumstation. Immerhin besaß sie diesen Luxus. Saubere Luft, ausreichend Nahrung und Sicherheit, was wollte man mehr?

Trotzdem war es langweilig.

Sie wühlte sich durch die befüllten Speicher des Computers, hörte Song um Song, las Literatur aus den verschiedenen Sektoren der Erde und probierte rentalianische Gerichte, die der Computer nach gespeicherten Rezepten produzierte.

Vielleicht hätte ich ihnen doch sagen sollen, wer ich bin. Vermutlich denken sie jetzt, ich wäre ein Klon, eine Kopie, ein Gestaltwandler oder sonst was. Sie kicherte. *Und dabei kommen sie der Wahrheit nicht einmal nahe.*

Sie hatte jahrelang analysiert, Daten gesammelt und ausgewertet. Die Menschen der Erde waren von ihr charakterisiert und eingeschätzt worden, das Galaktische Netz durch ausgefeilte Software-Agenten überprüft und infiltriert worden. Die Daten, die sich im Stationskern befanden, enthielten alle Informationen, die es zu wissen gab. Wenn Sarah ihren Blick in die Zukunft richtete, sah sie nur Dunkelheit und Krieg - mit einer Ausnahme.

An einer Stelle hatte sie sich tatsächlich von ihrem Auftrag entfernt. Sollte das jemals herauskommen, war sie vermutlich so gut wie tot. Doch es war ihre Aufgabe gewesen, das Kommende zu prognostizieren. Sie war gut darin - vielleicht zu gut?

Sie dachte an jenen Moment zurück, als sie den Chip von Captain Jayden Cross über das Fraktal auf dem Mars manipuliert hatte.

Sie können jetzt hören, lesen und schreiben, Captain. Aber sind Sie auch in der Lage zu sehen?

Die Zukunft würde es zeigen.

Sarah lächelte. Es war makaber. Die Menschen hatten diesen Ort „Stillen Sektor“ genannt, weil die Maschinen ihrer Raumschiffe verstummten, wenn sie in das System einflogen. Natürlich hatten sie nicht geahnt, dass es hier derartige Industriestrukturen gab, die jedoch leer und verlassen waren, still und tot. Nur sie war hier, der Geist, der auf die anderen wartete.

Wenn das Konstrukt vollendet war, erwachten die Maschinen, dann kamen *sie*. Sarah konnte nur hoffen, dass es schnell geschah, denn die Zeit drängte. Wenn sie tatsächlich vollenden wollten, was sie begonnen hatte, durfte nichts mehr schief gehen.

Sie wissen es nicht, Captain Cross, aber das Spiel ist noch lange nicht zu Ende. Wir sehen uns bald wieder.

ENDE

Captain Jayden Cross und die Crew der HYPERION kehren im **März 2013** mit dem 5. E-Book-Roman „Im Zentrum der Gewalten“ zurück. **Das dritte Taschenbuch erscheint im April.**

Vorschau

Der Verräter wurde enttarnt, doch was war seine eigentliche Aufgabe, was steckte hinter der Infiltration der HYPERION? Als die Raumstation am Rand des Stillen Sektors einen Anstieg von Fraktal-Energie entdeckt, wird die Space Navy aktiv. Doch was erwartet die ausgesandte Crew im Zentrum der Gewalten?

http://www.heliosphere2265.de
http://www.facebook.com/heliosphere2265

COVERGALLERIE

HELIOSPHERE
2265
ENTHÜLLUNGEN
ANDREAS SUCHANEK
3

HELIOSPHERE
2265
DAS GESICHT DES VERRATS
ANDREAS SUCHANEK

HELIOSPHERE
2265
IM ZENTRUM DER GEWALTEN
ANDREAS SUCHANEK
5

HELIOSPHERE
2265
Die neue SCI-FI-SERIE
von ANDREAS SUCHANEK
HELIOSPHERE 2265
HELIOSPHERE 2265
HELIOSPHERE 2265
DAS DUNKLE FRAGMENT
ANDREAS SUCHANEK
AB NOVEMBER 2012
jeden Monat als E-Book
alle zwei Monate als Taschenbuch
MEHR INFOS UNTER
www.heliosphere2265.de
www.facebook.com/Heliosphere2265
Am 01. November 2265 übernimmt Captain Jayden Cross das Kommando über die Hyperion.
Ausgerüstet mit einem neuartigen Antrieb und dem Besten an Offensiv- und Defensivtechnik,
wird die Hyperion an den Brennpunkten der Solaren Union eingesetzt.
Bereits ihr erster Auftrag führt die Crew in ein gefährliches Abenteuer. Eine Bergungsmission
entartet zur Katastrophe. Umringt von Feinden muss Captain Cross eine schwerwiegende
Entscheidung treffen, die über Krieg oder Frieden in der Solaren Union entscheiden könnte.
erhältlich bei

DIE CREW
-
ÜBERSICHT

CAPTAIN JAYDEN CROSS
(KOMMANDANT)

COMMANDER NORIKO ISHIDA
(1. OFFIZIERIN)

LIEUTENANT COMMANDER LUKAS AKOSKIN (WAFFEN- UND TAKTIK)

LIEUTENANT TESS KENSINGTON (ORTUNG)

LIEUTENANT PETER TASK
(NAVIGATION)

LIEUTENANT SARAH MCCALL
(KOMMUNIKATION)

LIEUTENANT COMMANDER GIULIA LORENCIA

(CHEFINGENIEURIN)

LIEUTENANT COMMANDER ALPHA 365

(CHEF DER SICHERHEIT)

DOKTOR
IRINA PETROVA
(CHEFÄRZTIN)

DOKTOR
JANIS TAUSER
(PSYCHOLOGE)

2237986R00140

Printed in Germany
by Amazon Distribution
GmbH, Leipzig